바람의 라트

Holy War

양승훈 판타지 장편소설

FANTASYSTORY & ADVENTURE

4

dream books
드림북스

바람의 라트 4 파괴된 봉인석

초판 1쇄 인쇄 / 2011년 9월 5일
초판 1쇄 발행 / 2011년 9월 12일

지은이 / 양승훈

발행인 / 오영배
편집팀장 / 신동철
책임편집 / 이소라
편집디자인 / 신경선
펴낸 곳 / (주)삼양출판사 · 드림북스

주소 / 서울특별시 강북구 송천동 322-10호
대표 전화 / 02-980-2112 팩스 / 02-983-0660
편집부 전화 / 02-980-2116 팩스 / 02-983-8201
블로그 / blog.naver.com/dreambookss

등록번호 / 제9-00046호
등록일자 / 1999년 3월 11일

값 8,000원

ISBN 978-89-542-4411-4 (04810) / 978-89-542-4407-7 (세트)

* 지은이와 협의하에 인지는 생략합니다.
* 잘못된 책은 구입한 곳에서 바꾸어 드립니다.

바람의 라트
Holy War
양승훈
장편소설
4
파괴된 봉인석
dream books
드림북스

바람의 라트
Holy War

Contents

제1화
지크로트의 욕망

작전이 시행되기 전까지 아제릴 지부의 흑십자 대원들은 라트를 필두로 하여 널찍한 연무장에서 수련에 매진했다. 구체적인 작전의 내용을 듣진 못했지만, 그들은 모두 자신의 무기력함을 절실하게 느꼈던 것이다.

이전의 격렬한 싸움으로 이미 대원들 반이 죽었다. 그러나 그들의 결속은 생사고락을 함께 넘으면서 더욱 끈끈해졌다. 가슴속 깊은 곳에서부터 강해지고 싶다는 집념, 그리고 라트의 짐이 되고 싶지 않다는 일념으로 조금씩 강해지고 있었다.

바렌트는 이마에 흐르는 땀도 닦지 않고 검을 휘둘렀다.

'다시는 동료의 목숨을 내 손으로 끊는 일은 만들지 않겠

다.'

아르니 역시 마찬가지였다.

"전투에서 짐이 되는 건 더 이상 참을 수 없어요. 더욱 강해지고 싶어요."

강해졌다고 생각했지만 라트는 여전히 그녀를 짐처럼 여기고 있다. 그리고 실제로도 그랬다. 그녀는 그런 자신이 한심해서 견딜 수가 없었다. 아르니는 텔리시아에게 반발하는 감정을 억누르고 그녀에게 고개를 숙였다.

"나 조금 더 강해지고 싶어. 더 이상 라트의 짐이 되고 싶진 않아."

"그래, 네 마음 잘 알겠어. 내가 네게 해 줄 수 있는 조언은 그 어떤 순간에도 냉정한 이성을 유지해야 한다는 거야……."

텔리시아는 고개를 끄덕이며 조금이라도 그녀를 성장시킬 조언을 해주었다.

라트로 인해 단번에 큰 명성을 얻게 된 흑십자대였다. 라트를 제외하면 실력자라고 할 수 있는 자들은 없다고 봐야 했다. 하지만 흑십자대의 구성원들은 노력을 게을리하지 않았다. 순간순간 발생하는 정보를 얻기 위해 발 빠르게 움직이는 지부의 단원들을 보며 자신이 무슨 일을 해야 하는지 알고 있었다.

라트 역시 마찬가지였다.

'상황을 한번에 봐야 한다. 휩쓸리는 것이 아니라 휩쓸어야 한다.'

라트는 자기 수련을 거듭했다.

그렇게 하루하루가 흐르고 있었다. 라트의 이성은 차갑게 벼려졌고, 가슴 깊은 곳에서 복수의 불길은 뜨겁게 이글거렸다.

신성이란 이름으로 악을 행하는 자들을 처단할 시기가 그리 멀지 않았다.

* * *

한편, 사흘이 지나 갈락실에 돌아온 린메이스 백작은 그간의 일들을 모조리 고르올리아 후작에게 보고했다. 이미 은십자 기사단으로 추정되는 이들의 습격이 있었고 이를 추격했다는 것도 고르올리아 후작은 알고 있었다. 그러나 린메이스 백작의 추격대와 스버레일 백작의 추격대가 별 성과 없이 오히려 병력을 잃고 돌아왔다는 사실에 후작은 놀란 기색을 감추지 못했다.

"겨우 이교도 놈들 따위에게……."

어지간히 화가 치미는지 입가가 씰룩거리는 고르올리아 후작의 모습에 린메이스 백작은 고개를 들지 못했다.

"……마법사와 그들의 수장쯤으로 여겨지는 자의 실력이 생각 이상으로 뛰어났습니다."

"그건 변명이 안 돼! 내가 직접 나선 걸로 알려진 일이다. 그런데 제대로 된 성과 하나 내지 못했다는 게 알려지면 어떻게 얼굴을 들고 다닌단 말인가!"

후작의 벼락같은 역정에 린메이스 백작은 한 가지 중요한 사실을 지금 보고해야 할지 아니면 이후에 해야 할지 심각하게 고민했다. 지금 고르올리아 후작은 필요 이상으로 흥분한 상태였다. 게다가 이번 토벌령에서 공적을 제대로 세워야 한다는 생각 때문에 자칫하면 일을 잘못된 방향으로 끌고 나갈 수 있었다. 하지만 린메이스 백작은 이 일을 감출 수 없었다. 이르든 늦든 알려야만 하는 일이었다. 이내 린메이스 백작은 결단을 내렸다.

"영주님, 중대한 사실이 있습니다."

"중대한 사실? 이보다 더 중대한 일이 있단 말인가?"

후작은 짜증스러운 표정으로 대꾸했다. 이미 지금 상황만으로도 최악이었다.

"아제릴에 관한 일입니다."

고르올리아 후작은 린메이스 백작의 입에서 나온 이야기를 듣고는 생각이 달라질 수밖에 없었다.

린메이스 백작이 예상했던 대로 모든 이야기가 끝났을 때, 고르올리아 후작의 얼굴은 점차 하얗게 질려갔다. 그의 인생을 다 걸어야 할지도 모를 엄청난 문제가 눈앞에 대두한 것이다.

"자, 잠깐…… 정리를 좀 해야겠군."

고르올리아 후작은 천천히 의자에 앉았다. 그리고 이마를 짚은 채 상황이 어떻게 돌아가고 있는 것인지 다시금 따져 보았다. 이야기를 종합해서 생각할수록, 그의 안에서 아제릴에 대한 의심의 크기는 점점 커져 갔다. 전혀 생각지 못한 곳이었기에 아예 신경도 쓰지 않았다.

"겨, 경은 어떻게 생각하는가?"

"외람되지만 그냥 간과할 수는 없는 일이라고 생각합니다. 이미 제피린을 뒤져 본 결과, 모든 정황이 로벨토 남작을 가리키고 있고, 이교도의 행적도 남쪽으로 향하고 있습니다. 그 와중에 그들의 무리로 추정되는 습격대의 흔적 또한 아제릴 근처에서 끊겼습니다."

"으으음…… 하지만 아제릴은 보, 봉인지역인데 어떻게 그런……."

"만약 그들이 이교도와 결탁하고 다른 마음을 품었다면 이것은 결코 작은 일이 아닙니다. 섣불리 단정 지을 수도 없지만 그렇다고 묵과할 수도 없는 일입니다. 파르칼 령은 영주님의 땅입니다. 이후 무슨 큰일이라도 생긴다면 그것은 모두……."

"그, 그런 것쯤은 잘 아, 알고 있어!"

고르올리아 후작은 더는 아무 말 말라는 듯 언성을 높이고 아랫입술을 질근질근 깨물었다.

은십자 기사단이 이토록 과감하게 나왔다는 것은 어쩌면 모든 준비가 끝났다는 얘기가 아닐까. 그런 낌새를 알아챈 교단에서도 이런 시기에 토벌령을 내린 것이고…….

'놈들이 웅크리고 있던 날개를 펼치고 휘젓는다면 내 영지는 쑥대밭이 될 것이야…….'

이교도의 손에 가장 먼저 짓밟힌 영주라는 오명을 뒤집어쓰고 말이다.

'그럴 순 없지, 그럴 수는 없다.'

그러한 치욕은 참을 수 없었다. 후작은 결단을 내린 듯 결의에 찬 눈빛을 번뜩였다.

"일단 아제릴과 접촉해 봐야겠다. 아직 무엇 하나 제대로 밝혀진 게 없는 상황에서 다른 영주나 공작을 끌어들여 봐야 좋을 게 하나도 없다. 무엇보다 바로 공작에게 손을 내밀다니, 내 자존심이 용납하지 않는다."

"여, 영주님! 다시 생각해 주십시오. 아제릴은 성기사단이 지키는 곳! 아무리 영주님이라고 해도……."

"닥치지 못하겠나! 나는 이 영지의 주인, 고르올리아 후작이다! 봉인의 땅이든 뭐든 내 영지의 한 부분일 뿐이다. 결국 내가 책임져야 할 문제인 것을 어째서 모르는가!"

말을 끊으며 완고하게 나오는 후작의 태도에 린메이스 백작은 난감한 기색을 지울 수 없었다.

고르올리아 후작은 린메이스 백작의 만류에도 불구하고 결국 뜻을 꺾지 않았다. 후작은 이 일을 정식적인 절차를 걸쳐 처리하기로 했다.

고르올리아 후작의 뜻을 아제릴에 전하는 중대한 사명은 린메이스 백작에게 돌아갔다. 제피린에서 아제릴과 이교도의 연관 가능성까지 찾아낸 그의 능력을 우수하게 여긴 것이다.

린메이스 백작은 갈락실에 돌아 온 지 사흘이 채 되기도 전에 소규모 행렬로 고르올리아 후작가의 기치를 드높이면서 아제릴로 다시 나아갔다.

이러한 움직임을 가장 먼저 포착한 것은 제피린이었다. 가슈인은 고르올리아 후작이 어떻게 움직일 것인지 촉각을 곤두세우고 있었고, 결과는 사흘 만에 나타났다.

린메이스 백작이 아제릴로 가고 있다는 보고를 들은 가슈인은 낮게 웃었다.

"그래, 고르올리아 후작이 그렇게 나오셨군."

후작이 혹시나 주저하지는 않을까 하는 생각을 하던 가슈인은 그가 즉각 반응을 보이자, 한시름 덜 수 있었다. 모든 것이 그가 생각했던 대로 흘러가고 있었다.

"자, 이제 봉인지역 내부를 살펴볼 때인가……."

대지도의 한 부분이 이제 거의 다 그려져 가고 있었다.

50명이 채 되지 않는 병력을 이끌고 나아가는 린메이스 백작의 속도는 빠를 수밖에 없었다. 모두가 말을 타고 있던 데다가 갈락실은 제피린보다 더 남쪽에 치우쳐 있는 곳으로 아제릴과 거리가 더 가까웠다. 멀찍이서 다가오는 후작가의 기치를 본 성벽의 기사들이 분주해졌다.

"고르올리아 후작가의 기치입니다."

"당장 단장님께 알려라."

"예!"

아제릴의 북성벽을 지키는 제1성기사단의 단장, 펠레우피킬레라는 성벽에서부터 급하게 전해 온 보고를 듣고 의아하다는 표정을 지었다.

"후작의 전인이 봉인지역으로 오고 있단 말인가?"

후작이 기치를 들고 정식적으로 전인을 보내왔다고는 해도, 성역의 오래된 규율을 어길 만한 사안은 되지 않았다. 그러니 더 생각할 것도 없었다.

"평소대로 대응하라."

펠레우피의 명령에 북성벽을 지키는 기사단원이 이내 말없이 고개를 숙였다.

거대한 성문 아래의 쪽문이 천천히 열렸다. 백색 정복을 입고 성기사임을 증명하는 겹쳐진 프로델리아를 가슴에 달고 있는 사내 한 명이 무미건조한 얼굴로 기사 네 명을 대동하고 걸어 나왔다.

가만히 말에 앉아 있던 린메이스 백작은 처음으로 보는 성기사의 위엄에 긴장하지 않을 수 없었지만 결코 그것을 내색하지는 않았다.

"이곳에는 무슨 일로 찾아 왔는가?"

"영주님의 명을 받고 왔소."

조금도 굽힘이 없는 린메이스 백작의 태도에 성기사의 눈가가 미미하게 떨렸다. 영주라도 직분으로 따지면 그와 큰 차이가 있었다. 다시 말하면, 그가 아무리 아제릴 제1성기사단의 말단이라고 해도 결코 백작 따위가 평어를 쓸 수 있는 직위는 아니라는 것이다.

"영주의 명인가? 듣도록 하지, 무슨 일인가?"

후작을 굽어보는 그의 태도에 린메이스 백작은 마른침을 삼키며 말에서 내렸다.

"이는 파르칼의 주인이신 분의 뜻을 담은 것으로 이곳에서 얘기할 만한 것이 아니외다."

그러자 성기사의 눈이 날카롭게 변했다.

"그게 무슨 뜻인지 몰라서 하는 말은 아니겠지?"

"무, 물론이오."

"감히 일개 영주가 그 누구도 들일 수 없는 봉인지역의 존엄한 법칙을 어기려 하는가."

성기사의 목소리는 차분했지만 고압적인 위엄이 있었다. 그

압도적인 기세에 린메이스 백작의 얼굴이 창백하게 변했다.

'이런 실력자들이 은십자 기사단에 가담했다면?'

새삼 생각할수록 터무니없다는 생각이 그를 지배했지만, 동시에 만약 이들이 정말로 은십자 기사단과 결탁했다면 그만한 재앙이 없다고 생각했다.

의심과 경외를 속에 품은 채 린메이스 백작은 후작의 명을 속으로 계속 되뇌었다.

"본관은 영주님의 명령을 따를 뿐이오. 그리고 아제릴 또한 영주님이 다스리는 땅의 한 부분."

"뭐라? 한 부분이라고?"

린메이스 백작은 순간 움찔 할 수밖에 없었다. 일순 밀어닥치는 어마어마한 위압감이 그를 죄어 왔던 것이다. 그러나 그것은 곧 온데간데없이 사라졌다.

"하하핫! 영주가 아주 대단한 소리를 하는군. 좋다, 백번 양보하여 후작의 뜻을 받아들이도록 하지. 하지만 그렇다 하여도 귀관을 들여보낼 수는 없다. 정 영주의 명을 이행하고자 한다면 내가 이곳에서 들을 수밖에 없다."

분명한 대답에 린메이스 백작은 속으로 신음을 삼켰다. 대충 예상했던 일이긴 했지만 실제로 이렇게 되고 보니 여간 난감한 게 아니었다. 조금 전의 격한 반응으로 보아 서신의 내용까지 전하면 상황은 매우 좋지 않게 흘러갈 소지가 다분했다.

잠깐 고민하던 린메이스 백작은 결단을 내렸다.

그는 품속에 둔 서신을 꺼내 들었다. 그것을 받아 읽어 내려가는 성기사의 얼굴은 점차 일그러졌다.

콰앙!

"뭐, 뭐라!"

조금 전에 후작의 전인이 이곳에 찾아온 이유를 서신을 통해 알게 된 펠레우피의 얼굴이 붉게 달아올랐다. 그가 홧김에 내려친 탁자는 박살이 나서 바닥에 널브러져 있었다.

그리고 그런 분노를 감추지 못하는 것은 비단 그뿐만이 아니었다. 그의 주위로 모인 성기사들 모두 같았다.

펠레우피는 주먹을 부르르 떨며 겨우 화를 삭였다. 그러나 채 가시지 않은 분노가 그의 얼굴에 남아 있었다.

"후작이 감히 이따위 행동을 할 수 있는지 설명할 자가 있나?"

"얼마 전에 남작이 찾아와 이교도에 대한 것을 물었는데, 아무래도 그것 때문이 아닌가 싶습니다."

말단의 성기사가 조심스럽게 대답하자, 펠레우피가 눈을 가늘게 떴다.

"그게 무슨 상관이 있다는 것이냐? 지금 후작이 지껄이는 말은 이 성역에서 이교도 집단인 은십자 기사단을 숨기고 있다는 것이나 다름이 없는데, 어째서 그 일과 이 일이 연관이 있다고 하는 것이냐?"

펠레우피의 분노가 그에게 쏟아졌다. 그러자 잠자코 있던 성기사가 조심스럽게 말문을 열었다.

"그들의 말에 의하면, 이교도들이 이곳 근방에서 모습을 감추었고 예로부터 성역은 외부인들을 엄격히 차단해 왔습니다. 그래서 이교도의 행방을 찾기 위해서는 아제릴의 협력이 불가피한 상황이었겠지요. 헌데, 아제릴에서는 그들의 행방에 대해서는 모른다고 답했고 이에 의심을 품게 된 것이 아닌가 싶습니다."

"말도 안 되는 소리! 이곳은 성역이다! 봉인석을 지키는 사명에 평생을 바치는 것이 바로 우리 아제릴의 성기사단이다. 그런데 감히 그따위 망발을 지껄이다니……."

펠레우피는 모욕감을 견디기 힘들었다. 지금 당장에라도 성문 앞에 있는 후작의 전인을 베어 버리고 싶은 마음이 굴뚝같았다. 하지만 일을 그렇게 처리할 수는 없었다.

펠레우피는 들고 있던 서신을 거칠게 던졌다.

"이것을 돌려보내라, 그리고 전해라. 감히 그따위 말로 성역을 능멸하려 한다면 신성한 철퇴가 머리 위로 떨어질 것이라고 말이다."

최대한 순화된 표현이었지만 몇몇 성기사들은 걱정스러웠다. 분명 후작의 의심은 터무니없는 것이었지만, 이렇게 감정적인 대응을 해 버리면 후작 측에서도 어떻게 나올지 알 수 없는 일이었다. 하지만 아무도 펠레우피의 말에 토를 달지는 못했다.

서신을 건네받은 린메이스 백작은 당황스러운 기색을 지우지 못했다.

"다시는 얼굴을 보지 않았으면 좋겠군."

그 말을 끝으로 날카로운 시선을 던지며 안으로 들어가는 성기사의 태도에 린메이스 백작의 얼굴은 황당하고 어이가 없다는 표정으로 붉으락푸르락 했다.

'어찌 이따위 망발을 지껄일 수가 있단 말인가.'

직위의 차이가 있다고는 해도 그들의 관계는 수직적인 것이 아니다. 영주는 말 그대로 관령을 두고 그것을 다스리는 영지의 주인. 제아무리 성기사라고 해도 이런 식으로는 나올 수 없는 일이다. 린메이스 백작은 화가 치미는 것을 참으면서 후작이 전했던 서신을 다시 읽어 보았다.

이번에 찾아뵌 것은 다름이 아니라, 이교도 때문이라는 것을 일단 말씀 드리고 싶습니다. 최근 이교도 토벌령이 떨어졌고 그 와중에 쫓고 있던 이교도의 흔적이 봉인의 땅 부근에서 사라졌습니다. 사방으로 알아보고 있으나 행적을 찾기가 쉽지 않아, 이에 대해 아제릴 내부로 숨어들었을 가능성까지 도달하게 되었습니다. 하여 이에 대한 협조를 받고 싶습니다. 이것은 비단 영주로서의 독단이 아닌 교단의 지엄한 뜻을 받드는 것임을 알아주십시오.

후작의 내심이 어떠하든 간에 그는 성기사들에 대한 예우를 아끼지 않았다. 그리고 말을 최대한 순화하였으며 그들의 자존심에 상처를 입히지 않도록, 이것이 지엄한 교단의 뜻이라는 것까지 강조했다. 헌데, 그러한 세심한 배려는 조금도 통하지 않았다. 아니, 오히려 그딴 소리를 계속 지껄일 경우 철퇴를 내리겠다느니 따위의 협박을 들었다.

린메이스 백작은 화가 치밀어 오르는 것을 참을 수 없었다. 이 모욕, 결코 넘어갈 수는 없었다. 이렇게 일말의 재고도 없는 아제릴의 태도는 이 영지를 다스리는 영주의 권위를 무시하고 있는 태도가 아닐 수 없었다. 그리고 그런 와중에 그의 마음속에서는 아제릴에 대한 의심이 점차 수면 위로 떠오르고 있었다.

어째서 협조 요청에 이렇게 거칠게 반응하는 것인가. 린메이스 백작은 돌아가는 와중에 드높은 아제릴의 성벽을 돌아보면서 눈을 날카롭게 빛냈다.

*　　*　　*

"하하하하! 대단하지 않습니까?"

조금 전에 공식적으로 온 후작의 전인을 한 시간이 채 되기도 전에 단번에 물리쳤다는 보고에 셀로무트는 흥분한 듯 크게 웃고 있었다. 잠자코 있던 라트가 물었다.

"이제 움직일 때가 된 건가?"

"아니요, 아직 아닙니다. 이제 후작이 어떤 움직임을 보여야 하지 않겠습니까? 서로 간의 갈등이 더욱 깊어지면 바로 그때가 움직일 때입니다. 조금만, 아주 조금만 더 기다리면 될 겁니다."

셀로무트는 눈을 빛냈다. 정말로 이제 아주 조금 남았다.

라트와 아제릴 내부의 작전지부가 움직일 시기를 기다리며 칼을 갈고 있는 가운데 린메이스 백작의 보고를 들은 고르올리아 후작은 길길이 날뛰었다.

"뭐, 뭣이! 절대로 간과하고 넘어갈 수 없다! 감히, 감히 나를 이렇게 업신여기다니!"

고르올리아 후작은 제피린의 일부터 아제릴의 일까지 조금도 숨김 없이 사실만을 최대한 쓰려고 노력하면서, 아제릴의 비협조적인 태도에 대해서 실로 유감스럽다는 상서를 대교구로 바로 올려 보냈다.

상서는 쥬아튼 공작령을 지나쳐 갈 수밖에 없었다. 그것이 올바른 순서였다. 쥬아튼의 대영주인 공작 역시 파르칼에 심상치 않은 분위기가 흐르고 있다는 것을 눈치채고는 빠르게 머리를 굴리고 있었다.

그러는 사이, 마침내 후작의 상서가 카자스 대교구에 올라오게 되었다.

"으음……."

가장 먼저 그것을 받아들게 된 빌라이엔 상위관은 난감한 표정을 지었다. 정식 상서를 받아 든 헬파스텐 추기경 역시 난감한 기색이 역력했다.

"쯧쯧…… 일이 고약하게 되었군."

"추기경님, 어떻게 하시겠사옵니까? 그냥 무시할 수 없는 사안이옵니다."

하지만 헬파스텐 추기경은 뭐라고 말을 하기가 난감했다. 예전부터 성역에는 성역의 법칙이 있었고 제아무리 추기경이라고 해도 이것을 단박에 깨뜨릴 수는 없는 노릇이었다.

설마 성역에 은십자 기사단의 싹이 자라나고 있을지도 모른다는 후작의 상서는, 헬파스텐 추기경의 입장에서 보면 실로 터무니없고 말도 안 되는 일이었다. 하지만 이 일을 그냥 넘기기도 곤란했다.

'이번 토벌령은 내 이름으로 추진한 일인데…….'

각 성역을 지키는 성기사들은 아즈라브 추기경의 입김이 제일 크게 작용하게 되어 있었다. 아니, 실제로 그의 명령을 따른다고 해도 과언이 아니었다. 자칫 월권행위가 되면 헬파스텐 추기경에게 좋을 게 없었다.

그의 고민은 그리 길지 않았다.

"추기경님, 아즈라브 추기경님의 전인이 찾아왔사옵니다."

"아즈라브 추기경의 전인?"

헬파스텐 추기경은 눈살을 찌푸렸다. 그의 전인이 카자스 대교구에 왜 온단 말인가.

젊은 신관은 헬파스텐 추기경의 앞에서 고개를 깊이 숙였다.

"안텐 대신관이라 하옵니다."

"그래, 무슨 일이지?"

"예, 아즈라브 추기경님께서는 이번 굴바엔 지방에 내려진 토벌령에는 이전 그 어떤 관습도 발목을 잡아서는 아니 된다고 말씀하셨사옵니다."

"관습이라 함은?"

헬파스텐 추기경의 눈이 가늘어졌다.

"예, 이번 토벌령은, 실로 추기경님의 의심할 나위 없는 광명에 대한 신앙심의 발로라고 하셨사옵니다. 악의 뿌리를 뽑는 성업(聖業)의 위대한 일보를 과거 관습이 가로막아서는 아니 된다고 하시며 굴바엔 지방의 전권은 헬파스텐 추기경님에게 모든 것을 맡기겠다고 하셨사옵니다. 이는 교황 성하의 거룩한 뜻이 아즈라브 추기경님께 전해진 것이옵니다."

"그, 그렇게 되었는가! 하하핫, 성하의 뜻이라면 내 기꺼이 따라야겠지. 아즈라브 추기경께는 고개 숙여 감사한다는 뜻을 전하게. 교황 성하께는 내 친히 나중에 무릎을 꿇고 그 앞에 설 것이야."

"예, 추기경님."

대신관이 고개를 숙인 채 물러났다.

헬파스텐 추기경은 이 기회를 결코 그냥 허비할 생각이 없었다. 성역의 규칙은 지금 추기경과 교황의 이름 앞에서 무력해졌다. 그의 이름으로 실행된 이교도 토벌령이 우선하게 되는 것이다.

"내 후작에게 친히 서신을 써야겠군."

헬파스텐 추기경은 입가를 말아 올리면서 고풍스러운 필체로 하얀 종이에 적어 내려가기 시작했다.

수일이 지나고, 후작의 손에 헬파스텐 추기경의 서신이 도착했다. 난생처음 받아 보는 추기경의 직통 서신에 후작은 그 자리에 무릎을 꿇고 전인의 서신을 받아들었다. 그리고 서신의 내용을 읽어 내리는 후작의 얼굴은 점차 희열로 가득 찼다.

"크흐흐흐, 아제릴의 성기사 놈들 얼굴이 일그러지는 게 눈에 선하군."

고르올리아 후작은 서신을 린메이스 백작에게 보였다. 린메이스 백작 또한 고르올리아 후작의 모습과 크게 다르지 않았다.

"할 수 있겠나?"

"물론입니다."

린메이스 백작의 담담한 대꾸에 고르올리아 후작이 고개를 끄덕였다. 그는 추기경과 교황 성하의 거룩한 뜻을 받드는 자였다. 신전장은 그의 앞에서 무릎을 꿇고 성전의 몇 구절을 읊어 댈 정도로 감격한 모습을 보였다.

린메이스 백작은 건방지게 나왔던 성기사들의 얼굴이 눈앞에서 일그러질 상상이라도 하는지 시종일관 웃는 낯이었다.

그는 빠르게 기사들과 병사들을 차출하여 약 200여 명의 정예로 이루어진 조사단을 창설하여 아제릴로 보냈다.

수일이 지나, 고르올리아 후작의 군대가 아제릴에 당도했다. 200여 명의 병력을 끌고 온 다분히 위협적인 후작의 태도에 펠레우피는 코웃음을 쳤지만, 곧 린메이스 백작이 득의양양하게 내민 추기경의 친필 허가가 떨어진 서신을 받아들고는 충격에 휩싸이지 않을 수 없었다.

"이, 이게 도대체 어떻게 일이란 말이오?"

"아니, 상황이 어떻게 이렇게 될 수가 있소? 이곳은 성역이오. 결코 외부인을 받아들여서는 안 되는 거룩한 곳인데 어찌 이런 말도 안 되는 일이 일어날 수가 있단 말이오?"

아제릴 내부에서는 급하게 북, 동, 남, 그리고 중앙 봉인지역을 지키는 단장들이 한데 모여 이번 상황에 대한 대책 회의를 열었다.

"이는 절대로 받아들여서는 안 되는 일이오!"

북성벽의 제1성기사단을 맡고 있는 펠레우피가 노기충천한 얼굴로 거칠게 고함을 내질렀다.

"성역의 긍지 높은 규율을 어찌 어길 수가 있단 말인가……."

"터무니없는 일이 아닐 수가 없군……."

"어찌 이곳을 불경하게 이교도 따위와 연관 시킬 수가 있느냔 말이오? 내 당장 저 후작 놈의 목을 쳐 버리겠소!"

성격이 불 같은 펠레우피가 잔뜩 흥분한 기색으로 벌떡 일어서자, 다른 단장이 같이 일어서며 그의 어깨를 잡았다.

"그렇게 감정적으로 나설 문제가 아니외다. 전번 일을 감정적으로 해결하여 일이 여기까지 흘러온 것을 어찌 모르는 것이오."

"맞소이다, 이번 일은 후작의 목을 친다고 해서 끝날 문제가 아니라는 것을 왜 모르시오. 이미 추기경님의 허가가 떨어진 일인데 그렇게 처리하는 것은 교단에 반기를 드는 거나 다름없소."

동성벽, 그리고 남성벽의 단장의 질책에 펠레우피는 심기 불편한 얼굴로 다시 자리에 앉았다. 그때까지 잠자코 있던 아제릴 중앙지역 제4성기사단의 단장인 마르타스 호글이 조용히 말했다.

"우리에게 선택의 여지가 없소."

모두의 시선이 마르타스에게 향했다. 육십 대 중반의 그는 외관상으로는 다른 단장들과 큰 차이가 없는 중년의 모습이었으나, 단장들 중 어느 누구도 마르타스가 그들 중 가장 현명하고 뛰어난 실력을 가진 단장이라는 것에는 이견이 없었다.

"우리들의 대외적인 신분은 추기경님 휘하 직속. 그분들의 명령을 거스를 수 없는 처지이오."

"하지만 이곳은 성역입니다. 그 누구의 명령도……."

"이 일이 비단 추기경님의 허가뿐만이 아니라 교황 성하의 입김이 있었다고 하더라도 따를 수 없다는 말이오?"

펠레우피가 여전히 납득하지 못하고 반발하자 마르타스가 날카롭게 말했다. 펠레우피는 움찔할 수밖에 없었다. 교황마저 추기경의 뜻에 손을 들었다는 사실을 상기한 것이다.

펠레우피는 이를 악문 채 고개를 숙였다.

어쩔 수 없다는 분위기가 단장들 사이에 내려앉는 가운데, 마르타스는 그들을 슥 훑어보면서 말했다.

"이 일은 받아들일 수밖에 없소. 허나 순순히 후작의 뜻대로 되게 놔둘 수는 없지. 아제릴이 주체가 되어야 추기경님의 명에 따를 것임을 분명히 해야 하오."

마르타스의 날카로운 말에 펠레우피를 비롯한 두 명의 단장의 눈에도 빛이 번뜩였다.

"북쪽으로 성기사단을 집중시키는 것이 어떻겠소? 어느 정도의 압박은 필요하니 말이외다."

"으음, 실로 옳은 말씀이외다."

추기경, 그리고 교황의 정식 허가가 떨어진 이상 제아무리 성역을 지키는 성기사라고 해도 이를 거스를 수는 없었다. 급하게 모이게 된 단장들은 북쪽으로 모든 신경을 집중시키는 것으로 뜻을 모았다.

외부인이 성역에 들어오게 되는 것은 유례없는 일이었기에 아제릴에는 묘한 긴장감이 감돌았다. 거기다가 성기사들과 후작 간에 보이지 않는 알력 싸움도 있었다. 아제릴의 이목은 북쪽 성벽의 외부인들에게 쏠려 있었다.

여기까지 상황이 흘러갔을 때, 이때까지 잠자코 기다리고 있던 라트를 비롯한 아제릴의 은십자 기사단은 움직일 준비를 마치고 있었다.

"후작의 병력이 아제릴 내부로 들어온 모양입니다."

며칠에 걸쳐 세부적인 작전 동선을 두고 회의를 하고 있던 간부들과 탐색조장 디프론, 흑십자대 내부에서 뽑은 다섯으로 이루어진 호위조의 조장 라트, 그리고 작전지부의 지부장인 셀로무트는 조금 전에 북쪽의 성문이 열렸다는 보고를 받았다.

"드디어……."

간부들의 얼굴에 희열과 긴장이 뒤섞인 표정이 떠올랐다.

"라트 경, 전에 말했지요. 라트 경을 포함해 다섯 명 정도면 이동에 문제가 없을 것입니다. 조원들의 구성은 라트 경에게 모두 일임하지요."

셀로무트의 말에 라트는 고개를 끄덕였다.

며칠 동안 저마다 실력을 확인하거나 수련을 통해 자기 시간을 가지던 흑십자 대원들은 라트가 비장한 얼굴로 그들의 앞에 서자 시기가 도래했음을 알 수 있었다.

"움직일 때가 되었다."

흑십자 대원들의 표정이 빠르게 굳었다.

"저희는 어떻게 해야 하는 겁니까?"

웃통을 벗고 조금 전까지 명상에 빠져 있던 바렌트가 라트 앞에 섰다.

"모두 움직이기에는 수가 너무 많다. 이들 중 진퇴가 빠른 소수의 실력자만 뽑겠다."

"몇 명을 뽑으시겠습니까?"

"나를 포함해 다섯."

라트의 말에 바렌트는 한 발자국 앞으로 나섰다. 바렌트는 아무 말도 하지 않았다. 그러자 가만히 상황을 보고 있던 대원 중 몇 명이 더 앞으로 나섰다.

"다시 말하지만, 이번 작전은 작전의 핵심인 탐색조가 안전하게 일을 마치는 동안 그들을 지키면서 시간을 끄는 게 우리가 해야 할 일이다."

시간을 끌다니, 바렌트를 비롯한 다른 대원들의 얼굴이 창백하게 질렸다.

"성기사와 대적하겠다는 말씀이십니까?"

"어디까지나 최악의 상황을 상정한 것뿐이다."

라트도 이 작전이 대단히 위험하다는 것을 알고 있었다. 성기사들이 지키는 봉인지역, 그곳에서도 가장 중심부인 곳의 구조를 알아내려고 하는 것인데 위험하지 않을 리 없었다.

상황은 최악으로 전개될 가능성이 컸다. 라트는 굳은 얼굴로 말을 덧붙였다.

"위험한 일인 만큼 목숨을 걸어야 한다."

다시금 위험성에 대해 말이 나오자 바렌트를 비롯한 대원들의 얼굴이 빠르게 굳어갔다.

그때, 아르니가 라트의 앞으로 걸어 나왔다.

"나도 갈 거야."

"넌 빠져."

라트가 위협적인 얼굴로 말했지만, 아르니는 조금도 물러설 기색이 없었다.

"넌 빠지라고 했어."

라트가 다시 냉랭하게 말하자 바렌트가 그녀에게 다가갔다.

"마법사님은 이번 일에서 빠지시는 게 좋겠습니다. 이번 일은 대단히 위험……."

"그 위험한 일에 라트가 나서는 거잖아요. 그럼 전 빠질 수 없어요."

아르니의 확고한 태도에 바렌트는 당황한 표정을 지었다.

"위험합니다."

"그렇다면 더더욱 같이 있어야 해요."

아르니는 결연한 표정을 보면서 바렌트는 더 이상 그녀를 말릴 수 없었다. 바렌트가 물러나자 라트는 얼굴을 일그러뜨렸다.

"죽지 못해 안달이라도 난 거야?"

"그러는 라트야말로 죽지 못해 안달이라도 났어? 왜 자꾸 사지 속으로 가는 거야? 됐어, 아무 말도 하지 마. 내가 아무리 말려도 갈 거잖아, 그러니까 나도 갈 거야."

아르니의 태도에 라트는 한숨을 내쉬었다. 그의 개인적인 걱정을 빼고도 냉정하게 말해서 신체 능력이 떨어지는 그녀는 걸림돌이었다.

"네가 탐색조와 내 움직임을 뒤따를 수 있어? 말했지만 진퇴가 빨라야 해, 어설픈 고집부리지 마."

"내가 아르니를 데리고 다닐게, 그러면 됐지?"

잠자코 있던 텔리시아가 나섰다. 후드 사이로 얼핏 보이는 그녀의 매혹적인 얼굴에 몇몇 대원들은 저도 모르게 얼굴을 붉히고 있었다.

라트의 표정이 더욱 굳어졌다.

"넌 나서지 마."

"걱정하지 않아도 돼, 그녀에게 해를 끼치는 일은 없을 테니까."

"다시 말하지, 넌 나서지 마."

불신 어린 얼굴로 말하는 라트의 태도에 텔리시아는 가슴이 찢어지는 것 같았다. 그러나 그녀는 내색하지 않았다.

"정말이야. 그녀에게는 아무런 해도 안 끼쳐, 그리고 난 갈 수밖에 없어. 너 때문이기도 하지만 아르니를 지켜야 하니까."

라트의 날카로운 눈이 아르니에게 향했다. 하지만 아르니는 고집스러운 얼굴로 한 걸음 더 다가왔다.

"난 따라갈 거야, 설사 죽는다고 해도 말이야."

"이 멍청한……."

"멍청하다고 해도 좋아. 날 자꾸 짐처럼 여기지 마, 나도 싸울 수 있어."

아르니가 고운 미간을 잔뜩 찌푸리고 그렇게 말하자 라트의 일그러졌던 눈이 조금 느슨하게 변했다. 과연 그녀의 말처럼 라트는 정말로 그녀를 짐으로 생각하고 있었는지도 몰랐다. 그냥 곁에 있어 주는 것만으로도 됐다. 그러니까 그녀를 보호해야 하는 것은 자신이라고, 그렇게 생각해 왔던 것이다.

물론 지금도 그 생각은 변함이 없었다. 더군다나 그녀가 악마와 계약을 했다는 것을 알고 있는 라트이기에 더더욱 그녀를 위험 속으로 밀어 넣고 싶지 않았다.

라트는 결의를 다졌다. 말은 최악의 상황을 가정한 것이라고 했지만, 본능적으로 이번에 무슨 일이 일어나리라는 것을 직감하고 있었다.

아르니는 공식적인 은십자 기사단의 단원이 아니다. 지금은 이런 상황에 있었지만, 그녀는 귀족으로 자란 사람이 아닌가.

악마와 계약하는 우를 범하고 말았지만, 아직 돌아오지 못할 길로 간 것은 아니었다.

그녀는 행복해질 수 있다.

생각을 정리한 라트의 손이 번개처럼 움직였다. 그녀의 목을 내리쳐서 기절시키려는 것이었다.

그때였다.

팟!

라트의 눈이 매서워 졌다. 손이 막힌 것이다. 그녀의 앞에는 어느새 텔리시아가 서 있었다.

"지금 무슨 짓을 하려는 거야?"

"……."

텔리시아의 매서운 눈길에 라트는 아무 대꾸도 하지 않았다.

"그녀에게 해를 입히는 것은 내가 용납할 수 없어."

"이게 그녀에게 해가 되는 행동이라고 생각하는 모양이지?"

라트의 냉혹한 눈빛을 받으면서 텔리시아는 이를 악물었다.

알고 있다. 그가 무슨 생각으로 이런 것인지. 하지만 그녀는 라트의 곁에 있기 위해서는 어떤 명분이 필요했다.

조금 전에 무슨 일이 일어나려고 했는지 금새 알아챈 아르니는 아랫입술을 질끈 깨물었다.

찰싹!

"라트, 이 나쁜 놈!"

뺨을 후려 맞은 라트는 눈을 가늘게 뜨고 아르니를 보았다.

"착각하지 마! 이건 내 선택이란 말이야, 내가 정한 길이라고! 또 이런 짓 했다가는 용서하지 않겠어."

아르니의 매서운 눈에 라트는 잔뜩 일그러진 얼굴로 텔리시아에게 잡힌 손을 빼내고 몸을 돌렸다.

"이 멍청한! 마음대로 해."

"그럴 거야."

라트의 마음을 알고 있는 아르니는 조금 전까지 화를 냈던 것이 무색할 만큼 부드러운 눈으로 그를 바라보고 있었다.

"따라오기로 했으면 걸림돌이나 되지 마."

라트는 대원들에게 시선을 고정한 후 말했다.

"제리카를 데리고 가겠다."

"예, 알겠습니다."

제리카가 결의에 찬 얼굴로 고개를 끄덕였다. 바렌트를 뒤로 한 채 라트는 걸어갔다. 그는 조금 전에 말했던 것과는 달리 어떻게 하면 아르니를 떼어 놓을 수 있을까하고 고민했다.

'그녀를 위험에 빠뜨릴 수는 없다.'

"저희들은 이쪽 통로를 통해서 갈 겁니다."

셀로무트가 지도의 한쪽을 가리켰다.

"그곳은 다소 위험하지 않겠습니까? 아무리 지금 시기가 그렇다고 하더라도 아제릴의 성기사들 전원이 북쪽으로 향하는 것은 아니라고 생각합니다."

"맞는 말입니다. 하지만 설사 그렇다고 해도 이 길 외에는 없습니다."

단언하는 셀로무트의 말에 간부들이 입을 다물었다.

"길목까지는 그리 큰 위험이 없을 겁니다. 하지만 첨탑으로 이어지는 유일한 이 길에는 다수의 기사나 전투 신관들이 있을 겁니다. 운이 없으면 성기사들까지 있겠지요. 적들에게 들키지 않으면 그것만큼 좋은 일이 없겠지만, 이번 일이 다시 오지 않을 기회임을 고려하면 최악의 상황을 항상 염려하고 움직여야 합니다."

"싸울 가능성이 더 크다는 것인가?"

잠자코 듣고 있던 라트의 말에 셀로무트는 잠시 입을 다물었다. 사실대로 말하자면 싸우지 않고 이 작전이 제대로 시행되기란 거의 불가능했다.

"싸울 가능성이 더 크다면 이 작전이 성공적으로 진행될 가능성은 굉장히 낮겠군. 싸움이 일어나면 순식간에 이목이 이곳으로 집중될 게 분명하니까 말이야."

"으음……."

라트의 냉정한 말에 간부들이 고개를 주억거렸다. 과연 맞는 말이었다. 잠깐 동안 굳은 표정을 짓고 있던 셀로무트가 아제릴 내부 북쪽으로 막대를 옮겼다.

"이쪽에서 희생 부대가 움직이면서 이목을 집중시킬 겁니다."

희생 부대라는 말에 라트의 눈가가 파르르 떨렸다.

"희생 부대라고?"

"예, 어쩔 수 없는 일입니다. 이번 일은 다시 오지 않을 기회입니다. 그러니 이번에 정확하게 내부 구조를 알아 둬야 합니다. 그래야 이후, 제3십자대가 움직일 수 있을 겁니다. 제가 이번 호위 일을 흑십자대에 맡긴 것도 희생 부대를 움직이게 되면 움직일 패가 없기 때문입니다."

희생 부대라는 말에 거부감이 생긴 라트의 얼굴이 일그러졌다. 그는 별안간 제3십자대가 생각하고 있는 계획이 무엇인지 궁금해졌다. 봉인지역의 중앙, 그곳에는 악마왕이 봉인되어 있다고 하지 않았던가.

"그렇게까지 해서…… 도대체 제3십자대는 뭘 하려는 거지?"

그러자 셀로무트와 간부들의 얼굴에 묘한 기색이 떠올랐다.

"그걸 정말로 몰라서 묻는 겁니까?"

"혁명을 위한 것임을 정말 몰라 묻는 것이오?"
"모든 일은 혁명을 위한 일이오."
간부 중 한 명이 노골적으로 경멸 어린 시선을 던졌다. 그런 것도 모르면서 무슨 은십자 기사단이라고 할 수 있겠느냐는 표정이었다.
"그런 걸 묻는 게 아니란 걸 알 텐데, 희생 부대까지 써 가면서 아제릴의 내부 구조를 알아내 뭘 하려고 하는 것이냐를 묻는 거지."
날카로운 라트의 물음에 탁자 앞에 선 모두가 입을 다물었다. 그리고 그 잠깐의 침묵을 셀로무트가 깼다.
"혁명을 위한 준비입니다. 교단이 그토록 지키고자 하는 봉인지역을 부수려는 것이지요."
셀로무트의 담담한 말에 라트와 바렌트를 비롯한 아르니, 그리고 마지막 조원으로 뽑힌 제리카의 얼굴이 창백하게 질렸다. 오로지 텔리시아만이 날카롭게 눈을 치켜떴다.
"봉인지역을 부수다니……. 그곳엔 악마왕이라고 불리던 자의 힘 일부분이 잠들어 있을 텐데?"
"맞습니다."
라트의 눈이 가늘게 변했다.
"그곳을 부수면 놈이 튀어나오는 것이 아닌가?"
"예, 분명히 그렇겠지요. 하지만 그 정도의 힘은 교단이 억누를 수 있는 정도일 겁니다."

"악마를 다시 세상에 불러낼 셈이냐?"

"아니요, 교단의 힘을 약화 시키기 위한 하나의 일환에 불과합니다."

"교단을 부수기 위해 악마의 힘을……."

거기까지 말한 라트는 모골이 송연해지는 기분을 느꼈다.

'악마든 뭐든 놈들에게 복수할 힘만 있다면!'

다름 아닌 라트가 그렇게 생각해 오지 않았던가. 등에 걸려 있는 칠흑의 기형검 지크로트.

라트가 저지른 죄악의 시작이 바로 그것에 있었다.

라트는 저들에게 그런 말을 할 자격이 없었다. 교단을 부수기 위해 복수하기 위해서 악마와 계약을 한 사람은 다름 아닌 그였던 것이다.

'저들의 목적이 교단을 부수는 일이라면 나는…… 말릴 수 없다.'

아르니와는 달랐다. 악마가 풀려나서 혼란이 야기되는 것, 주위에 미칠 피해와 혼란보다도 교단의 힘이 한풀 꺾인다는 사실이 라트의 마음속 깊은 곳에 있는 어둠에 스며들었다.

그런 라트의 혼란스러운 속내를 알고 있는 아르니는 염려스러운 표정을 지으며 그의 꽉 쥐어진 손에 조용히 손을 얹었다.

"악마왕 발루토의 힘이 깨어난다고 해도 그 힘은 반의반. 아니, 그조차도 되지 않겠지요. 이미 육신이 찢긴 악마에게 그 정도의 힘이 남아 있지는 않을 겁니다. 하지만 그것만으로도 교단의 힘은 크게 꺾일 겁니다."

셀로무트는 확신하고 있었다. 그 힘으로 일단 이 봉인지역이 박살 나게 될 것이다. 엄청난 수의 성기사들이 죽어 나갈 것이고 그로 인해 교단의 힘이 많이 줄어들 것이다.

그렇게 되면 지금까지 웅크리고 상황을 살피던 은십자 기사단이 일어나는 때가 된다.

"그리고 모든 혼란이 야기되는 그때가 되면 이 일은 은십자 기사단이 행한 일이 아니게 되는 겁니다."

"그게 무슨 말이지?"

"이 일은 교단의 봉인지역 관리를 제대로 하지 못한 것에서 비롯된 사고로 알려지게 될 겁니다."

라트는 셀로무트의 나직한 말에 속이 뒤틀리는 것 같았지만 아무 말도 할 수 없었다. 현실, 그리고 냉정이라는 말로 과연 어디까지 그들의 행위가 용납될 수 있는 걸까.

라트는 마음 한구석이 욱신거렸지만 그 이유를 회의가 끝날 때 까지도 알 수 없었다. 그리고 그것을 끝까지 알지 못한 채 라트는 셀로무트의 지시 아래 움직이기 시작했다.

라트와 아르니를 바라보는 텔리시아의 눈동자가 더없이 혼란스럽게 일그러져 있었다.

내려앉은 어둠에서 십여 명의 인원이 발 빠르게 움직이고 있었다. 평소라면 삼엄했을 중앙지역의 경비가 평소의 절반

정도밖에 되지 않았다.

대다수의 성기사들이 북쪽에서 외지인을 맞이하고 있기 때문이었다. 가슈인의 의도는 정확히 먹혀들었고 셀로무트의 지시에 따라 탐색조와 이들을 호위하는 호위조가 뒤따르면서 작전이 시행되고 있었다.

몇 년 동안 아제릴 내부에 잠입해 있던 셀로무트를 필두로 한 아제릴 지부의 인원들이 공을 들여 만든 외곽 길목 사이로 조심스럽게 움직였다. 그런데 중앙지역까지 거리를 한껏 좁히던 탐색조장이 갑작스럽게 멈추었다. 그러자 대원 다섯 명을 이끌고 움직이던 라트도 우뚝 제자리에서 멈추었다.

아직 어둠 사이에서 모습을 감추고 있는 그들의 모습이 발견되는 일은 없었지만 가장 앞에서 움직이던 탐색조장 디프론은 앞서 나가다가 곧 무언가를 발견하고 속으로 혀를 차면서 라트에게 다가왔다.

"예상했던 대로 놈들이 움직이지 않고 지키고 있소."

"수는?"

"셋이오."

"성기사는 있나?"

"다행스럽게도 없소. 하지만 전투 신관이 둘, 그리고 기사로 여겨지는 자가 하나요."

라트는 이를 악물었다. 한 명도 조용히 처리하기 곤란한데 두 명이라면 좋지 않은 상황임이 틀림없었다.

"전투 신관 둘이라……."

라트가 전력을 쏟고 바렌트를 비롯한 네 명이 도와주면 금방 처리할 수 있으리라. 하지만 그 와중에 얼마나 큰 소란이 날지는 예상하기 어려웠다.

"내가 처리하겠어."

텔리시아가 나서자, 라트가 눈을 날카롭게 치켜떴다.

"네가 나설 일은 없다고 했을 텐데."

"다시 한 번 말하지만 내가 나선다고 해도 그녀에게 해가 가는 일은 없어, '지금' 은 말이야."

"그 말을 내가 어떻게 믿지? 넌 그냥 빠져 있어."

"날 믿어줘, 아니면 다 망칠 셈이야? 여기서 크게 소란을 일으키면 전부 엉망이 될 거야."

"전부 엉망이 돼도 좋아, 아르니의 영혼을 네게 바치는 건 절대 용납할 수 없어."

라트를 따르는 나머지 셋은 가만히 숨을 죽이고 있었다. 희한한 일이었다. 대열에 끼기로 했던 아르니의 모습은 그 어디에서도 찾을 수 없었다.

작전이 실행되기 직전에 텔리시아와 라트 간에 작은 거래가 있었다.

'넌 따라와도 좋아. 단, 아르니는 이곳에 놔둬, 그리고 내가 어떻게 되든 넌 절대 나서지 마, 절대로 말이야.'

라트는 텔리시아가 힘을 쓰면 아르니의 목숨이 깎여 나가는 것으로 알고 있었기 때문에 텔리시아와 아르니의 계약에 얽힌 것은 알지 못했다. 지금쯤 아르니는 침대에서 깊은 잠에 빠져 있으리라.

"얼마나 남았지?"

"약 5분가량 남았소."

희생 부대가 움직이기까지의 남은 시간이었다.

"시간이 얼마 남지 않았군. 우리들이 나서겠다, 어떻게든 안쪽으로 들어가라."

라트의 말에 디플론이 결의에 찬 얼굴로 고개를 끄덕였다. 자신을 나락의 구렁텅이로 밀어 넣는 작전이다.

라트는 스스로 제2의 희생 부대가 되겠다고 말한 것이나 다름없었다. 이곳에서 그 말을 못 알아듣는 이는 없었다. 대원들 역시 이곳이 마지막인가 하는 생각으로 결의를 다지고 있을 때였다.

"죽으러 가는 게 아니다. 전투 신관 두 놈을 최대한 빠르게 죽이고 빠져나간다."

"예, 알겠습니다."

그리고 시간이 다가왔다. 텔리시아는 서서히 준비를 하기 시작했다. 아무리 라트가 단숨에 몰아붙인다고 해도 전투 신관 둘은 만만치 않을 것이 분명했다. 느슨하게 풀린 제약 덕분에 텔리시아는 온몸에서 힘이 휘몰아치는 것을 느꼈다. 이 힘이라면 라트가 위험하게 되는 일을 막을 수 있으리라.

바로 그때, 디프론과 라트의 눈이 마주쳤다.

라트의 몸이 번개처럼 뛰쳐나갔다. 빛이 드리운 조명석 사이로 붉은 궤적이 튀어나갔다.

"허억!"

써걱!

빗살처럼 쏘아진 라트는 단숨에 신관 기사의 목을 베어 내면서 곁의 전투 신관의 목을 향해 검세를 뒤틀었다. 그러나 그 기습은 라트의 예상대로 통하지 않았다.

카아앙!

"웨, 웬 놈이……!"

반사적으로 검을 막아 낸 전투 신관은 어둠에서 세 개의 그림자가 육박해 오는 것을 보며 숨을 들이켰다. 방금 전 일어난 상황에 미처 손을 쓰지 못한 나머지 한 명의 전투 신관은 검을 뽑아 들어 달려드는 세 명의 기습에 맞섰다.

카가가강!

"이, 이교도 놈이 어찌 이곳에!"

비교적 백중세로 싸우고 있는 라트와는 달리 나머지 셋의 공격을 받은 전투 신관은 처음에는 다소 놀라 방어만 했으나, 점차 여유를 되찾고 있었다.

접전이 벌어지는 사이 디프론이 날렵하게 움직였다. 수십 년에 걸쳐 단련한 움직임이었다. 그의 몸이 순식간에 중앙지역의 상징이라 할 수 있는 거대한 첨탑의 벽에 착 달라붙었다.

미처 전투 신관들이 그것을 보지 못하고 눈앞의 적에 집중하는 동안 나머지 탐색조원들이 움직였다.

첨탑에 매달린 그들은 단검을 벽 사이에 꽂았다. 놀랍게도 벽에 작은 균열이 생겼다. 반복적인 작업으로 벽 한 부분의 강도를 약화 시켜 왔던 작업이 드디어 빛을 본 것이다. 그 작은 틈으로 순식간에 조원들이 몸을 날리며 안으로 들어갔다.

"간이 배 밖으로 튀어나온 모양이로구나! 더러운 이교도 따위가 감히 성역에 모습을 드러내다니!"

전투 신관이 분노를 터뜨리며 검신에 새하얀 빛을 내뿜기 시작했다. 짓눌러 오는 그 압박감에 라트의 얼굴이 일그러졌다. 칠흑색 검에서 검붉은 기운이 사방으로 퍼지며 여러 개의 검형이 만들어졌다.

구웅-!

바로 그 순간이었다. 기운을 개방하자마자 사방에서 온몸을 짓누르는 신성력의 압박감이 더더욱 커져 라트를 죄어 왔다.

'무, 무슨!'

『크흐흐흣…… 슬슬 움직이지 않으면 곤란하겠군. 놈이 사방으로 호각을 분 셈이 되었으니 말이야.』

지크로트의 낮은 중얼거림에 텔리시아의 표정이 다급해졌다. 그녀의 몸이 늘어지는 듯하더니 그대로 그들을 향해 쏘아졌다. 동시에 양손에서는 모든 것을 집어삼킬 것 같은 시꺼먼 화염이 피어올랐다.

그녀가 낮게 쏘아져 오는 것을 발견하지 못한 전투 신관들은 본능적으로 위험을 느끼며 재빠르게 뒤로 물러났다. 그러나 그 움직임은 텔리시아보다 빠르지 않았다.

콰쾅!

두 개의 검은 화염이 터지면서 전투 신관 두 명의 몸이 튕겨져나갔다. 아직도 꺼지지 않은 검은 불길은 전투 신관 둘의 몸을 빠르게 태우며 갉아먹고 있었다. 그야말로 일격필살.

라트의 눈이 지독하게 차가워졌다. 조금 전에 폭발과 함께 사방으로 퍼져 나간 마력의 양이 상상을 초월하는 것을 느낀 것이다.

"내가 나서지 말라고 했을 텐데!"

아르니의 수명이 줄어들었다는 생각에 이성을 잃은 라트는 분노에 가득 찬 고함을 내질렀다. 이에 텔리시아는 부드럽게 대꾸했다.

"말했잖아, 아르니에게는 아무런 해도 없을 거라고."

"그 말을 내가 어떻게 믿느냔 말이……!"

"피해!"

텔리시아는 밀어닥치는 신성력의 빛줄기 속에서 라트의 몸을 껴안으며 안쪽으로 굴렀다.

콰콰쾅!

사방으로 퍼져 나가는 신성력의 폭풍에 조금 전 라트와 텔리시아가 서 있던 곳은 새하얀 빛으로 휩싸였다.

“아, 아트란!”

그 빛에 휩싸이는 대원의 모습에 바렌트가 고함을 내질렀다. 그러나 그의 고함은 죽어 버린 대원에게는 닿지 않았다. 아르니 대신에 뽑히게 된 대원이었다. 그가 이렇듯 허망하게 죽어 버릴 줄이야.

구웅-!

“크윽!”

라트는 시간이 지날수록 사방에서 죄어 오는 기운이 계속해서 강력해지는 것을 느끼며, 더더욱 마력을 끌어올렸다. 그럴수록 라트의 얼굴에 낭패의 빛이 스쳤다.

‘놈들이 빠르게 다가오고 있다.’

“어떻게 이렇게 빠른 시간 내에 들킨 거지?”

“마력의 성질이야, 극성의 성질을 가진 마력이 성역이라고 불리는 이곳에서 개방된 거야. 저들이 눈치채지 못할 것이라는 생각 자체가 무른 거라고는 생각 안 해본 거야?”

텔리시아의 날카로운 말에 라트는 이를 악물었다. 그 점에 대해서는 이미 알고 있는 사실이었건만, 어째서 거기까지 생각하지 못했단 말인가.

하지만 라트는 지금 처한 상황 때문에 텔리시아가 왜 그 사실을 알고 있으면서, 주의를 주지 않은 것인지에 대해 미처 생각하지 못했다.

“감히 악마 숭배자 따위가 어찌 성역에 들어올 수가 있는 것인가!"

어느새 지척까지 다가온 성기사가 위협적인 목소리로 말했다. 라트는 결사 의지를 다졌다. 성기사가 왔다면 이미 뒤로 빠질 수 없는 일이다. 죽을 각오로 싸워야 한다.

그때, 텔리시아가 라트를 제지했다.

"물러나야 해, 안으로."

텔리시아의 말에 라트를 비롯한 바렌트와 제리카의 눈이 부릅떠졌다.

"아, 안으로라니…… 그렇게 되면 더 위험할 것입니다."

제리카가 말도 안 된다는 듯 소리쳤을 때였다.

"용서치 않겠다!"

섬광처럼 튀어나온 성기사 한 명과 전투 신관 두 명의 공격이 펼쳐졌다.

콰콰콰콰!

빛줄기가 일렁이면서 사방으로 밀어닥치며 폭발을 일으켰다. 강렬한 신성력의 폭풍 속에 라트의 몸에 점차 깊은 상처가 생겨났다.

치지지직!

"크으윽!"

라트의 몸에서 이상한 소리가 나며 연기가 피어오르자, 성기사의 눈에 광기가 어렸다.

"저놈이다! 저놈이 신성력에 반발하는 몸을 가지고 있는 놈이다! 집중 공격하라!"

"옛!"

우렁찬 대답과 함께 전투 신관들의 공세가 라트에게 쏟아졌다.

번쩍!

콰쾅!

"크아아악!"

성기사, 그리고 전투 신관 둘의 공격을 급하게 방어하려던 라트는 검면을 튕겨 새어들어 오는 그 어마어마한 힘에 나가떨어졌다.

치지지직!

라트는 전신이 타들어가는 고통에 신음을 흘렸다.

"크으으윽!"

"놔둘 줄 아느냐!"

겨우 몇 합 만에 라트의 전신은 검상과 고름, 그리고 피로 엉망진창이 되어 있었다. 다시 성기사가 찬란한 빛으로 일렁이는 검을 들고 덤벼오는 찰나, 그에게 검붉은 불꽃 덩어리가 날아들었다.

"아, 아닛!"

콰아앙!

폭풍처럼 퍼지는 마력의 폭풍에 성기사의 몸이 붕 떴다가 뒤로 물러났다.

텔리시아는 라트가 전투불능의 상태가 되는 것을 확인했을 때부터 한 치의 흔들림도 없이 계속해서 주문 영창을 반복하고 있었다.

콰콰쾅!

기본적인 암흑 마법 중 공격 마법인 흑염구를 상위 등급으로 구현하여 연속적으로 날리면서, 틈틈이 속박 마법을 연계하고 있는 그녀의 마법은 실로 터무니없을 정도로 강력했고 위력적이었다.

쓰스스스!

"허억!"

접근은커녕 오히려 뒤로 물러서던 전투 신관 한 명이 피하던 도중 땅에서 솟구친 어둠에 발이 묶였다. 그리고 바로 날아든 흑염구는 그의 몸을 집어삼키며 폭발했다.

콰쾅!

아르니의 그것과는 차원이 다른 압도적인 파괴력, 그리고 격이 다르다고 할 수밖에 없는 싸움을 그저 지켜 볼 수밖에 없는 바렌트를 비롯한 제리카의 얼굴은 딱딱하게 굳어 있었다.

몸 안으로 침투하는 신성력 때문에 치유가 되지 않아 숨을 제대로 쉴 수도 없는 상황인 라트는 고통 속에서도 텔리시아의 전투를 보면서 아주 작은 신음을 흘렸다.

"아, 안 돼……."

제리카는 창백한 안색으로 중얼거렸다.

"초월자라고 불리는 성기사마저도 능가하는 마법사라니……"

임시로 흑십자대라는 부대에 속해 있기는 하지만 다른 이들 중 그 누구보다 라트와 있었던 시간이 길었던 제리카는 설마 텔리시아의 힘이 이렇게나 대단할 것이라고는 꿈에도 상상하지 못했다. 그것은 가슈인도 셀로무트도 그 누구도 생각지 못한 부분이었다.

그러는 사이 다시금 그녀의 양손에 얽힌 검은 화염구는 이윽고 크기를 더욱 키워 갔다. 지극히 순수하고 어두운 마력의 파동에 성기사의 두 눈이 부릅떠졌다.

"이, 이 기운은 부, 분명히 악마의 힘이다!"

성기사는 경악을 금치 못했다. 악마의 힘이라고 불리는 암흑 마법을 실제로 쓰는 존재가 눈앞에 있었다. 암흑 마법과 어둠의 마력은 악마들이 가지는 고유의 힘으로 그들이 아니면 절대 쓸 수 없다고 하는 것이다. 그야말로 악마임을 증명하는 힘. 그 말은 즉, 그들이 상대하고 있는 텔리시아는 확실하게 악마라는 이야기였다.

성기사는 성전의 구절을 끝없이 읊으면서 더욱 경건한 마음으로 검을 찬란한 빛으로 불태웠다. 그러나 그것뿐이었다. 쏘아진 빛줄기는 흑염구에 번번이 폭발하며 흩어졌다.

콰쾅!

거친 열풍이 일어나는 그 순간 나머지 한 명의 전투 신관마저 왼발과 왼팔이 솟구친 어둠에 잡혔다.

"으아아아!"

"치잇!"

부하가 더 있어도 모자랄 판에 잃어서는 승산이 없었다. 성기사의 눈이 날카롭게 빛났다.

"하아압!"

그의 검에서 떨어져 나간 빛줄기는 순식간에 전투 신관의 왼쪽 발과 팔을 잘라 냈다.

"크아아악!"

"물러서라!"

성기사의 외침이 울려 퍼졌다. 그러나 자신의 팔과 다리가 잘릴 것이라고는 생각지도 못했던 전투 신관은 고통에 비명을 질러 댔다. 텔리시아의 흑염구는 주저 없이 맹렬하게 들이닥쳤다.

콰아앙!

단말마도 없는 최후.

"크으윽! 이 잔악한 악마 놈이!"

분개한 얼굴로 전의를 다지고 있는 성기사를 보던 텔리시아의 얼굴이 날카로워졌다.

전투 신관만 열이 넘고 성기사는 다섯이 넘었다.

아랫입술을 깨문 텔리시아는 눈앞의 성기사를 처리할 요량으로 단숨에 흑염구 다섯 개를 날렸다.

콰콰콰콰쾅!

"이따위 공격은 통하지 않는다!"

흑염구의 공격이 처음 쏘아져 나올 때의 궤도만 읽으면 피하는 것이 그리 어렵지 않다는 것을 알게 된 성기사는 여유롭게 피했다. 그러면서도 솟구치는 어둠에 붙잡히지 않으려고 거리를 벌리고 있었다. 일정 범위 이상 어둠이 솟구치지 않는 것까지 파악한 상태였고, 곧 동료들이 들이닥치면 단숨에 처리할 생각까지도 했다. 하지만 성기사가 몸을 빼자마자 더는 늘어나지 않을 거라 생각했던 어둠이 엄청난 속도로 밀려들었다.

"이, 이럴 수가!"

급하게 몸을 빼려고 했을 때였다. 어둠 속에서 가차없이 커다란 송곳니가 튀어나오면서 그의 육신을 찢어발겼다.

일정 거리 이상 어둠이 솟구치지 않았던 것은 모두 처음부터 텔리시아가 노리고 있던 전술일 뿐이었다. 한방을 노려서 최대한 전력 노출을 아끼고 동시에 마력이 주위로 퍼지는 것을 방지하기 위한 전술.

"퇴로는 이미 막혔어, 빨리 안으로 들어가!"

텔리시아의 다급한 말에 그제야 정신을 퍼뜩 차린 바렌트는 라트를 업고 급하게 달려 나갔다. 곧 안쪽 깊숙한 곳에 거대한 문이 나타났다.

"부숴!"

텔리시아의 외침에 제리카와 바렌트가 즉시 검을 휘둘렀다.

카가가각!

푸른빛이 어른거리는 그들의 검에는 흠집조차 나지 않았다. 봉인석으로 향하는 봉인첨탑의 문이 그토록 약할 리가 없었던 것이다.

"쯧!"

텔리시아는 순식간에 양손에 마력을 집중시켰다. 조금도 지체할 시간이 없었다. 순식간에 쏘아져 나간 강력한 마력의 폭풍은 단숨에 문을 날려 버렸다.

쿠콰쾅!

밀집된 마력의 폭풍이 사방으로 몰아치자 제리카가 눈살을 찌푸리며 몸을 움츠렸다. 텔리시아가 바렌트의 등에 업힌 라트의 몸을 안고 바로 안쪽으로 몸을 날렸다.

"이익, 놓칠 줄 아느냐!"

성기사들의 검에서 여러 개의 빛줄기가 쏜살같이 날아들었다.

콰쾅!

"크윽!"

뒤늦게 몸을 날린 바렌트가 날카로운 성기사의 공격을 맞고 고꾸라졌다.

"부대장님!"

"크으윽!"

제리카가 몸을 뒹굴면서 다급한 얼굴로 바렌트의 몸을 잡고 이끌었다. 그리고 텔리시아가 나아간 지하로 이어지는 계단으로 급하게 몸을 날렸다.

황급히 안쪽으로 들어온 성기사들은 외부인들의 모습이 보이지 않자 이를 갈았다.

"간교한 놈들! 놈들이 봉인석으로 향하고 있다! 조를 나누겠다. 계단을 통해 내려갔을지도 모르고 어쩌면 다른 길로 빠졌는지도 모른다. 엘빈 경은 저곳으로, 잔스 경은 이쪽으로, 그리고 나는 전투 신관 셋과 함께 이쪽 계단으로 간다!"

"예!"

제2화
혈투

중앙첨탑의 지하에는 거대한 공동이 있다. 외부에 알려져서는 안 될 중앙첨탑의 비밀스러운 곳이다. 드높게 세워진 검은색 중앙첨탑은 그것을 감추기 위한 눈속임에 불과하다. 그러나 교단에서는 큰 착각을 하고 있었다. 그들이 같은 신성력을 쓰는 동료의 기감을 잘 잡아내듯이 마족들 역시 마찬가지였던 것이다.

텔리시아는 계단을 빠르게 내려가고 있었다. 사방에서 일렁이는 신성력이 그녀의 기감을 흐트러뜨리고 있었지만, 계단을 내려갈수록 그녀는 확신했다. 봉인석은 이 아래에 있다. 하지만 아직 봉인석의 모습은 보이지 않았다.

'더 아래인가?'

텔리시아가 혀를 차고 있던 그때였다. 원형 계단에 라트를 안고 나타난 텔리시아의 모습을 발견한 다수의 성기사들의 얼굴이 급격하게 굳어갔다.

"침입자다!"

"죽여라!"

조금 전, 첨탑 쪽에서 난 소음이 외부인의 침입에 의한 것임을 알게 된 성기사 한 명이 소리쳤고 곧 찬란한 빛이 공동을 가득 메웠다.

'수가 많다.'

텔리시아는 입술을 질끈 깨물며 애써 무시하고 몸을 날렸다. 곧 빛줄기가 계단으로 마구 쏟아졌다.

콰콰콰콰쾅!

신성력의 폭풍에 휘말리고 있는 텔리시아의 몸에서도 지금 라트의 몸에 발생한 것과 같은 현상이 생겼다.

치지이이직!

"치잇!"

원형 계단의 바깥과 이어진 그 공격의 사각지대로, 기둥에 살짝 몸을 숨긴 그 순간이었다. 어느새 공동 안쪽에 있었던 성기사 한 명이 계단을 단숨에 올라와 찬란한 빛을 검을 휘두르며 텔리시아에게 달려들었다.

"흐읏!"

"죽어라! 악마!"

급하게 몸을 튼 텔리시아였지만 적의 날카로운 검 끝은 팔뚝에 상처를 냈다.

"크윽!"

"죽엇!"

텔리시아의 자세가 일순 무너지자 성기사의 눈에 살기가 어렸다. 검이 그대로 호선을 그리며 텔리시아의 목을 베려는 찰나, 그녀의 품에서 거칠게 숨을 쉬던 라트의 눈이 번뜩였다.

"흐아아압!"

기합이 터져 나오고 지크로트의 검 끝에서 폭발하는 검붉은 마력이 성기사에게 쏘아져 나갔다.

"어설프다!"

라트의 마력을 거칠게 밀어낸 성기사는 다시금 텔리시아를 베려 했다. 라트는 날아드는 검의 궤도를 어떻게든 바꿀 요량으로 힘을 쥐어 짜내 몸을 일으켰다.

"바보 같은 짓 하지 마!"

텔리시아의 간절한 외침과 동시에 라트의 옆구리 사이로 엄청난 마력의 폭풍이 몰아쳤다.

"뭐, 뭐냐!"

돌연 거대한 마력이 넘실거리자 성기사가 당황한 얼굴로 급하게 마력을 잔뜩 끌어올렸다.

콰아아앙!

"끄악!"

무시무시한 일격에 성기사의 몸이 붕 떴다. 내부가 진탕되는 그 엄청난 일격에 피를 토한 성기사는 형편없이 계단을 굴렀다.

텔리시아는 잔뜩 흥분한 기색으로 다시 휘청거리는 라트의 몸을 껴안고 계단을 내려갔다.

라트가 신음이 섞인 목소리로 물었다.

"어, 어디를 가려는 거야……."

"봉인석, 봉인을 깨겠어."

텔리시아의 붉은 눈동자가 굳은 의지로 활활 타올랐다. 한 걸음 내디딜 때마다 그녀의 내부에서 외부로 방출되는 마력의 양이 폭발적으로 증가했다.

힘이 영향을 미치는 반경은 점차 넓어졌고, 조금 전 텔리시아의 일격에 나가떨어졌던 성기사의 상체에 붙었던 검은 불길은 갑작스럽게 그 크기를 더하면서 성기사의 목숨을 앗아갔다.

"끄아아악!"

고작 몇 초도 되지 않은, 순식간에 일어난 일이었다.

"무, 무슨 일이 일어나고 있는 거지?"

라트는 몸에 침투하는 신성력의 힘이 점차 약화되는 것을 느끼면서 지금 주변에 무슨 변화가 일어나고 있는지 알 수 있었다.

그때, 뒤쪽에서 빠르게 다가오는 기척에 텔리시아의 오른손이 그쪽을 향했다.

"저, 접니다!"

이글거리는 검은 불꽃을 본 제리카가 기겁했다. 그의 품에 입가에 피를 흘리고 있는 바렌트가 있었다. 그러나 텔리시아는 더욱 불꽃을 키웠다.

"저, 접니다. 제, 제리카란 말입니다!"

텔리시아의 손에서 검은 불꽃이 튀어나갔다.

"으아아아악!"

제리카가 몸을 움츠렸다.

거대한 흑염구는 간발의 차이로 제리카의 오른쪽을 스쳤다.

"뭐, 뭣……!"

엄청난 속도로 계단을 내려오고 있던 성기사는 갑작스럽게 날아오는 엄청난 흑염구에 기겁했다. 그 찰나 그의 눈이 날카롭게 번뜩였다.

"경의 희생을 잊지 않겠다!"

성기사는 재빨리 곁에 있던 전투 신관을 자신의 앞으로 잡아당겼다.

"서, 성기사님……!"

콰아아아앙!

"크으윽!"

인간 방패였다.

폭발에 날아간 성기사는 전투 신관을 끌어다 막고, 거기다가 마력까지 끌어올려 자신을 보호했음에도 내부가 진동하는 어마어마한 힘에 경악하지 않을 수 없었다.

"악마의 힘이 이렇게 강하단 말인가……."

솔직하게 악마의 힘에 감탄한 그는 조금 전 자신의 방패로 쓰여 갈기갈기 찢긴 채 죽어 버린 전투 신관을 뒤로하고 바로 달려들었다.

그것이 실수였다. 폭발의 흔적으로 시꺼멓게 폭발해 버린 계단의 한가운데에서 돌연 어둠의 손길이 튀어나온 것이다.

"이, 이게 무슨!"

놀란 성기사는 급하게 검을 휘두르면서 어둠을 베려고 했지만, 그의 전신을 잡고 있는 그림자는 잘리지 않았다.

"으윽! 나를 도와라!"

전투 신관들이 사색이 된 얼굴로 급하게 성기사를 잡고 있는 어둠을 없애기 위해 안간힘을 썼다. 그러나 끈적거리는 어둠은 좀처럼 잘릴 생각을 하지 않았다.

텔리시아의 손에서 연달아 쏘아진 다섯 개의 흑염구가 그들을 집어삼켰다.

콰콰콰콰쾅-!

계단의 한 부분이 흔적 없이 사라졌고 그들의 시체도 흔적 없이 불타 찾아볼 수 없었다.

"허억허억……."

제리카가 조금 전에 자신들이 서 있던 곳에 벌어진 광경을 보면서 덜덜 떨고 있는 가운데, 텔리시아는 그들에게 시선 한 번 주지 않고 더 빠른 속도로 내려갔다.

"엄청나군……."

깊은 상처 탓에 가물거리는 의식 속에서 바렌트는 텔리시아의 진가를 보며 경탄을 금치 못했다. 그것은 라트 역시 마찬가지였다.

'이것이 텔리시아의……'

라트는 봉그리드와 싸웠을 때와는 격이 다른 텔리시아의 엄청난 힘에 전율하고 있었다. 하지만 아직 밀어닥치는 성기사가 모두 죽은 것은 아니었다. 긴 계단을 모두 내려오자마자, 수십 가닥의 빛줄기가 텔리시아에게 몰아쳤다.

콰콰콰콰콰콰!

그 광경은 흡사 빛의 파도라고 해도 좋을 정도였다. 당장에라도 그들의 몸을 찢어발길 것처럼 맹렬한 기세로 쏟아지는 기운들은 하나같이 어마어마한 파괴력을 머금고 있었다.

빛의 파도가 쏟아지려는 찰나, 텔리시아의 양손에서 흘러나오는 기운이 얇은 장막을 만들어 냈다.

구그그그긍!

흔들림 속에서 장막이 버티지 못하고 찢어지자, 텔리시아의 눈가가 파르르 떨렸다. 그 순간 다시 안쪽에 또 하나의 장막이 펼쳐졌다.

카아앙!

퍼엉!

두 번째 장막을 찢어발길 기세로 쏟아지던 파도는 결국 장막을 찢어내지 못하고 사라졌다.

"후욱……."

텔리시아는 거친 숨을 토했다. 성기사만 4명, 그리고 전투신관만 20명이 넘었다. 뒤에 있는 제리카와 바렌트까지 계속해서 지키는 것은 무리였다.

『봉인석이 코앞이다. 내가 나서야겠느냐?』

지크로트가 처음의 유쾌한 듯한 목소리와는 달리 날카로운 목소리로 말하자, 텔리시아의 붉은 눈이 초조함에 일그러졌다.

텔리시아는 라트의 손에 들린 검이 돌연 검붉은 빛을 뿜는 것을 보았다. 그녀는 다급하게 끌어올린 마력을 모두 양손에 집중시키기 시작했다. 거대한 마력의 폭풍이 그녀를 중심으로 소용돌이쳤다.

"아, 악마가 무슨 짓을 하려고 한다!"

날아드는 적들의 공격을 보면서 텔리시아는 이를 악물었다. 그녀는 사방에서 밀어닥치는 공격을 몸으로 견딜 셈이었다. 단 한번에 이들 모두를 날려 버릴 수만 있다면!

바로 그때, 지척까지 들이닥친 그들의 검을 보면서 라트가 나서서 공격을 막아냈다.

콰카가가가각!

"크으윽!"

치지지지직!

전신으로 흘러들어 오는 신성력의 기운에 피부가 찢어지는 듯한 소리가 울려 퍼졌다. 지독한 고통에 라트의 얼굴은 잔뜩 일그러졌다.

"라, 라트……!"

텔리시아의 얼굴이 참혹하게 일그러졌다.

"아……르니에게는 정말로 아무 피해도…… 안 가는 거겠지……. 크아아아악!"

텔리시아가 얼이 빠져 나서지 못하는 사이 성기사의 검이 라트가 복부를 꿰뚫었다. 미처 막아내지 못하고 검을 허용하고 말았다. 라트는 이미 한계였다.

"죽여! 당장 저년부터 죽여랏!"

라트가 붉은 피를 토하면서 무너지는 것을 본 텔리시아의 눈이 분노로 이글거렸다. 그녀의 감정을 삼킨 마력이 양손에서 생겼고 이내 거대한 권능이 완성되었다.

"죽엇-!"

텔리시아를 향해 찔러오는 여러 개의 빛의 검은 그녀의 가는 배를 사정없이 관통했다.

푸푸푸푹!

여러 개의 검이 꽂힘과 동시에 텔리시아의 입에서 울컥하고 피가 흘러내렸다. 그럼에도 그녀는 일말의 흔들림도 없이 지척까지 다가온 적들을 노려보고 있었다.

"……네놈들이야말로 모두 죽어라."

나직한 목소리와 함께 그녀의 양손에서 만들어진 검은 혼돈이 사방으로 폭사했다.

* * *

"반갑소."

마음에도 없는 말을 내뱉는 펠레우피의 얼굴은 눈에 띄게 굳어 있었다. 그의 인사를 받는 린메이스 백작이 그것을 모를 리 없었다.

"저야말로 고귀한 성역을 지키는 성기사님들을 이렇듯 뵙게 되어 영광입니다."

린메이스 백작의 부드러운 응대에는 아무도 답하지 않았다. 전투 신관부터 성기사들에 이르기까지 모두 싸늘한 시선으로 그들을 바라보고 있을 뿐이었다.

린메이스 백작을 비롯한 후작의 군대를 압박하는 날카로운 기세는 위협적이었다. 사방에 도열한 그들 사이를 지나가는 동안 백작의 뒤를 따르는 기사들과 병사들의 얼굴이 점차 창백하게 바뀌었다.

'이렇게 기를 죽여 놓겠다는 것인가?'

린메이스 백작은 쉽지는 않을 것으로 생각했지만, 이렇게 노골적으로 적의를 드러내는 아제릴의 성기사들 태도에 속으로 혀를 찼다.

"전투 신관들을 따라서 움직이시오."

다시 펠레우피가 근엄한 표정으로 린메이스 백작에게 말했다. 둘 사이에는 어마어마한 격차가 존재하고 있음에도 펠레우피는 백작이 추기경의 하명을 등에 업고 있다는 사실에 함부로 하대하지 못했다. 바로 그 점이 펠레우피를 더욱 열 받게 하고 있었다.

'겨우 백작 따위에게…….'

억눌린 화가 펠레우피의 내부에서 끓고 있을 때였다.

구구구구구구구구궁!

지축이 뒤흔들리고 벼락이 치는 것 같은 울림이 땅에서 퍼지자 펠레우피와 다른 성기사들을 비롯한 린메이스 백작의 얼굴이 싸늘하게 굳었다. 모두가 굳은 얼굴로 몸을 낮췄다.

"이게 도대체 무슨 소란이냐?"

펠레우피는 외부인이 보는 앞에서 추태를 보였다는 생각에 화가 머리끝까지 치솟은 상태에서 고함을 내질렀다.

쩌렁쩌렁하게 울리는 그의 엄청난 고함에 긴장한 기색이 역력한 린메이스 백작과 휘하의 병사들 모두가 얼굴을 일그러뜨리면서 귀를 막았다.

'과연, 성기사는 성기사란 말인가.'

린메이스 백작은 마른침을 삼켰다. 분노에 반응하여 자연스럽게 일으키는 마력만 해도 이 정도라니…….

펠레우피의 얼굴이 점차 험악하게 일그러지고 있을 때, 한쪽에서 날렵한 움직임으로 달려오는 한 명의 사내가 있었다. 사내는 펠레우피의 옆에서 가만히 서 있는 냉정한 인상의 성기사에게 다가가 무엇인가를 속삭였다. 그러자 냉정한 인상의 성기사의 얼굴이 점차 하얗게 질려 갔다.

린메이스 백작은 그것을 보면서 조금 전의 진동이 자연현상이 아니라고 짐작했다.

린메이스 백작이 의아한 표정을 짓고 있을 때, 이야기를 들은 성기사는 하얗게 질린 얼굴로 펠레우피에게 다가가 조용히 속삭였다.

"단장님, 큰일 났습니다."

"조금 전의 일 때문이냐?"

"아무래도 그것과 연관이 있는 것 같습니다."

낮게 으르렁거린 펠레우피는 평소와는 다른 부단장의 태도에 눈을 가늘게 떴다.

"말하라."

"듣는 귀가 많습니다."

"자리를 피해야 할 정도의 일이냐?"

"매우 위급한 사안입니다."

레이막스의 확언에 펠레우피는 린메이스 백작을 힐끗 노려보고는 안쪽으로 성큼성큼 걸어갔다. 그러는 사이 린메이스 백작은 성기사들과 전투 신관들의 안내를 따라 천천히 아제릴의 외곽을 돌고 있었다.

린메이스 백작은 눈을 빛냈다.

'무언가 큰일이 일어나고 있다.'

"그게 도대체 무슨 말이냐?"

부단장 레이막스의 말에 펠레우피의 얼굴이 창백하게 일그러졌다.

"조금 전, 동북쪽 외곽에서 정체를 알 수 없는 괴한 집단이 나타났습니다. 헌데 아무래도 이교도 집단인 것 같습니다."

펠레우피는 표정 관리를 할 수 없었다.

눈을 부릅뜬 펠레우피의 두 눈이 시뻘겋게 변했다.

"이교도라고? 그럴 리가 없다는 건 경이 더 잘 알고 있을 것이다. 이곳은 성역이다. 필시 후작의 간계가 틀림없다. 놈은 아제릴에 어떤 악감정을 가지고 있길래 이런 간악한 수법을 쓰는 것인가! 절대 가만두지 않겠다."

하지만 레이막스의 표정은 조금도 바뀌지 않았다. 그도 만약 괴한 집단이 나타났다는 보고만 받았다면 그렇게 생각했을 것이다. 아니, 애초에 이렇듯 펠레우피를 따로 불러내는 일 따위는 하지도 않았을 것이다. 그의 선에서 해결해 버리면 그만이었다.

"그뿐만이 아닙니다."

"뭐, 뭣이? 뭐가 또 있단 말이냐!"

"첨탑이…… 소란스럽습니다."

펠레우피는 벼락이라도 맞은 듯 소름이 끼치는 것을 느꼈다. 그의 얼굴이 싸늘하게 굳었다.

"확실한 것이냐?"

"예, 조금 전 보고입니다."

"이 멍청한 놈들이……!"

분노를 머금은 마력이 그의 감정처럼 요동쳤다.

"부단장, 당장 휘하 성기사 전원을 이끌고 첨탑으로 가라! 다른 이들에겐 알릴 필요 없다! 이러한 추태를 외부인에게 들켜서는 안 된다."

"예, 알겠습니다."

레이막스가 고개를 숙이고 급하게 몸을 날렸다.

홀로 남은 펠레우피는 이를 뿌드득 갈았다.

'첨탑이 소란스럽다니…… 설마! 정말로 이교도가 아제릴에 있었단 말인가? 이런 터무니없는 일이……'

그의 눈이 날카롭게 변했다. 상황이 어떻게 흘러가고 있는 것인지 알 수 없었지만, 이 사실이 외부에 알려져서는 좋을 게 없었다. 물론, 알려질 리는 없다. 첨탑에는 아제릴 제4성기사단이 있다.

아제릴 네 개의 성기사단 중에서도 우수한 전력을 보유한 제4성기사단이 고작 이교도 따위에 고전할 리 없었다.

'하지만 조금 전은…….'

펠레우피마저 몸을 휘청거릴 만큼 엄청난 진동이었다. 봉인석에는 그 어떤 일도 없을 것이라고 굳게 생각하면서도 그는 마음을 쉬이 놓을 수 없었다. 대열로 돌아가는 펠레우피는 깊이 고심한 끝에 이 일은 그 혼자 알고 있어서는 안 된다는 결론을 내렸다.

"2단장, 3단장께 1단장인 펠레우피가 긴히 할 말이 있다고 전해라."

"예."

곁에 있던 신관이 깊이 고개를 숙였다.

쿠그그그그그긍-!

"무, 무슨 일이지?"

첨탑의 내부로 잠입한 탐색조장 디프론은 조심스럽게 움직이며 접합부 사이로 아래층인 1층 로비를 살폈다. 그러다가 별안간 엄청난 진동이 엄습하자 심장이 철렁하여 숨을 죽이고 냉정한 눈으로 주위를 살폈다.

'봉인석에 무슨 일이 일어났다는 얘긴가?'

아래쪽에서 느껴지는 다수의 인기척에 디프론을 비롯한 탐색조원은 모두 숨을 틀어막고 움직임을 멈추었다.

지하로 향하는 그들의 움직임에는 다급함이 묻어나 있었다. 약간의 시간차를 두고 그들의 발소리가 들려왔다. 그 소리에 디프론의 표정이 점차 굳어 갔다.

'어째서?'

아제릴의 이목이 빠르게 봉인첨탑으로 집중되고 있는 것이 틀림없었다. 몸을 숨기느라 라트가 이끄는 호위조가 격전을 벌인 후, 지하로 들어간 것을 보지 못한 디프론은 지금 아제릴에서 일어나는 이 급박한 분위기의 이유를 알 수 없었다.

스스스스-!

흙먼지와 연기, 그리고 어둠이 공동을 완전히 잠식했다. 조명석은 모조리 박살이 난 채 나뒹굴었고, 공동에는 이제 침묵이 감돌았다.

조금 전까지 엄청난 마력의 소용돌이가 이곳에 휘몰아쳤고, 그 속에서 라트는 곁에 있던 성기사가 단숨에 떠밀려 갈기갈기 찢기는 것을 얼핏 볼 수 있었다.

눈을 질끈 감고 있던 라트는 주위가 잠잠해지자 몸을 일으키려고 했다. 하지만 불에 덴 것 같은 통증 때문에 그럴 수 없었다. 그의 목숨을 앗아갈 뻔했던 성기사의 검이 아직도 그의 복부에 꽂혀 있었다.

푸확!

"크으윽!"

배에 꽂힌 검을 뽑아내자 입에서 피가 흘러나왔다. 격통에 부르르 떤 라트는 의식이 가물가물한 상황에서 텔리시아가 합공을 받아 엄청난 상처를 입는 것을 보았던 것을 기억해 냈다.

입가에서 흘러나온 피를 닦아 낸 라트는 텔리시아를 찾으려 눈을 돌렸다. 조금 전에 사방으로 폭발하며 잠식해 나간 어둠의 근원지, 그리고 지금까지도 이 주위에 퍼져 있는 어둠의 기운의 중앙. 그 가운데 주저앉은 텔리시아가 있었다.

"텔리시아!"

놀랍게도 라트는 두 발로 아무렇지도 않게 걷고 있었다. 스스로 놀랄 만큼 라트의 몸은 빠른 속도로 치유되고 있었던 것이다. 어떻게 된 일일까? 이미 라트는 한계까지 마력을 뽑아냈고 거기다가 신성력의 침투로 엉망진창이었다. 그야말로 죽음을 목전에 두고 있었다고 해도 과언이 아니었다.

하지만 라트는 그 죽음의 문턱 바로 앞에서 기사회생했다. 텔리시아도 라트도 의도한 것은 아니었지만, 조금 전에 휘몰아친 압도적인 어둠의 마력을 있는 대로 흡수하면서 신성력을 모두 밀어낼 수 있었던 것이다.

"텔리시아!"

마침내 텔리시아를 발견한 라트가 고함을 질렀다. 자리에 주저앉은 텔리시아의 가녀린 허리에 박힌 그 검의 모습은 실로 무시무시하고 잔인하기 이를 데 없었다. 고개를 푹 숙인 채 움직이지 않는 텔리시아의 모습에 라트의 눈이 불안하게 떨렸다. 그녀의 어깨를 잡은 라트는 거칠게 흔들었다.

"정신 차려! 빨리 이곳에서 도망가야 한단 말이야!"

그러나 대답은 없었다. 라트가 흔들자 텔리시아의 몸은 균형이 무너진 것처럼 바닥으로 쓰러졌다. 라트가 번개처럼 빠르게, 쓰러지는 그녀의 몸을 안았다. 가볍기 짝이 없는 텔리시아의 무게가 팔을 타고 느껴졌다.

어둠 속에서도 확실하게 보이는 그녀의 창백한 얼굴을 보면서 라트는 마음속에서 치미는 불안감에 지크로트를 땅에 박았다.

"지크로트-!"

『오랜만이군, 내 이름을 부를 만한 상황인가?』

"설마 텔리시아가 죽은 건 아니겠지?"

『으흠……, 봉인지역이라는 곳은 이렇게 생긴 곳인가?』

지크로트가 말을 돌리며 유유자적한 태도를 보이자 라트의 얼굴이 일그러졌다.

"묻는 말에 대답하란 말이다!"

라트의 고함에 공동이 울렸다.

『크흐흣, 안심해도 좋다. 죽지 않았다. 위대한 마족이 고작 그 정도 타격에 죽을 거라고 생각하나? 단지 무리하게 지금의 형태를 유지하면서 마력을 끌어올려서 쓰러진 것뿐이다.』

지크로트가 자신과는 아무 일도 아니라는 듯한 목소리로 말하자, 라트는 주먹을 말아 쥐었다.

"알아듣지 못할 말들은 필요 없다. 죽지 않았다는 거지?"

『죽지 않았다. 크흐흐흣…… 재미있군, 위대한 마족이 하찮은 인간에게 걱정을 받고 있단 말인가?』

"뭐가 재미있지? 이 녀석은 네 동료란 말이다!"

『동료라? 말도 안 되는 표현이로군. 그 녀석은 내 소유의 것이다. 인간들 사이에서도 귀족과 너 같은 천민이 나뉘 듯 우리들의 사회도 역시 마찬가지다. 다만 너희와는 다르게 우리는 철저하게 힘으로 구분되지.』

"말이 통하지 않는군, 당장 꺼져 버려. 텔리시아가 무사하다는 것만 알면 너 따위와 이야기를 나누고 싶지 않으니까 말이야."

『크카카캇! 날카롭군, 베이겠어. 그래, 좋을 대로 해 주지. 열심히 싸우도록 해. 아, 한 가지 조언을 하도록 하지. 조금 전의 충격으로 지금쯤 위쪽에서도 이변을 알아챘을 거야.』

지크로트는 그 말을 끝으로 더는 아무 말도 하지 않았다.

'위에서…….'

라트는 이를 악물었다. 더는 이곳에서 어영부영 지체할 시간이 없었다. 죽고 싶지 않으면 서둘러 이곳에서 빠져나가야 했다.

라트는 그녀의 몸을 번쩍 들어 올렸다. 이곳에서 빠져나가려면 다시 계단을 올라가야 했다. 하지만 계단은 이미 처참하게 박살이 나버렸다. 거기다가 성기사들이 라트의 존재를 알아챘다면 필시 위에서 내려오고 있을 것이 틀림없었다.

바로 그때, 옆쪽에서 신음이 들렸다.

"으으으으……."

라트의 날카로운 눈이 홱 돌아갔다.

"아으으으…… 무, 무슨 일이……."

무너진 돌 더미에서 제리카가 천천히 몸을 일으키고 있었다.

"제, 제리카인가?"

"아, 아 라, 라트 대장님……. 어, 어떻게 된 겁니까?"

제리카는 주위가 시꺼먼 어둠에 휩싸여 있다는 것을 알고 경악한 얼굴이 되어 주위를 살폈다.

"이, 이봐…… 제, 제리카……."

"아! 바, 바렌트 부대장님!"

제리카는 안쪽에서 들리는 작은 소리에 달려가 돌 더미를 치우고 누워 있는 바렌트를 부축했다. 그 모습을 본 라트의 눈이 묘하게 바뀌었다. 둘 다 계단의 일부분이 무너지면서 입은 작은 상처를 제외하고는 조금 전의 폭발 속에서 아무 상처도 입지 않은 것이다. 성기사들은 하나도 남지 않고 모두 죽어 버렸는데 그들만 살아 있다니? 다시금 텔리시아를 바라보는 라트의 눈이 복잡하게 일그러졌다.

"이, 이게 어떻게 된 일입니까?"

바렌트의 물음에 그제야 그에게 시선을 옮긴 라트의 눈이 또다시 묘하게 변했다. 아까 전까지만 해도 죽어 가고 있었던 바렌트다.

"상처 깊지 않았나?"

"아…… 그, 그렇습니다만……."

바렌트는 오른쪽 옆구리 쪽에 손을 얹었다. 울컥울컥 흐르던 피는 어느새 지혈이라도 한 것처럼 더는 흐르지 않았다.

'설마, 텔리시아가 한 것인가? 그럴 수가 있단 말인가?'

라트의 경우는 악마와의 계약으로 얻은 힘인 만큼, 폭풍 속에서 기운들이 몸 안으로 흘러들어와서 몸이 치료되었다고 생각하면 어느 정도 납득할 만한 이야기였다. 그녀의 품 안에서 조금씩 빠르게 치료되었던 자신을 생각해보면 그럴 가능성이 컸다. 하지만 바렌트는 악마와의 계약자도 아니고 그냥 평범한 사람에 불과했다.

'무슨 일이 일어난 거지?'

마족이 쓰는 힘이 인간에게 해악할 것이라는 편견에서 헤어나오지 못하는 라트는 어째서 바렌트의 몸이 치유된 것인지 그 이유를 알지 못했다.

라트는 고개를 휘저었다. 지금 그런 것을 일일이 따지고 있을 만큼 상황이 여유롭지 못했다.

"안쪽으로 간다."

바로 그때였다. 라트는 그리 멀지 않은 곳에서 느껴지는 엄청난 압박감에 부르르 떨었다.

"놈들이 온다, 빨리 움직여!"

라트의 외침에 제리카가 다급하게 몸을 날렸다. 라트는 어디에 또 출구가 있는지도 모르고 그저 서둘러 계단에서 벗어나기 위해 달렸다.

'숨을 곳, 아니면 더 내려갈 곳이라도!'

성기사의 가공할 만한 능력은 몸소 느꼈다. 지금의 라트는 저들 한 명을 상대하는 것조차도 버거운 상황이었다. 하물며 그들 여럿을 상대하는 것은 어불성설이었다.

초조한 눈으로 주변을 훑다가 폭발로 드러난 거대한 철문을 발견했다.

숨겨져 있던 제2공동의 입구가 드러난 것이다.

*　　*　　*

콰콰콰콰!

"크으으윽!"

붉은 핏물을 토해낸 라트의 눈에 독기가 어리기 시작했다. 겨우 나았던 라트의 몸은 다시 엉망진창이 되었다.

"이이익! 지겨운 놈!"

라트를 상대하던 성기사는 라트가 죽을 것처럼 휘청거리다가 또다시 달려드는 것을 보고 이를 갈았다.

찬란한 빛이 이글거리며 사방에서 몰아치다가 이윽고 라트의 복부를 향해 찔러왔다. 라트는 깊게 베인 오른쪽 허벅지를 그대로 앞으로 밀면서 오히려 적의 품속으로 들어가 복부 한 가운데로 찔러 오는 검을 옆으로 살짝 비틀며 피해를 최소화했다.

푸화악!

"커헉!"

라트의 입에서 튀어나온 피가 성기사의 얼굴을 더럽혔다.

"이 더러운 새끼가!"

라트의 몸이 덜덜 떨렸다. 찔린 옆구리를 시작으로 신성력은 그의 온몸으로 퍼져 나갔다. 하지만 라트의 눈에 깃든 의지는 꺾이지 않았다. 그는 바로 이 상황을 기다리고 있었던 것이다.

"자, 잡았다……."

"뭐, 뭣?"

쑤신 검을 들어 올려서 오른쪽 어깨를 베어 버리려던 성기사는 오싹한 기운에 급하게 물러났다.

쓰걱!

"큭!"

왼쪽 팔뚝이 베였다. 깊다고 보기 힘든 상처, 그러나 성기사의 얼굴이 시뻘겋게 달아올랐다. 동료가 뒤에서 지켜보는데 이 무슨 추태인가.

그리고 라트는 그 자리에서 무너졌다.

"대, 대장님……."

한쪽 구석에 누워 있던 텔리시아와 배를 움켜잡고 신음을 내뱉던 제리카, 그의 곁에 있던 바렌트가 더는 보지 못하겠다는 듯 고개를 돌리고 이를 악물었다. 이대로 지켜봐야만 한단 말인가.

라트는 시야가 가물가물한 와중에 비로소 끝이 다가왔음을 직감했다. 눈에 보이는 성기사만 세 명…….

봉그리드로부터 전수받은 바리엘 분검식도 놈들에게는 통하지 않았다. 너무나도 간단하게 무너졌다. 남아 있는 모든 힘을 쥐어짜도 먹히지 않았다.

'여기서 끝나는 건가…….'

성기사 세 명의 합공도 아니었다. 셋 중 고작 한 명과 싸우지 않았던가. 나머지 둘은 라트의 하찮은 실력을 보고 비웃으며 구경할 뿐이었다. 결국 그 정도의 실력에 불과했다는 것이다.

'결국 텔리시아가 없었다면 이곳까지 오는 것도 불가능했다는 얘기군.'

『당연한 것을 이제야 깨달은 것이냐? 어리석은 놈.』

돌연 주위의 시간이 느려지는 것 같았다. 시간이 느리게 가는 것이 아니라, 라트가 겪는 의식의 시간이 누군가가 잡아당긴 것처럼 늘어졌다. 그리고 그것이 누가 벌인 일인지는 굳이 의문을 가질 필요도 없었다.

'나는 이곳에서 죽는 건가?'

『이대로라면 죽겠지, 네 녀석만큼이나 어설프게 힘을 쓴 텔리시아도 저렇게 나뒹굴고 있지 않으냐.』

라트의 눈에 조금씩 체념의 빛이 어리기 시작했다.

'오르베니, 여기까지인 모양이야.'

정말 힘껏 싸워 왔다.

오르베니가 죽은 이후, 피로 범벅된 길을 걸어왔지만 그래도 한 가지 해낸 일이 있다면 화전민들을 구했다는 것이다. 그들은 이제 평화롭게 살아가리라.

지난 일들이 머리를 스쳐 갈 때였다.

『죽을 각오를 다지고 있느냐?』

지크로트의 음산한 목소리가 라트를 상념에서 데리고 나왔다. 마지막까지 악마의 목소리를 들으며 죽을 수밖에 없다니. 그런 라트의 생각을 읽었는지, 지크로트가 비웃었다.

『크흐흐흐, 사랑하는 오르베니를 걸고 했던 계약의 힘도 채 끌어내지 못하고 여기서 끝이라니, 한심하군.』

그러자 천천히 가라앉던 라트의 검은 눈동자 깊은 곳에서 다시금 생의 의지가 이글거리며 타올랐다.

『어쩔 테냐? 한계를 넘기 때문에 미처 다 열지 못한 네 녀석의 힘, 조금이라도 써볼 테냐?』

'나는 어떻게 되는 거지?'

『육체가 붕괴될 수도 있고, 혹은 미쳐서 날뛸지도 모르지.

어쨌든 죽음에 한걸음 가까워지는 건 확실하다.』

'죽는 것인가?'

『크카하하하하핫! 어리석은 질문이다. 이러나저러나 지금 네놈이 살아남기 어려운 상황임은 잘 알고 있지 않느냐?』

거기까지 말한 지크로트는 조금 전과 달리 나직이 목소리를 깔았다.

『아니면 또 거래할 테냐?』

가물가물하던 라트의 의식이 번쩍 뜨였다.

『네놈이 원한다면 거래 따위는 얼마든지 더 할 수 있다. 물론 지금은 네 녀석의 몸을 억지로 바꿔야하니 이제 인간이라고 할 수 없는 마족의 육체로 거듭나겠지만 말이다. 계약만 하면 저런 놈들 따위는 얼마든지 없앨 수 있을 것이야.』

지크로트는 라트를 유혹했다.

라트의 가슴 깊은 곳에서 다시금 이글거리는 검은 불길이 치솟았다.

'악마와 계약 따위를 또 할 것 같으냐?'

『아쉽군.』

'오르베니와 맞바꾼 나의 힘, 전부 내놔라. 내 안에 잠들어 있는 힘 전부를 내놓으란 말이다!'

지크로트는 만면에 미소를 그렸다.

『좋다, 어리석은 계약자여.』

그 대답을 끝으로 잡아 늘려진 시간이 원래대로 되돌아갔다.

"……결코 쉽게는 죽이지 않겠다."

동료에게 비웃음거리가 되었다고 생각한 성기사가 시뻘겋게 충혈된 눈을 번뜩이면서 라트와의 거리를 좁히고 있었다. 그 모습을 지켜보는 바렌트는 조금도 상대가 되지 않음을 알면서도 검을 꽉 말아 쥐었다.

지척까지 다가온 성기사는 뒤쪽의 바렌트를 살피고 있었다. 바렌트는 숨긴다고 한 것이겠지만, 그의 투기가 성기사의 기감을 간질이고 있었다.

'오너라, 네놈도 단숨에 죽여주마.'

그의 은색 검이 다시금 찬란한 빛을 토해냈다.

구구구궁-!

성기사는 돌연 엄청난 압박감을 느끼며 뒤로 물러섰다.

"이, 이게 무슨……."

뒤에 서 있던 다른 성기사들의 얼굴도 창백하게 일그러졌다. 갑작스럽게 주변을 감싸 안은 어마어마한 압박감은 어설프게 여길 만한 것이 아니었다. 조금 전까지 비웃고 있던 두 명의 성기사들도 검을 뽑아 들었다.

"이것이 놈의 전력인가?"

"으음, 이런 실력을 숨기고 있었나? 만만히 볼 수는 없겠군. 합공으로 단숨에 해치우도록 하지."

"웃기지 마! 내가 처리한다. 너희가 나설 필요는 없어!"

뒤에 있던 성기사 둘이 나서려고 하자 앞에 있던 성기사가 붉어진 얼굴로 외쳤다. 조금 기세가 달라졌다고 해서 동료의 도움을 받을 수 없었다.

그의 목소리에서 고집스러움이 묻어났기에 다가왔던 두 명의 성기사는 아무 말도 할 수 없었다.

"어떻게 하는 게 좋겠나?"

"으흠…… 단순히 조무래기는 아닌 듯싶군. 어찌 되었든 이곳까지 내려온 것, 그리고 아까의 굉음은 저놈들이 일으킨 것 같으니 말이야. 이미 알고 계시겠지만 부단장님께는 당장 알리는 게 좋겠군."

이르든 빠르든 어차피 보고해야 할 사안이었다.

"부단장님께 외부인이 제2공동의 입구에 나타났다는 사실을 보고해라."

"예."

성기사들의 하명이 없었기에 계속 그 자리에서 상황만 살피고 있던 전투 신관은 성기사의 나직한 명령에 곧 고개를 숙이며 달려 나갔다.

"겨우 저 정도의 침입자에 호들갑 떠는 게 아닌가 모르겠군."

"글쎄, 그렇게 얕볼 수만은 없어."

동료의 말에 명령을 내렸던 성기사는 동의하지 않았다. 어쩌면 눈에 보이는 실력이 전부라 믿고 너무 우쭐해하고 있었는지도 모르겠다는 경각심이 생긴 것이다.

만에 하나라는 상황이 있었다. 조금 전에 제1공동에서 들렸던 어마어마한 진동을 간과할 수는 없었다. 그리고 무엇보다 그들이 제2공동까지 내려왔다는 사실, 그것만으로도 결코 방심할 수 없는 일이었다.

'제2공동의 존재는 우리 기사단의 단원들조차도 모르는 이가 대다수다.'

저들이 이곳까지 내려왔다는 것은 결코 운이 좋아서가 아닐 것이다.

"합공으로 단숨에 놈의 목숨을 끊기로 하지."

"무, 무슨 말인가? 그랬다가는 마일이 우릴 용서하지 않을 거야."

"그깟 자존심 때문에 위험한 상황을 만들 수는 없어."

"위험한 상황이라니? 저깟 놈들에게 겁이라도 먹은 건가?"

조금 전에 라트에게서 내뿜어진 마력 방출은 확실히 대단한 것이었지만, 그렇게까지 겁먹을 만한 정도는 아니었다.

"제법이기는 했지만 그 정도는 나도 할 수 있는 정도……."

마력을 끌어올리면서 개방을 하려는 순간이었다.

콰가각! 카가각!

"끄, 꺼어어억!"

돌연 고막을 찢는 듯한 날카로운 금속음에 고개를 확 돌린 성기사는 보았다. 동료 성기사 마일이 물결치는 칠흑색 기형검에 몸 정중앙이 꿰뚫려있는 것을 말이다.

"마, 마일!"
"마일 경!"
평소 마일과 긴밀한 관계로 지내던 스코트는 지금 벌어진 상황을 제대로 인지하지 못했다. 마일은 붉은 피를 폭포처럼 흘리면서 숨을 껙껙대고 있었다.
스코트의 떨리는 동공이 마일의 배를 헤집은 적의 검, 그리고 그 검의 주인에게 향했다. 그의 눈이 시뻘겋게 충혈되고 몸이 분노로 덜덜 떨렸다.
"주, 죽여버리겠다아아!"
스코트의 검에서 찬란한 빛이 드리웠다. 폭발적으로 튀어나간 그의 검이 빛의 궤적을 그렸다.
카카가가각!
"크그그극!"
어느새 마일의 배에서 뽑혀진 검은 스코트의 검을 막아냈다. 조금의 밀림도 없이 팽팽한 힘겨루기가 이루어지자, 스코트의 이마에서 핏줄이 툭툭 불거졌다.
"죽어라, 이 악마!"
그의 검에 드리운 찬란한 빛이 그 상태에서 쏟아졌다. 스코트가 자랑하는 근접 기술이었다. 어찌해 볼 수도 없는 공격은 라트에게 여지없이 적중하였다.
파파팟!
"크으으윽!"

라트가 신음을 흘렸다. 그의 가슴에는 날카로운 검세가 그대로 새겨져 있었다. 깊게 파인 상처로 울컥울컥 피가 흘러나왔다.

"네놈들이 저지른 죄악은 생각나지도 않는단 말이냐……. 네놈들이야 말로 악마다, 네놈들이야말로!"

라트는 이글거리는 눈동자로 그렇게 중얼거렸다. 그는 화염처럼 이글거리며 타오르는 마력을 검으로 유도했다. 전신의 육체가 갈기갈기 찢어지는 것 같은 격통이 일었다.

"크아아아아악!"

칠흑색 검에 어마어마한 마력이 요동쳤다.

"이, 이럴 수가!"

스코트가 경악성을 내질렀다. 전력을 다한 기술이었다. 심장까지 단숨에 찢어발겼을 그의 검기를 맞고도 아직 마력을 방출시킬 수가 있단 말인가.

치지지지직!

라트의 가슴팍에서 신성력을 머금은 검기가 일으킨 상처로 인해 끊임없이 타오르며 연기가 치솟았다. 그 와중에 다시금 마력을 끌어올린 스코트의 눈에 살의가 어렸다.

'이번에야말로 이 악마를 잠재울 것이다!'

스코트의 뒤에서 경건한 마음으로 가만히 성전의 몇 구절을 읊던 빌린스가 몸을 날렸다. 그의 검에 맺힌 빛이 라트를 향해 달려들고 있었다.

2대1의 상황.

그러나 라트는 조금도 두려워하지 않았다. 육체가 찢겨 나가는 고통에 비하면 베이는 것 따위는 고통이라고 할 것도 없었다. 죽음조차도 지금 그가 느끼는 고통보다 더하지는 않으리라. 격통이 심화될수록 라트의 분노는 끝없이 치밀어 올랐다. 스스로에 대한 분노였으며 적에 대한 분노였고, 스스로에 대한 증오이며 적에 대한 증오였다. 동료를 잃는 것에는 분노하는 자들이 어째서 다른 이들의 고통과 아픔은 이해하지 못하는가!

칠흑색의 기형검에서 검은빛이 진득하게 일어나며 폭풍을 일으켰다.

"크윽! 무, 무슨 짓을!"

스코트는 경악했다. 이제 검을 갖다 대고 있는 것도 버거워졌다. 스코트는 이 무시무시한 마력의 폭풍 속에서 어떻게든 버티기 위해 안간힘을 쓰며 마력을 개방했다.

구궁!

그리고 바로 그 순간이었다.

쿠쿠구구구극-!

둘 사이의 공간이 요란하게 떨렸다.

"크으으으윽!"

스코트의 입에서 울컥 피가 흘러나왔다. 이 주변을 완전히 옭아매고 있는 마력의 폭풍은 질적으로 스코트의 마력과 비교도 할 수 없이 조악한 것이었다. 조절조차 되지 않는 힘이었다. 그러나 그 어마어마한 양은 스코트의 힘을 웃도는 엄청난 양이었다. 비유하자면 정예기사 100명과 수천에 이르는 병사의 전력 차이라 할 수 있었다.

요동치는 라트의 마력 폭풍은 스코트의 마력을 집어삼키려고 달려들었다. 그것은 라트의 의지가 아니라, 서로 극성의 성질을 가진 것들이 충돌하여 다른 한쪽을 완전히 무너뜨리려고 하기 때문이었다. 힘을 쓰면 쓸수록 오히려 되밀리는 마력 때문에 스코트의 내부는 진탕이 되어 가고 있었다.

"크어어억!"

이윽고 붉은 선혈을 토해낸 스코트는 내부에서 제어되지 않는 자신의 마력에 얼굴이 잔뜩 붉어져 있었다.

"내, 내가 이, 이까짓 쓰레기에게 당할 리가……."

기세가 한껏 누그러지진 스코트를 집어삼키기 위해 라트의 마력이 한껏 더 난동을 부리며 몰아쳤다. 그러나 스코트의 등을 받치는 기운이 그를 좀먹던 마력의 폭풍을 밀어냈다.

"옛 문헌에도 악마는 지독하게 강하다고 하더니……."

빌린스가 나서면서 무너져 가던 힘의 균형은 다시 팽팽하게 줄다리기를 시작했다. 그러나 그것도 잠깐이었다. 스코트가 다시금 피를 왈칵 토했다.

"우웩!"

빌린스는 힐끗 스코트의 상태를 살폈다. 그는 이미 핏기가 없는 창백한 모습으로 기운이 쇠진해 가고 있었다. 개방했던 마력이 튕겨서 몸 내부를 뒤흔드는 것을 미처 막지 못한 모양이었다.

'빌어먹을, 상황이 좋지 않군.'

빌린스는 식은땀을 흘렸다. 도대체 나머지 단원들은 언제 지원을 온단 말인가. 힘겹게 버티고 있던 빌린스는 점차 마력의 폭풍이 그를 짓눌러오는 것을 느꼈다. 서서히 내부가 진탕되는 고통에 빌린스의 얼굴이 점차 일그러져갔다.

"물러서라!"

쩌렁쩌렁한 고함이 공동에 울려 퍼지는 것과 동시에 멀찍이서 선명하게 이글거리는 빛줄기가 엄청난 속도로 날아들었다.

라트의 시선이 급하게 돌아서려는 찰나.

콰아앙!

"크으윽!"

라트를 중심으로 반구형으로 몰아치던 마력은 날아든 공격으로 균형이 깨지고 말았다. 라트와 힘을 겨루고 있던 스코트와 빌린스의 몸도 튕겨나갔고 라트 역시 마찬가지였다. 3미터 이상 그 자리에서 튕겨나간 라트의 눈에는 핏기가 번들거렸다.

"크으으읏……."

라트의 입에서 신음이 흘러나왔다.

"저도 싸우겠습니다!"

바로 뒤에 있던 바렌트가 앞으로 나섰다.

"도, 도망…… 가라! 당장……."

"안 갑니다! 저희는 여기서 죽는 겁니다."

바렌트는 우직하게 말하며 숨을 깊게 들이쉬었다. 멀찍이서 빛의 궤적을 그리면서 쏘아져 오는 다수의 성기사들이 바렌트의 눈에도 보였다. 이곳이 그에게 최후의 장소가 될 것이다.

'이미 각오하고 있었던 일이다.'

은십자 기사단에 입단을 결정한 순간부터 그는 매 순간, 언제든지 죽을 각오가 되어 있었다. 제피린에서 적을 습격할 때에도 그랬고 아제릴에 들어서는 때도 그랬으며 이번 작전을 실행할 때에도 그랬다. 후회는 없었다. 다만 곁에 있는 대장을 보필해야 할 자신의 힘이 터무니없이 부족하다는 게 너무나도 안타까울 뿐이었다.

'조금만 더 힘이 있었더라면 좋았을 것을……'

"어디든…… 도망가라."

라트의 갈라지는 목소리를 들으면서도 바렌트는 듣지 않았다.

"그럴 수 없습니다."

짧게 대답한 바렌트는 검을 고쳐 잡았다. 그의 커다란 체구처럼 두터운 검에 푸르스름한 빛이 어른거렸다.

"이 멍청한……."

그러는 사이 조금 전 라트에게 빛줄기를 날렸던 성기사의 무리가 나타났다. 전투 신관을 포함하여 십여 명 정도였다. 싸워야 하는 상대가 더 늘어난 것이다.

"어떻게 된 일이냐?"

성기사들 중 우두머리쯤 되는 인물이 나서서 죽어 가는 스코트와 한쪽 구석에 널브러진 마일의 시체를 보면서 안색이 창백해졌다.

"죄, 죄송합니다, 부단장님……. 한순간에 놈에게 다, 당했습니다……."

그렇게 말하는 빌린스의 상태 역시 좋지 못했다.

부단장이라고 불린 삼십 대의 초반의 사내는 갈색의 짧은 머리칼이 무척이나 잘 어울리는 인물로 나이에 걸맞지 않은 무게감이 있었다.

"빌린스 경을 데리고 가라."

"옛!"

전투 신관들이 나서서 빌린스를 부축하며 뒤로 빠졌다. 그제야 부단장의 시선이 계단 쪽의 라트에게 향했다.

머리는 산발이었고 전신은 피로 범벅이었다. 그런 상태로 검을 고쳐 잡고 있는 그의 기세에서는 처절한 독기가 느껴졌다.

"이교도인가?"

부단장의 기세가 한껏 날카로워졌다. 아제릴에 정식적으로 들어와 실력을 인정받고 다른 이들보다 빨리 부단장이라는 직위에 오른 것이 2년 전이다. 그는 4년 전쯤, 한참 이교도들을 잡아 죽이던 그때의 무렵이 떠올랐다.

"너희 같은 족속들을 잘 알고 있다. 국가를 비롯한 교단에 대항하는 것이 대단한 일인 것처럼 포장하면서 선동하는 무리……."

그의 말투와 눈빛, 태도에 경멸이 스쳤다. 부단장이 평소와 다른 스산한 태도를 보이자 곁에 있던 성기사들 다섯이 고개를 살짝 숙이며 나섰다.

"부단장님, 저희가 처리하겠습니다."

"맡겨 주십시오."

"모두 한꺼번에 나설 것이다."

부단장의 말에 성기사들의 얼굴이 일그러졌다. 하찮은 적을 상대로 합공을 펼쳐야 한다는 것이 내키지 않았던 것이다.

부단장의 눈이 엄하게 변했다.

"이곳은 성역이다, 그리고 성역에 적이 들어온 것이다. 자존심 따위를 내세울 셈인가?"

성기사들의 눈에 떠올랐던 일말의 반항심이 고개를 숙였다. 부단장의 신앙심이 그 누구와도 비교할 수 없을 만큼 대단하다는 것을 잠깐 잊었던 것이다.

"광명께서 악을 용서치 않으시어 어리석은 당신의 종들에게 악을 향한 신성한 철퇴를 내리치는 거룩한 사명을 내리셨사오니 부디 굽어살피시어 눈앞의 악을 물리치게 하소서……."

거룩한 부단장의 중얼거림이 들렸을 때였다. 당장 죽더라도 한 놈이라도 더 끌고 가겠다는 일념으로 이를 뿌득 갈고 있었던 라트는 별안간 나타난 인물이 낯이 익다는 생각을 하고 있었다.

'어디선가…….'

분명히 어디에선가 본 적이 있었다. 하지만 라트가 적의 얼굴을 일일이 기억할 리 없었다. 짐승보다 못한 악마들의 얼굴 따위는 아무래도 좋았다. 헌데 이상하게도 적의 모습이 너무나도 낯익다. 어딘가 익숙한 태도와 말투…….

바로 그때였다. 부단장이라고 불리는 자가 성전의 구절을 읊는 모습을 본 순간 라트의 입이 벌어졌고 눈동자가 믿을 수 없을 만큼 크게 부릅떠졌다. 벼락이라도 맞은 듯 덜덜 떠는 라트는 실성한 사람 같았다.

"아아아아으으으으으……."

그의 입에서 감당할 수 없을 만큼의 분노가 새어나왔다.

라트의 검은 눈동자가 새하얀 흰색으로 물들고 흰자는 검은빛으로 물들었다. 감정이 요동치면서 라트의 오른손에 들려 있는 검이 진동했다.

『이게 무슨……!』

라트의 힘이 마침내 한 줄기 이성을 삼키고 폭주했다.

제3화
악연의 고리

'죽인다!'

올곧은 단 한가지의 불꽃과도 같은 증오가 라트의 속을 가득 메웠다. 오로지 누군가를 죽이고 싶다고 하는 단 하나의 집념이 그를 지배했다.

심상 가장 깊은 곳으로부터 치솟는 거친 어둠의 마력이 이윽고 라트의 몸을 가득 메웠다. 라트의 살의와 혼연일체가 된 마력들은 상체에서 머물다가 이윽고 정수리로 뻗어 나가 눈에 맺혔다. 요동치는 마력은 흰자를 검게 뒤덮고 동공을 새하얀 빛으로 물들였다.

덜덜 떠는 라트의 몸은 금방이라도 터져 버릴 것 같은 모습이었다. 생명을 태우는 힘이 발현되고 있는 것이다. 라트의 전신에서 내뿜어지는 무시무시한 기운이 서서히 주변을 잠식해 나가며 짓눌렀다.

쿠그그그긍-!

주위 공기가 요동치고 폭풍이 몰아쳤다. 점차 영역을 벌려 나가는 그 힘에 부단장의 눈이 더더욱 날카롭게 번뜩였다.

"실로 악마의 형상이로군."

라트의 몸 곳곳에서 검붉은 기운들이 베어 나오며 주위를 잠식해 나갔다. 부단장을 비롯하여 성기사들은 바로 검을 뽑아 들었다. 매끈하고 긴 장검에서 백색의 찬란한 빛이 이글거리며 타오르기 시작했다.

"악마가 자신들의 왕을 찾으러 온 것인가……."

부단장이 나직하게 중얼거리며 마침내 검을 뽑아 들었다. 그의 검이 다른 성기사들과 마찬가지로 찬란한 빛을 머금었다. 드디어 진정한 악이라고 할 만한 적을 만났다는 생각에 부단장의 마음은 더더욱 경건하게 바뀌고 있었다.

"놈에게 휘둘리지 마라."

바로 그 말이 끝나는 순간에 라트의 몸이 튀어나갔다.

슈아아아악!

라트의 몸이 쏜살처럼 쏘아져 나갔다. 자세는 낮게, 내뻗어진 칠흑색 검 주위에는 날뛰는 마력이 거칠게 날카로운 검형들을 만들어 냈다. 정확하게 구체화하지 못한 기검은 마구 그 형태가 뒤틀리고 일렁였다. 봉그리드가 본다면 눈살을 찌푸리며 고함을 질렀을 만큼 검형의 구체화는 처참했다. 검형의 틀 따위는 아무래도 좋다. 바리엘 분검식 따위는 이미 머릿속에서 사라진 지 오래였다. 지금 그의 손에서 펼쳐지는 바리엘 분검식은 라트의 의지에 따른 것이 아니었다. 그저 적을 죽이기 위한 본능적인 힘이 발현되고 있을 뿐이었다.

사방으로 엄청난 속도로 뻗어 간 검 수십 자루는 점차 흩어져, 이내 형태를 유지하지도 못했다.

"흡!"

적을 단숨에 베어 내겠다는 일념으로 성기사들이 몸을 날리려는 순간이었다. 고작 몇 미터를 앞에 두고 소름 끼치는 마력이 라트를 중심으로 폭발을 일으켰다.

밀어닥치는 마력의 폭풍 속에서 라트가 엄청난 속도로 거리를 좁혀 왔다. 성기사 한 명이 급하게 방향을 틀면서 라트에게 검을 세워 찔러 들어갔다.

안개처럼 흩어진 검붉은 라트의 힘은 휘둘러지는 성기사의 검 앞에서 무력하게 흩어져 나갈 뿐이었다. 검은색 기형검이 안개를 꿰뚫은 검과 맞부딪쳤다.

카가각!

"순순히 죽음을 맞이하는 것이 좋을 것이다, 악마!"

고함을 내지른 성기사의 검에서 선명한 빛이 터져 나왔다. 그 검과 마주한 라트의 입에서 시뻘건 선혈이 울컥 튀어나왔다. 겨우 힘겨루기로만 이 정도라니.

"흐아아압!"

폭풍을 연상시키는 기세가 흘러나왔다.

"물러나랏!"

라트를 밀어붙이고 있던 그때, 갑자기 들려온 고함성에 성기사가 급하게 뒤로 물러났다. 정확한 상황은 알 수 없었지만, 부단장의 명령이라면 일단 따르고 봐야 했다.

카가강!

적의 방어가 생각보다 견고하기는 했으나 그것뿐이었다. 날카롭게 적의 목과 가슴을 노린 연격을 펼친 후, 급하게 뒤로 빠져나오고 있을 때였다.

"어엇!"

주위를 자욱하게 잠식한 농후한 마력 사이로 무엇인가가 그에게 쏟아졌다. 사방으로 퍼져 나갔던 검의 편린들이이었다. 급하게 몸을 뒤틀며 사방으로 힘껏 마력을 개방한 성기사의 얼굴이 시뻘겋게 달아올랐다. 급하게 마력을 방출하면서 채 조절하지 못한 마력들이 내부를 진탕시키고 있었다.

"크음!"

피가 울컥 치밀어 올랐다. 성기사는 물러나는 와중에 엄청난 속도로 쏘아져 오는 사신의 얼굴을 보았다.

"허억!"

푸화악!

붉은 선혈이 사방으로 튀었다. 뒤로 몸을 빼다가 명치 부근을 꿰뚫린 성기사는 놀란 얼굴을 한 채 땅에 나뒹굴었다.

"이노옴!"

자리를 잡기 위해 흩어지던 성기사들은 대경실색하여 고함을 내지르며 달려들었다. 그들의 검에서 나간 빛줄기가 라트의 주위로 퍼진 검붉은 안개를 거침없이 꿰뚫었다.

퍼퍼퍽!

"카악!"

동시에 세 방향에서 튀어나온 빛살과도 같은 그 공격을 라트는 전부 피할 수 없었다. 비록 두 개의 빛줄기는 피했지만, 나머지 하나는 피하지 못했다. 두텁게 응축하지 못한 마력은 성기사의 구체화한 마력 앞에서 아무런 장애도 되지 않았다.

피를 토한 라트는 온통 붉게 물든 시야 속에서 오로지 부단장만을 노려보고 있었다.

"나를 노리는 것이냐?"

부단장은, 허리를 굽힌 모습으로 적의를 불태우는 라트를 가소롭다는 듯 내려다보았다. 그러자 라트의 새하얀 눈동자 속에서 절대 꺼지지 않을 검은 불꽃이 기세를 더하며 타올랐다.

그 불길은 절대 꺼지지 않는 불꽃이다. 과거에도 그랬고 앞으로도 그럴 것이다. 라트의 전부를 앗아간 그 불길!

한 치의 망설임도 주저도 없는 고고한 시선은 6년 전, 그날과 조금도 다르지 않았다. 라트는 절대 잊지 못했다. 아니, 잊을 수 없었다.

등의 상처가 화끈거렸다. 추악한 이 나라가 지은 죄악의 형태가 아로새겨져 있는 이상, 그의 기억 속에 선명하게 각인된 이상 그는 잊을 수 없다.

'……너희 이교도들은 광명의 뜻을 거스르는 죄를 저질렀음에도 전투 신관님의 신성한 철퇴 아래, 그 죄를 회개할 방법을 찾게 되었다. 당장 그 간악한 이마를 이 땅에 박고 광명을 찬양할 지어다.'

불길 속, 기사의 말은 멍한 라트의 뇌리에 스며들었다. 모두가 죽지 않기 위해 고개를 땅에 처박았다.

'프로트 교단을 찬양하며 신성이 존재하는 이 나라를 찬양할 지어다.'

프로트 교와 신성제국 아트라도엥.

'그리고 이 지상에 내려앉은 광명이신 교황 성하의 은혜와 너희 간악한 이교도를 올바른 빛의 길로 이끄시는 베이론 오르바스 전투 신관님께 무릎 꿇고 찬양할 지어다!'

신성제국의 교황과 마지막으로 우렁차게 울려 퍼진 그 기사의 외침에 그곳에 꿇어앉은 '죄인'들이 고개를 천천히 들었다. 그곳에 그들을 지독하게도 경멸스러운 눈으로 내려다보고 있는 한 명의 사내가 있었다.

라트가 그 경멸로 일그러진 눈빛을 어찌 잊을 수가 있단 말인가?

베이론 오르바스!

"베이로온-!"

라트의 입에서 증오를 가득 담은 부단장의 이름이 터져 나왔다. 뇌성 같은 고함이 공동을 울리고 격발된 감정이 원천이 되어 칠흑의 검에서 수십 개의 검형이 만들어지기 시작했다.

"나의 이름은 너 같은 악마가 부를 수 있는 것이 아니다!"

아제릴 제4성기사단의 부단장, 베이론의 몸이 쏘아져 나갔다. 허공에서 휘둘러진 검에서 쏘아진 빛은 순식간에 파도가 되어 쏟아졌다.

카가가가가강!

순식간에 부러져서 흩어지는 검형들의 모습은 실로 초라하기 그지없었다.

"베이로오오오온!"

라트가 다시금 증오를 한껏 담아 외쳤다. 마력이 한껏 강맹하게 주위로 퍼져 나갔다. 쏟아지는 빛의 파도를 대항하기 위한 필사적인 몸부림이었다.

"어리석은 놈!"

어느새 라트를 포위한 성기사들이 압박하며 거리를 좁혀오고 있었다.

"죽여 버리겠다! 네놈의 눈을 후벼 파…… 웨엑!"

증오에 가득 찬 저주를 퍼붓다가도 울컥울컥 피를 토하는 라트에게는 죽음의 그림자가 드리워 있었다. 얼굴색이 새까맣게 변했다. 얼굴과 입가, 팔뚝, 다리 등 전신에 혈흔이 없는 곳이 없었다. 한계를 벗어난 육신이 죽어 가고 있었다.

'놈만은 죽인다. 저놈만은, 저놈만은 죽인다!'

베이론을 죽이겠다는 의지가 라트에게 찾아올 죽음마저 거스르고 있다.

콰가가가가각!

밀어닥친 빛의 파도가 몰아치던 바람을 잘라냈다.

"크억!"

갈기갈기 잘려 나간 라트의 마력들은 사방으로 휘몰아쳤다. 라트의 몸이 뒤로 붕 날아갔다. 바로 뒤에서 라트를 죄어오고 있던 성기사는 라트의 몸이 뒤로 날아오자 자세를 잡았다. 그의 몸을 단숨에 양단해 버릴 참이었다.

바로 그때 뒤에서 돌연 느껴진 움직임에 성기사의 주의가 뒤로 쏠렸다.

"흐아압!"

"어리석은 놈!"

쓰걱!

이 어마어마한 광경에 저도 모르게 덜덜 떨고 있던 바렌트는 라트가 죽음의 위기에 처했다는 것을 알고 달려들었다.

그 결과는 실로 처참했다. 눈에 보이지도 않을 정도로 무시무시한 쾌검에 가슴팍을 베인 바렌트는 울컥 피를 토하면서 땅에 나뒹굴었다.

"쓰레기 놈 주제에 감히!"

바렌트의 가슴팍을 꿰뚫은 성기사는 경멸에 찬 목소리로 중얼거리고 몸을 돌렸다.

베이론을 비롯한 다른 성기사들 역시 이제 전부 끝났음을 직감했다. 모두 끝났다. 라트는 힘이 다해 쓰러졌고 바렌트는 가슴팍을 꿰뚫려 죽고 말았다.

"이제 끝을…… 컥!"

성기사의 검이 명쾌한 빛의 호선을 그리면서 라트의 몸을 베려는 바로 그 찰나였다.

"끄으으!"

"이 세상은 참 오랜만이군."

불쾌하다는 듯한 기색이 역력한 음성이 성기사의 뒤쪽에서 나직하게 울렸다.

"허, 커어억……."

베이론의 얼굴이 빠르게 굳어갔다. 성기사는 숨을 껄떡이면서 믿을 수 없다는 얼굴로 자신의 가슴을 꿰뚫고 나온 보잘것없는 장검을 노려보았다. 그리고 고개를 돌렸을 때, 그는 더더욱 이해할 수 없는 광경을 목격하는 것을 끝으로 죽고 말았다.

그곳에는 머리칼을 올백으로 전부 넘긴 덩치 큰 사내가 가늘게 웃으며 서 있었다. 그의 짙은 푸른색 눈동자가 성기사들을 쓱 훑었다가 이내 곁에 쓰러진 라트에게 닿았다.

"저런, 쯧쯧, 죽어 가는군."

사내는 한심하다는 듯 중얼거렸다.

"네놈이 어떻게? 분명히 조금 전에……."

베이론이 믿을 수 없다는 듯 눈을 가늘게 떴다. 분명히 조금 전에 죽었을 터인 사내가 어떻게 아무렇지도 않게 살아 있단 말인가?

"왜? 죽지 않은 게 그렇게 이상한가?"

조금 전과는 확연히 다른 분위기였다. 굵직한 목소리로 가볍게 말한 그는 죽어 버린 성기사를 발로 차면서 검을 빼들었다.

좌악!

사내는 흔들림 없는 목소리로 성기사들에게 말했다.

"빠져나갈 곳은 없다."

"가, 감히!"

그제야 놈의 손에 한 명의 성기사가 죽어 나자빠진 것을 인지한 나머지 성기사들이 달려들었다.

"괜찮을까? 우두머리가 나서지 않으면 분명히 후회할 텐데 말이야. 뭐, 먼저 당하는 순서 차이겠지만."

그의 검에서 돌연 선명한 검은빛이 일어났다.

베이론의 눈이 더욱 차가워졌다. 바렌트가 내뿜는 기세가 만만치 않게 느껴졌던 것이다.

'도대체 무슨 일이 일어난 거지? 설마 그게 눈속임이었단

말인가?'

베이론의 생각은 아랑곳없이 바렌트의 몸이 엄청난 속도로 쏘아져 나갔다.

카가가각!

카강!

금속음이 울려 퍼지고 마력이 충돌하며 일으키는 열풍이 사방으로 퍼져 나갔다. 그때까지 한쪽 구석에 죽은 듯이 잠들어 있던 텔리시아의 눈이 부릅떠졌다.

『이제야 눈을 뜨는 것이냐?』

지크로트의 나직한 웃음소리를 들으며 정신을 되찾은 그녀는 급하게 시선을 돌렸다.

『제법 머리를 굴렸군그래. 아무리 제한을 풀었다고는 하나, 설마 나도 모르게 수하의 악마를 불러들이는 이런 앙큼한 짓까지 할 줄 몰랐는데 말이야.』

텔리시아는 대답하지 않고 급하게 몸을 일으켰다. 아직도 무리를 한 리스크가 남아 있었다.

한쪽 바닥에서 피를 줄줄 흘리며 죽어 가는 라트에게 다가간 그녀는 그의 처참한 몰골을 보았다. 도저히 살아 있다는 게 믿기지 않을 만큼 엉망진창이 된 라트의 모습이 그녀의 눈에 들어왔다.

텔리시아는 라트의 곁에서 털썩 무릎을 꿇었다.

"라트……."

아랫입술을 얼마나 세게 깨물었는지 피가 흘러내리는 것도 알지 못한 채 그녀는 가만히 라트를 바라보았다. 이러는 사이에도 라트의 몸은 죽어 가고 있었다. 몸 곳곳에 스며든 적의 신성력은 차근차근 라트의 몸에 깃든 마력을 불태우고 있었다. 그뿐만이 아니었다. 분노에 격발된 한계를 초월한 마력이 그의 내부를 갈기갈기 찢어 놓았다.

『어떻게 할 테냐? 이대로라면 이놈은 죽는다. 놈이 건방지게 끌어올린 힘은 다시 심저로 가라앉혀두기는 했다만, 이대로는 분명히 죽고 말겠지.』

지크로트의 말에 텔리시아는 라트의 몸을 조심스럽게 안아 들었다. 그녀의 붉은 눈동자는 검게 변했고 불그스름한 입술이 보랏빛으로 물들었다.

텔리시아가 마족의 모습으로 변하고 있었다.

라트가 쓰러진 직후에 전부 끝났을 터인 전황은 새로운 국면을 맞이했다.

카가가각!

"하압!"

적들의 검을 기합과 함께 튕겨 낸 바렌트는 급하게 뒤로 빠졌다. 태도에는 여유가 넘쳤지만, 실상은 그렇지 못했다. 힐끗 살핀 팔뚝이 점차 시퍼렇게 죽어 가는 것을 보면서 눈살을 찌푸렸다.

'역시 버티지 못하는군. 결국은 인간의 육체, 너무 약한 몸이야.'

바렌트. 아니, 바렌트의 몸을 움직이고 있는 텔리시아 휘하의 마족은 속으로 씁쓸하게 중얼거렸다. 그의 본신이라면 상대하기에 그리 어렵지 않은 숫자지만, 지금의 육신으로는 어림도 없는 일이었다.

'더군다나 저놈…….'

거리를 벌린 바렌트는 뒤편에서 힐끗 눈을 부라리며 상황을 살피는 적의 수장을 보았다. 바렌트의 몸으로 이길 수 있는 자가 아니었다.

『드리카스.』

머리를 찡하고 울리며 익숙한 목소리가 들려왔다.

『예, 부르셨습니까.』

『중심지로 가겠다, 놈들의 시선을 끌 수 있겠나?』

주인의 물음에 드리카스의 얼굴이 살짝 굳어졌다.

『하찮은 인간의 몸으로 현신했다고는 하나 흑도(黑刀)라는 이름이 사라지는 것은 아닙니다.』

『좋다, 날 보호해다오.』

주인의 신뢰 어린 말에 드리카스의 입가에 작은 미소가 맺혔다. 하지만 이 이상 그의 권능을 끌어올린다면 이 육체는 죽고 말 터다.

'이봐! 여기서 죽어도 상관없나?'

드리카스는 내부에 잠들어 있는 이 육체의 주인을 불렀다.

『좋다. 그를 구해만 다오, 그렇다면 나는 이곳에서 죽어도 상관없다.』

바렌트의 흔들림 없는 대꾸에 드리카스의 눈이 가늘게 변했다.

'이런 녀석은 불편하단 말이야.'

속으로 그렇게 중얼거린 드리카스는 잠깐 고민했다. 그때, 뒤쪽에서 꺼져 가는 생명을 느꼈다.

'가만히 뒀다가는 죽을지도 모르겠군.'

제리카에게 마력을 흘린 순간이었다.

"저놈이 무슨 수작을 부리려고 한다! 가만히 놔두지 마라!"

마력의 움직임을 느꼈음인가, 베이론의 고함이 터졌다.

"쯧!"

고착상태였던 상황이 깨졌다. 다시 성기사들의 공격이 날아들었다.

스스스스!

찬란한 빛을 이글거리며 뿜는 검들이 드리카스의 목을 취하기 위해 베어 들어왔다. 드리카스가 자세를 낮추고 검에서 선명하게 타오르는 검은빛으로 응수했다.

카가가각!

극성의 성질이 부딪치자, 마력이 사방으로 요동치면서 일렁였다. 그러나 성기사는 다수였다. 놈들이 무엇을 할 지 몰라

망설일 때라면 몰라도 이렇게 정확하게 목표를 정하여 드리카스의 숨통을 죄어 온다면 버티기 어려울 것이다.

'으음…….'

드리카스는 입술을 깨물었다. 점차 전신의 감각이 둔해져 가고 있다. 그는 한계가 오는 것을 느꼈다.

바로 그때, 텔리시아가 움직였다. 라트가 쓰러진 직후, 갑자기 나타난 텔리시아와 바렌트를 주시하며 상황을 살피고 있던 베이론도 마침내 움직였다.

'드디어 움직이는군.'

바렌트도 성기사들의 합공 때도 버거운 듯싶었는데 이제 그는 범상치 않아 보이는 텔리시아를 감당해야 할 터였다. 결의와 행동은 거의 동시였다. 베이론의 몸이 쏘아지듯 텔리시아와의 거리를 단숨에 좁혔다.

찬연한 빛을 내뿜는 검이 호선을 그리며 횡으로 베어 들어갔다.

콰아앙!

"흐음!"

베이론은 절대 베이지 않는 단단한 기둥을 두른 것 같은 감각에 눈살을 살짝 찌푸리고는 바로 공격을 이어 나갔다.

콰카가가강!

지독하게 빠른 검이 텔리시아를 사방에서 노리고 있었다. 텔리시아를 중심으로 만들어진 얇은 막은 베이론의 공격에 절로 출렁이면서 흔들렸다.

"치잇!"

베이론의 어마어마한 기세에 텔리시아는 남겨둔 힘을 끌어올릴 수밖에 없었다.

"꺼져버려!"

텔리시아의 보랏빛 입술 사이로 새어 나온 고함에 베이론은 급하게 뒤로 물러났다. 라트를 안은 손 사이에서 흑염구가 엄청난 속도로 날아들었다. 그는 빠르게 뒤로 물러나면서 즉시 빛줄기를 발출하면서 대응했다.

콰쾅!

폭발이 열풍을 일으켰다. 그 찰나 간에 베이론이 그녀의 흑염구의 영향에서 벗어났음을 직감했다. 그러나 그 정도면 되었다. 애초부터 베이론을 죽이기 위한 공격이 아니라 시간을 충분히 끌기 위한 공격이었다.

기감을 돋우고 봉인석이 잠들어 있는 중심지를 찾아 눈을 돌릴 때였다. 요동치는 바람 속에서 베이론의 신형이 튀어나왔다.

'아니!'

그 기세가 만만치 않았기에 텔리시아는 즉시 방어에 신경을 기울였다. 찰나에 베이론의 검이 이글거리며 허공에서 세 번 베어졌다. 빛줄기가 아닌 검의 형태를 한, 날카로운 세 개의 검기가 텔리시아의 방어막을 향해 날아들었다.

콰콰쾅!

"으읏!"

이번 것은 꽤 충격이 컸는지 급하게 마력을 끌어올리면서 그녀의 모습이 서서히 변해 갔다. 어느새 양 귀 위쪽으로 작은 뿔이 돋았고 피부는 점차 어둡게 변했다.

콰아앙!

텔리시아의 얼굴이 잔뜩 일그러졌다.

얇은 막이 거세게 출렁였다. 찢어지기 직전이었다.

베이론은 그 틈을 놓치지 않았다. 빠르게 검을 뺐다가 다시 찔러오는 그 공격은 실로 일련의 동작이라고 할 만큼 빠르기 짝이 없는 것이었다.

텔리시아의 눈이 날카로워졌다. 그녀의 양손에 맺힌 어둠이 빠르게 땅에 닿았다.

"솟아라, 코바렌!"

"흠!"

베이론은 텔리시아가 무언가를 쓰려고 한다는 사실에 급하게 뒤로 빠졌다. 주변으로 빠르게 깔리는 마력의 양이 범상치 않았다. 하지만 너무 늦었다. 엄청난 속도로 벗어나는 베이론이었지만, 주변을 휘감으며 퍼지는 어둠은 그보다 더 빨랐다.

쓰스스스스!

"쯧!"

사삭!

혀를 찬 베이론은 단숨에 발목을 비롯해 다리를 붙잡아 오는 몇 개의 손을 잘라냈다. 그러나 베이론도 어둠의 속박에서 완전히 벗어나기란 불가능했다.

그가 어둠의 손아귀에 붙잡히자마자 살짝 거리를 벌린 텔리시아의 오른손에서 흑염구 열 개가 순식간에 만들어졌다.

거대한 크기의 흑염구가 일제히 쏘아졌다. 사방에서 달려드는 흑염구에 베이론의 얼굴에 낭패의 빛이 떠올랐다.

쿠콰카카카캉-!

그러나 텔리시아는 거기서 멈추지 않았다. 곧이어 어마어마한 마력이 그녀의 주위에서 일렁이기 시작했다. 목표는 베이론이 서 있는 곳이었다. 그녀의 검붉은 눈동자가 날카롭게 번뜩였다. 개방되는 힘에 비례하듯 그 범위도 그 파괴력도 확장되어 차원이 다른 마법이 펼쳐졌다.

불과 수 초 만에 마법이 완성되었다. 먼지가 피어오르는 곳에서 곧 여러 개의 검은 송곳니가 엄청난 속도로 튀어나왔다.

콰가가각!

높이 치솟은 검은 송곳니를 바라본 텔리시아는 숨을 골랐다. 그녀의 눈동자는 어느새 시꺼멓게 물들어 있었고 뿔도 더 크게 앞으로 뻗어 있었다. 거기다가 피부도 색이 빠진 것처럼 어둡고 창백했으니, 그녀의 모습은 완전한 악마 그 자체라고 해도 과언이 아니었다.

당장 이곳에서 벗어나야 했지만, 조금 전 과한 힘에 도취하여 일순 자제가 되지 않았다. 라트를 꼭 안아 든 채 적의 생사를 파악하려는 순간이었다.

『시간이 없다.』

그 간결한 지크로트의 중얼거림에 텔리시아의 눈에 깃들었던 살의가 일순간에 지워졌다. 드리카스가 어떻게 싸우고 있는지는 확인조차 하지 않고 텔리시아는 몸을 날렸다.

봉인석으로 가야 한다.

한편, 드리카스는 주인의 어마어마한 힘을 목격하면서 만면에 미소를 지었다. 오랜만에 그녀가 가진 진정한 힘 일부분을 엿본 것이었다.

성기사들이 그 어마어마한 마법에 정신을 못 차리는 사이, 바렌트의 육신에서 빠져나간 마력은 빠르게 구석에 누워 있는 제리카에게로 향했다.

"어엇!"

어둠의 마력에 민감한 성기사들이 드리카스의 몸 밖으로 나온 기운에 화들짝 놀라며 창백한 얼굴로 다시 드리카스에게 집중했다.

카캉!

덜덜 떨리는 팔뚝으로 저들의 검을 밀쳐 내는 것만으로도 이미 기적에 가까웠다.

"크흠! 부단장님의 생사를 확인하는 것은 놈을 쓰러뜨린 이후다!"

성기사 중 한 명이 고함을 내질렀다. 정신이 흐트러지면 빈틈이 생기고 그렇게 되면 죽게 된다. 지금은 눈앞의 적에게 집중해야 할 때였다.

"죽어라, 악마!"

그들은 텔리시아, 그리고 라트와 한패인 눈앞의 강대한 적을 어떻게든 쓰러뜨려야 한다는 사명감에 불타고 있었다. 압박해 오는 성기사들의 검이 그 빛을 더해 가고 있을 때였다.

"커억!"

돌연 성기사들 중 한 명의 통성이 흘러나왔다. 드리카스의 뒤를 잡았던 성기사 한 명이 회심의 미소를 지으며 그의 목에 검을 찌르던 와중이었다. 갑자기 등을 꿰뚫고 몸으로 튀어나오는 검에 성기사의 입에서 울컥하고 피가 쏟아져 나왔다.

"이, 이게 무슨……."

거칠게 숨을 토해낸 성기사는 빠르게 빛을 잃어가는 검으로 어떻게든 뒤에서 새로이 나타난 적에게 최소한의 상처라도 입힐 요량으로 검을 휘두르려고 했다. 그러나 죽어 가던 성기사의 마지막 공격은 끝까지 이뤄지지 못했다. 돌연 신경이 타들어가는 고통이 엄습한 것이었다.

콰아아아!

"끄아아아아악!"

울컥울컥 피가 흘러나오고 있는 입술 사이에서 고통에 휩싸인 비명이 터져 나왔다. 신성력이 마족들에게 치명상을 입히는 힘이라면, 마족들의 근원이라고 할 수 있는 어둠의 마력 역시 신성력을 쓰는 이들에게 치명상을 입힐 힘이었다.

죽는 순간까지 검을 휘두르려던 성기사는 정신이 나갈 것 같은 고통에 검을 놓치고 절명했다.

"이, 이럴 수가……."

성기사들은 경악했다. 그러자 조금 전까지 굳어가고 있던 드리카스의 입가에서 미소가 그려졌다. 제리카가 숨을 헐떡이며 시체에서 검을 뽑아 들었다.

"어, 어찌 이런 일이! 이 간악한 악마 놈! 계속해서 세상의 순리를 거스르려 한단 말인가!"

성기사는 조금 전까지 죽었다고 생각했던 또 한 명의 인물이 드리카스의 곁에 서 있는 것을 보면서 분통을 터뜨렸다.

드리카스는 제리카가 죽지 않은 것을 알고 있었다. 그래서 바렌트의 몸으로 미처 쓰지 못한 힘으로 제리카의 죽어 가는 육신을 고치고, 힘을 주입했다. 그 결과 또 한 명의 성기사를 처치할 수 있었다.

푸확!

바렌트의 위기에 성기사의 몸에서 검을 뽑아든 제리카는 저도 모르게 검을 찔러 넣기는 했지만, 설마 성기사를 죽일 수 있을 거라고는 생각지 못했기 때문에 얼떨떨한 상태였다.

"정신 바짝 차리고 싸워."

드리카스의 차가운 목소리에 제리카의 얼굴이 차갑게 바뀌었다. 여전히 수적으로는 열세였다. 그러나 싸움의 형세는 그렇지 않았다.

드리카스로부터 일정 이상 힘을 부여받은 제리카의 실력은 일순간이라고 해도 성기사에 육박할 정도로 폭발적인 힘을 내고 있었다. 드리카스는 잠깐이기는 해도 성기사 다섯을 상대로 싸우면서 여태까지 버텼을 정도가 아닌가.

"크으윽!"

"광명이시여! 힘을 주소서!"

성기사들은 적이 한 명 늘고 아군이 한 명 죽은 탓에 싸움이 굉장히 버거워진 것을 느끼면서 신의 이름을 부르짖었다.

'이럴 수가! 내가 지금 성기사들과 싸우고 있단 말인가!'

제리카는 지금 자신이 쓰고 있는 힘이 기적의 일종이라고 생각했다. 가슴부터 복부까지 그리 깊지는 않지만 얕다고도 할 수 없는 긴 상흔과 허벅지가 깊게 찔려, 그는 확실하게 말해서 죽어 가고 있었다. 그렇게 천천히 심연으로 가라앉아 가는 어느 순간 내부를 '찡' 하고 울리는 느낌과 상처를 불로 지지는 고통이 엄습해 왔다.

'바렌트를 도와라!'

제리카는 그것이 혹 신의 은총 따위가 아니었을까 하는 생각을 했다. 물론 실상은 정반대였다. 제리카를 심연에서 끌어올린 것은 드리카스가 어둠의 마력에 기인한 권능이었다.

제리카는 자신의 힘이 터무니없이 강해졌다는 것에 흥분하면서 몸에 차오르는 힘을 아낌없이 쏟아 부었다. 검은빛이 일렁이면서 쏘아졌고, 그때마다 성기사들의 신성력과 격돌하며 기운이 요동쳤다.

바닷물에서 물을 퍼내고 있는 것처럼 아무리 써도 좀처럼 줄지 않는 마력에 제리카는 점차 흥분하면서 힘을 과도하게 일으키기 시작했다. 그러자 바렌트와 마찬가지로 제리카의 팔뚝도 점차 검게 물들어 갔다.

쓰걱!

검푸른 빛을 머금고 있던 제리카의 검이 적의 검을 단숨에 내리누르고 그대로 어깨부터 가슴까지 베어 들어갔다.

"꺼억!"

단말마를 내지른 성기사의 신형이 무너져 내렸다. 제리카가 자신의 손으로 성기사를 죽였다는 사실에 엄청난 희열을 느끼고 있을 때 다시 적의 검이 날아들었다.

카아앙!

"가, 감히! 네놈 같은 쓰레기가!"

"그 입 닥쳐!"

제리카는 고함을 내질렀다. 교단에 핍박당하고 강자 아래 고개를 숙이고 살았던 지난 세월을 보상하듯 그의 검이 더욱 검게 타올랐다.

그때 드리카스의 검이 빠르게 호선을 그리며 사선으로 또 한 명의 성기사를 베었다.

"이봐, 진정해!"

드리카스가 고함을 질렀지만, 제리카에게는 들리지 않았다. 혼을 불태우는 것처럼 쥐어짜 내는 그의 검은 다시 적을 향해 육박해 들어갔다.

제리카와 드리카스의 기세가 만만치 않은 것도 있었지만, 성기사들이 지나치게 당황한 것도 이유였다.

성기사들의 냉정한 이성이 불안에 흔들리고 있었다. 그때 조금 전까지 잔뜩 흥분해 있던 제리카가 돌연 덜덜 떨더니 우뚝 멈추었다. 동시에 검에서 돌연 검은빛이 사그라졌다.

"어어윽!"

제리카의 입에서 통성이 흘러나왔다.

"지금이다!"

그 작은 틈을 성기사들이 놓칠 리가 없었다. 이글거리는 백색의 빛이 그 틈으로 찔러 들어왔다.

"쯧!"

드리카스의 혀를 차면서 힘을 일으켰다. 굵직한 검에서 검은빛이 이글거리며 선명하게 타올랐다.

써거걱!

그의 검은 단숨에 찔러 들어가는 성기사의 팔뚝을 베어 내면서 멈추었다가 즉시 횡으로 몸통을 베어 갔다.

"끄으윽!"

"꺽!"

단숨에 두 명을 처리한 드리카스는 적이 내장을 흘리며 쓰러지는 것을 확인하고서 더는 버티지 못하고 검을 놓았다.

탱강!

내장에서 흘러나오는 역한 악취와 혈향이 퍼졌다.

"으으읏!"

제리카가 고통에 일그러진 얼굴로 팔을 덜덜 떨었다. 갑작스럽게 몸을 타고 흐르는 과도한 마력 때문에 지금 제리카의 팔은 한계에 달했다. 그것은 바렌트의 몸 역시 마찬가지였다.

'제길! 이 멍청한 녀석을 구하려다가 몸이 망가지겠군.'

드리카스는 고통을 호소하는 제리카를 보다가 그대로 그를 걷어찼다.

퍽!

"윽!"

"이 멍청한 놈, 그게 네놈의 힘인 줄 알아?"

제리카는 자신과 마찬가지로 팔을 덜덜 떨고 있는 바렌트를 보면서 정확하게 이유는 알 수 없지만, 사과를 해야 한다는 생각이 들었다.

"죄, 죄송합니다."

그의 내부에 있는 드리카스의 힘이 바로 눈앞의 존재에게서 흘러나온 것임을 본능적으로 알아챈 것이리라.

날카롭게 제리카를 노려보고 있을 때였다. 드리카스의 눈이 날카롭게 휙 꺾였다. 다수의 인기척이 느껴진 것이다.

"빌어먹을…… 쉬게 놔두질 않는군. 당장 일어나라, 놈들이 내려오고 있다."

전신이 욱신거리지 않는 곳이 없었지만, 놈들이 내려오고 있다는 말에 제리카는 정신이 번쩍 드는 것을 느꼈다.

곧 드리카스가 텔리시아의 존재감이 느껴지는 곳으로 몸을 날리고 제리카가 그 뒤를 쫓았다.

계단이 가까운 제2공동에는 이제 성기사들의 시체와 치열한 격전의 흔적만이 남아 있을 뿐이었다.

그때 엉망이 된 바닥 한쪽의 돌 사이에서 손 하나가 불쑥 튀어나왔다.

"크으으윽!"

가래가 끓는 신음을 내뱉으면서 돌을 밀어내고 먼지 속에서 일어난 것은 베이론이었다. 처음의 깔끔한 모습은 온데간데없이 먼지에 더럽혀지고 피로 얼룩진 모습이었지만 날카로운 기세와 그 눈빛만은 여전했다.

베이론은 눈을 날카롭게 번뜩이며 사방을 살폈다. 온몸이 성한 곳 없이 피로 얼룩져 있었지만, 검을 들고 있는 그의 모습은 당장에라도 적과 싸울 기세였다.

무엇보다 자세히 보면 그의 몸 어디에도 치명적인 상처는 없었다. 그을리고 화상을 입어서 진물이 흘러내리고 있기는 해도 그것뿐이었다.

베이론은 하마터면 죽을 뻔한 아찔한 상황에 몸을 떨었다.

바로 그때, 그의 기감에 계단에서 내려오는 다수의 기척이 느껴졌다. 그것은 계단에서 내려오는 인물들 역시 마찬가지였는지 곧 우렁찬 고함이 울려 퍼졌다.

"웬 놈이냐?"

날카로운 눈으로 내려오는 이들을 노려보고 있던 베이론은 계단에서 모습을 드러낸 그들의 차림새를 보고 검을 아래로 내렸다.

"아제릴 제4성기사단의 베이론 오르바스."

"엇! 4성기사단의 부단장님이십니까?"

증원이 온 것이었다. 속속들이 도착하는 인물들의 얼굴을 하나하나 살피던 베이론은 익숙한 얼굴을 볼 수 있었다.

"오랜만에 뵙소."

"아니, 이게 어떻게 된 일이오?"

아제릴 제1성기사단의 부단장, 레이막스가 엉망진창인 베이론의 모습과 죽은 성기사들의 처참한 모습을 보며 얼굴을 굳혔다.

"놈들에게 당했소."

"으음……."

제1공동에서 보았던 검은 반구를 비롯한 성기사들과 전투신관들의 시체를 발견했을 때부터 어느 정도 짐작하고 있었던 사실이었다. 그러나 베이론마저 이런 처참한 모습이라니.

'그는 성명 성기사. 수련급과는 그 실력 자체가 다르다.'

성한 곳이 없었다. 화상을 물론이고 걸레 조각이 되어버린 갑옷 아래로 흐르는 피.

베이론 오르바스가 누구인가.

깊은 신앙심으로 전투 신관에서 이제는 어엿한 성기사로, 실력까지 인정을 받아 부단장의 자리에서 정명(貞明)이라는 성명까지 받은 그이다. 순식간에 수련 성기사에서 금세 성명 성기사로 거듭난 천재. 아제릴 내부에서도 그는 광명께서 은총을 내린 자라고 할 만큼 그의 실력과 재능은 실로 대단한 것이었다.

레이막스가 아랫입술을 깨물고 얼굴을 찡그렸다. 적의 전력이 어느 정도인지 짐작하려는 것이리라. 그 동안 곁에 있던 전투 신관이 베이론의 상처를 천천히 치유하기 시작했다. 하지만 그 상처가 아무는 속도나 효과는 실로 미미하기 그지없는 것이었다.

레이막스가 좀처럼 움직일 생각을 못하고 생각을 정리하고만 있자 베이론이 나섰다.

"이러고 있을 시간이 없소, 놈들이 봉인석으로 향했단 말이외다."

베이론은 자신이 상대했던 라트와 텔리시아의 얼굴을 떠올리면서 주먹을 불끈 쥐었다.

"놈들 중에는 악마가 있소. 그중에 한 명, 아니 단언하건대

두 명, 아니…… 어쩌면 놈들 전부가 악마인지도 모르겠소."

베이론은 확신하듯 고개를 주억거렸다.

"악마라니…… 이러고 있을 시간이 없군. 제1성기사단 전원 봉인석으로 간다. 그리고 조금 전 베이론 경이 말한 것을 단장님께 전하라."

"예, 알겠습니다!"

전투 신관 한 명에게 지시를 내린 레이막스는 베이론에게 시선을 던졌다. 그러자 베이론이 고개를 바로 저었다.

"부상은 심하지 않소, 혹 그렇다 해도 어찌 악이 성역을 능멸하려 하는데 참을 수가 있겠소?"

베이론의 단언에 레이막스는 고개를 끄덕였다. 성기사들이 빠른 속도로 봉인석을 향해 달려 나갔다.

제4화
파괴된 봉인석

구우우우웅-!

별안간 짙은 보랏빛을 내뿜으면서 기묘한 소리가 울려 퍼졌다. 5미터에 이르는 짙은 붉은빛이 감도는 거대한 보석. 그것의 외관을 표현하자면 그렇게 말할 수 있을 터였다.

“봉인석이 반응을 하는 것인가?”

이중 삼중으로 둘러 있는 벽 구석에 가만히 앉아 있던 사십대 후반의 중년 남자가 천천히 일어났다. 잘 기른 수염이 인상적인 그는 딱히 특별하다는 인상은 없었지만, 그의 눈빛을 본 사람은 그 누구도 그를 잊지 못할 것이 틀림없었다. 그의 가슴에는 금색으로 겹쳐진 프로텔리아가 빛나고 있었다. 잘 보면

프로텔리아에 조금 특별한 점이 있었으니, 바로 프로텔리아가 붙어 있는 곳에 원형 방패가 장식되어 있었다. 그리고 그것이 의미하는 바는 간단히 넘길 만한 것이 아니었다.

수호(守護) 성기사.

수호 성기사는 봉인지역을 지키는 성기사단의 단장직을 맡을 수 있는 최소 조건이다. 성명 성기사보다 우위에 존재하는 수호 성기사들의 수는 대단히 적었고, 그런 탓에 일개 범인들은 성기사들 사이에서도 이러한 차이가 존재하는지도 모르는 이가 태반이었다. 그러나 엄연하게 말해서 성기사들 사이에서도 실력 차이는 존재하고 성기사단의 단장은 그중에서도 수호의 직위를 얻은 자들만이 맡을 수 있는 자리인 것이다.

마르타스 호글, 아제릴 제4성기사단의 단장인 마르타스가 바로 그였다.

평소에는 이렇듯 항상 하루의 대부분을 봉인석 곁에 가만히 앉아 있는 그는 봉인석의 이변을 조금도 놓치지 않기 위해 언제나 이곳에 있었다. 헌데 조금 전에 일어났던 이변은 몇 십 년을 이곳에서 살아온 마르타스조차 단 한 번도 겪지 못한 일이었다.

봉인석은 침입자에 반응이라도 하는 듯 외부의 진동이 이곳까지 전해지자 다시금 미약한 빛을 내뿜었다.

'침입자들의 기세가 여간 만만치 않은 모양이군.'

바로 외부에서 일어나고 있는 일련의 사건들 자체가 이미 전대미문의 사건이며, 동시에 눈앞에 일어나는 봉인석의 이변 역시 마찬가지임에도 마르타스는 달관한 사람처럼 지극히 차분한 모습이었다.

그때 마르타스의 옆쪽에 있는 거대한 문이 거친 소음을 냈다.

끼기기긱!

문 사이로 나타난 인물의 몰골에 마르타스가 얼굴을 살짝 찌푸렸다.

"그 모습은 무엇인가?"

"……."

다급하게 안으로 들어온 인물은 마르타스의 물음에 그제야 자신의 몰골을 보면서 얼굴을 살짝 붉혔다. 움직이기 편한 백의는 어느새 흙먼지로 더럽혀져 있었고 거기다가 군데군데 찢긴 옷 사이로 상처마저 보였다. 쉽게 말을 잇지 못하는 부하의 모습에 마르타스의 미간에 골이 잡혔다.

"이곳까지 당도한 것으로 보아 쉽지 않은 침입자인 줄은 알았지만, 성명 성기사 두 명이 적을 처단하지 못했다는 것인가?"

"송구스럽습니다."

마르타스의 말에는 힐난의 가시가 돋아 있었다.

"타켈 경은 어디에 있는가? 적을 상대하는 중인가?"

그렇게 묻는 마르타스였지만 타켈이 밖에서 싸우고 있을 리가 없었다. 바깥에서 울리던 진동이 그쳤음을 알고 있었으니 말이다.

"타켈 경은…… 당했습니다."

"당했다고?"

테리칼이 그를 찾기 위해 이곳에 왔는데 타켈이 그의 곁에 없다는 것으로 대충은 짐작한 사실이었지만, 실제로 입을 통해 듣는 것은 큰 차이가 있었다.

"제가 부족한 탓입니다."

"아니, 적이 그만큼 무시무시했다는 얘기가 되겠지, 그래서 적은 몇 명인가?"

"셋, 아니 넷입니다. 그중에 하나는 이곳에 오기 전에 벌인 전투로 이미 만신창이입니다."

"부단장은 어디에 있는가?"

"계단 쪽에서 먼저 놈들과 격전을 벌인 것 같습니다. 하지만 적들은 저와 타켈 경을 비롯한 성기사들과 교전을 벌였습니다."

이번에는 마르타스의 안색도 딱딱하게 굳었다.

"설마 그도 당했단 말인가?"

"아무래도 놈들의 손에 당한 게 아닐까 싶습니다."

마르타스의 눈이 날카롭게 번뜩였다. 부단장 베이론은 아제릴에서 보낸 시간은 짧았지만 타켈이나 테리칼에 견주면 그 실력이 우위에 있는 자였다. 그야말로 천재라고 할 수 있는 인재.

'베이론 경이 당했단 말인가?'

그에 이어 타켈까지 당했다면 이번 상대는 마르타스조차 전력을 다해야 할 상대가 틀림없었다. 마르타스가 이를 악문 채 아무런 대응도 하지 않고 있자 테리칼이 답답한 표정이 되었다.

"놈들이 금방 이곳에 들이닥칠 겁니다."

"이곳에서 멀리 벗어날 수는 없다."

"설마 봉인석 근처에서 싸우실 셈이십니까? 봉인석의 문이 단단하기는 하지만 바로 근처에서 놈들을 상대하는 것은 너무 위험하지 않겠습니까?"

"물론 봉인석과는 거리를 두겠지만 너무 많이 떨어지는 것은 오히려 위험한 일이다."

마르타스는 생각을 바꿀 생각이 전혀 없는 듯했다.

'봉인석과 떨어져 싸우다가 놈들이 술수를 부린다면 어찌할 방도도 없어지고 말 것이다.'

그는 그것을 우려하고 있었다. 놈들을 반드시 막아낼 결의는 섰지만 만에 하나라는 가정까지 완전히 지워낼 수 없었던 것이다.

"나머지 단원들을 불러오게. 이곳에서 놈들을 막을 것이야."

"……알겠습니다."

테리칼은 별수 없다는 표정으로 고개를 숙였다.

그가 성문으로 다시 나가자, 마르타스는 고개를 돌려 붉은 빛이 감도는 봉인석을 바라보다가 이내 그곳에서 나왔다. 봉인석을 끼고 싸울 생각은 없었다. 문이 거친 소음을 동반하며 닫혔다.

“내 일평생을 바친 봉인석은 그 누구도 부술 수 없다.”

그의 결의에 찬 목소리가 나직하게 울렸다.

성탑의 내부에는 무거운 기류가 흐르고 있었다. 거대한 홀에는 아무것도 존재하지 않았으며, 오로지 미약한 조명석만이 위로 이어지는 원형 계단을 비추고 있을 뿐이었다.

베이론에 이어 조금 전까지 성문을 지키던 테리칼, 성기사들과 접전을 벌인 텔리시아의 뒤로 제리카와 바렌트가 뒤따르고 있었다. 매 순간 점차 묵직하게 바뀌는 공기를 느낀 텔리시아는 이제 봉인석이 바로 코앞에 있다는 것을 알 수 있었다. 그녀의 피부를 저릿하게 하는 이 짙은 어둠의 마력이 바로 그것을 증명하고 있었다.

끝이 없을 것 같던 원형 계단의 마지막 부분이 보였다. 하지만 이 성탑의 구조로 볼 때 그 어디에도 봉인석이 있을 만한 곳은 없었다.

‘꼭대기인가?’

바로 그때였다. 돌연 주위가 요동쳤다. 몸을 짓누르는 감각에 텔리시아의 눈이 날카로워졌다. 고개를 홱 돌린 텔리시아는 성탑의 끝에서 그녀를 내려다보는 한 인물을 볼 수 있었다.

평범한 인상, 그러나 그 눈빛은 만인을 능히 압도하고도 남을 기세가 내뿜고 있었다.

"멈춰라, 침입자."

무거운 목소리가 쩌렁쩌렁하게 울렸다.

"이곳의 수장쯤 되는 놈이 나타났군."

"악마가 이곳에는 무슨 일로 왔지?"

"봉인석을 부수기 위해."

텔리시아가 입꼬리를 슥 올리며 웃자, 여유롭던 성기사의 얼굴이 날카롭게 바뀌었다.

"봉인석을 노리는가?"

"감히 인간 주제에 봉인석을 감당할 수 있을 것 같나?"

텔리시아의 날카로운 대답과 동시에 그녀의 주위에 검은 안개와도 같은 기운이 일렁였다. 곧 주위를 짓누르던 압박감이 씻은 듯이 사라졌다. 이에 따라 제리카와 바렌트의 얼굴이 편하게 바뀌었다.

텔리시아가 힘을 개방하자 그녀의 모습이 바뀌었다.

마르타스의 눈동자에 살기가 어렸다.

"악마 놈…… 흐아압!"

성탑을 진동하는 고함이 울리고 질풍 같은 검세가 텔리시아에게로 몰아쳤다. 텔리시아의 힘이 빠르게 커지는 것을 눈치챈 마르타스가 먼저 선수를 친 것이었다. 그러나 텔리시아는 그렇게 호락호락하지 않았다.

밀려드는 날카로운 바람을 와해한 텔리시아의 양손에서 안개와도 같은 보랏빛 기운이 솟아났다.

슈아아악!

콰앙!

바람을 가른 마르타스의 공격, 그리고 그것을 후려친 텔리시아. 마르타스는 자신의 공격이 통하지 않은 것이 놀라웠는지 눈살을 살짝 찌푸리면서 뒤로 물러났다. 날렵한 움직임으로 계단의 난간을 박차며 다시 위쪽으로 날아오른 마르타스는 처음 자신이 서 있던 자리로 돌아갔다.

텔리시아는 그 순간을 놓치지 않았다. 타켈을 죽음으로 몰았던 검은 고리가 빠르게 그녀의 오른손에서 튀어나와 무시무시한 속도로 날아들었다.

슈우욱!

"음!"

범상치 않음을 느낀 마르타스는 원래의 자리에 발이 닿기 전에 허공에서 눈부실 정도로 빠른 섬광을 흩뿌렸다.

콰콰콰쾅!

성탑이 뒤흔들리는 폭발에 마력이 요동치며 주위로 연기가 자욱하게 일어났다. 텔리시아는 그 즉시 기감을 돋우고 빠르게 계단을 올라갔다. 마르타스가 제자리로 굳이 돌아가려고

한 것은 지리적 이점을 철저하게 이용하겠다는 의도였던 것이다.

빠르게 달려 올라가는 도중 마력의 폭풍을 뚫고 마르타스가 튀어나와 반월형 검기 세 개를 쏘아 날리며 달려들었다.

텔리시아의 머리가 빠르게 돌아갔다. 피하려면 피할 수 있다. 그러나 그 순간 뒤쪽의 바렌트나 제리카가 위험에 처할 것이다. 그렇다고 막자니 그 다음 후속타가 만만치 않을 것 같았다. 이런저런 생각이 빠르게 지나갔다.

텔리시아는 즉시 두 가지 마법을 동시에 발현시켰다. 오른손을 땅에 대자 어둠이 깔리고 그다음 바로 안개 장벽이 만들어졌다. 한 손은 라트를 안고 있었기 때문에 손에 제약이 따라 그 움직임은 둔할 수밖에 없었다.

콰가가가각!

마르타스의 검기 중 일부는 막혀서 와해하였고 나머지 검기는 튕겨져나갔다. 안개 장벽이 그 찰나에 튀어나와 마르타스의 공격을 막았다.

썰물처럼 빠져나가는 마력에 텔리시아는 눈살을 찌푸렸다. 마르타스의 공격이 워낙 매서웠기 때문에 장벽으로 막지 않았다면 두 동강이 나고 말았으리라.

튕겨나간 마르타스의 검기가 벽에 부딪치자 성탑이 크게 흔들렸다.

구구궁!

조금 전까지 싸웠던 자들보다 한층 더 강한 성기사임이 분명했다. 실로 초조한 순간이 아닐 수 없었지만, 안개 장벽 속 텔리시아의 얼굴에 미소가 어렸다.

'잡았다!'

조금 전 텔리시아가 먼저 쓴 속박 마법, 코바렌에 마르타스가 잡힌 것을 확인한 텔리시아는 바로 안개 장벽을 걷어냈다. 그리고 동시에 오른손에 검은 고리를 만들어 냈다. 마족의 외관을 개방하면서 발휘할 수 있는 권능이었다. 장벽이 이내 사라지는 찰나를 놓치지 않기 위해 신경을 곤두세운 그녀의 기감에 붙들려 있던 마르타스가 갑자기 코바렌에서 풀려나는 것이 보였다.

'벌써?'

그녀의 얼굴이 놀라움으로 물들었다.

어느새 번개처럼 엄청난 움직임으로 다시 텔리시아의 앞까지 당도한 마르타스의 검이 빛의 잔상을 그리며 쏘아져 왔다. 미처 안개 장벽을 준비하지 못한 상황이었다.

준비해서 시전하기까지, 전부 무영창으로 시전 된다고 해도 늦었다. 그녀는 급하게 마력을 끌어올리면서 얇은 막에 마력을 쏟아 부었다.

"주인님!"

순식간에 상황이 최악으로 치닫고 있음을 본 바렌트와 제리카가 몸을 날렸지만 그 움직임은 마르타스에 비할 바가 아니었다.

찬연하게 이글거리는 빛의 검이 폭우처럼 쏟아지고 크기를 더해가는 얇은 막을 찢어발겼다.

'이대로라면 라트가!'

정면에서 공격을 맞으면 텔리시아 뿐만이 아니라 라트까지 당하고 만다. 완전히 막을 수도 그렇다고 피할 수도 없다. 텔리시아는 아랫입술을 질끈 깨물면서 몸을 틀었다. 가녀린 그녀의 오른쪽 팔뚝과 옆구리로 섬광처럼 쏘아진 검극이 파고들었다.

푸푸푹!

"아으윽!"

텔리시아가 통성을 내질렀다. 다행스럽게도 그녀가 보호막을 치는 것과 동시에 몸을 틀면서 피한 덕분에 상처는 최소한에 그쳤다.

마르타스는 필살의 일격이 상처로 그쳤다는 사실이 믿기지 않는다는 듯 검로를 바꾸어 무너지는 텔리시아의 목을 노렸다.

"거기까지다!"

"흐아아앗!"

제리카와 바렌트가 거친 고함을 내지르며 마르타스를 향해 달려들었다.

마르타스의 눈이 더더욱 차갑게 가라앉았다. 두 명의 수준은 제법 쓸 만하다고 할 수 있으나, 아무리 높게 쳐봐야 전투 신관급이었다. 그들의 검에서 내뿜어지는 마력을 단번에 읽은 마르타스는 다시금 검로를 틀어 단번에 후려쳤다.

"어억!"

"크악!"

망치가 후려쳤다고 해도 과언이 아닌 충격에 바렌트와 제리카가 계단에서 나뒹굴었다. 그들의 입에서 울컥울컥 피가 흘러나왔다.

"저놈들을 처리해라."

마르타스는 그들에게 시선 한 번 주지 않고 텔리시아에게로 검을 찔러 들어갔다. 그러나 마르타스는 텔리시아를 죽일 수 있었던 그 순간을 이미 놓치고 말았다. 그것은 확실히 말해서 마르타스의 방심이라고도 할 수 있었고 동시에 바렌트와 제리카가 만든 기회라고도 할 수 있었다.

마르타스의 눈이 빠르게 텔리시아를 쫓았다. 텔리시아는 어느새 마르타스의 뒤쪽으로 몸을 날려 거리를 벌리고 있었다. 실로 찰나라고 할 수 있는 순간에 그녀가 움직였다.

언뜻 살핀 그녀의 팔뚝과 옆구리에 난 깊은 상처는 놀라울 정도로 빠르게 낫고 있었다. 마르타스는 상대가 인간이 아니라는 것을 저도 모르게 간과하고 만 것이었다.

'저런 상태로 움직인단 말인가?'

마르타스의 얼굴이 무시무시하게 변했다. 그가 바로 몸을 날린 순간 텔리시아도 마르타스가 쫓아옴을 알고 즉시 검은 고리를 날렸다.

처음에 충분히 맛볼 대로 맛본 기술이다. 그리고 저것이 결코 예사 공격이 아님을 이미 파악한 마르타스다.

"흐읍!"

무시무시한 속도로 달려 나간 마르타스는 무시무시한 속도로 검을 휘둘러 허공을 베어 갔다. 그의 검에서 떨어져 나간 빛이 파도가 되어 검은 고리를 향해 날아들었다.

쿠콰콰콰쾅-!

사방으로 몰아치는 바람과 화기는 제아무리 마르타스라고 해도 무시할 수 없을 정도였다. 잠깐 발걸음을 주춤한 때였다.

"그리는 것은 수백, 점하는 것은 광대, 구현하는 것은 칠흑에서 태어난 금강……."

고등급 마법을 연쇄적으로 구현하는 영창이 텔리시아의 입에서 흘러나왔다. 이미 몇 번이고 써온 마법이었다. 그러나 지금 텔리시아의 입에서 정확한 영창을 통해 구현되는 마법은 추가 주문 영창으로 위력이 궤를 달리했다.

"솟아서 얽혀라, 코바렌-!"

본능적으로 위험을 감지한 마르타스의 검이 더욱 빠른 속도로, 화기가 치솟는 연기 속을 뚫었을 때였다. 어마어마한 마력이 엄청난 속도로 주위에 퍼져 나갔다.

피부를 저릿하게 만들 정도로 밀집하기 시작하는 마력에 마르타스는 일순 갈등했다. 물러나느냐 아니면 그대로 적을 양단하느냐, 그 짜릿한 전율 속에서 마르타스의 눈이 번뜩였다.

그는 주변으로 퍼지는 마력을 뒤로한 채 몸을 날렸다. 마침내 연기 속에서 사람의 형태가 눈에 들어왔다. 마르타스의 검이 새하얗게 이글거리는 빛을 머금었다가 이내 엄청난 속도로 찔러 들어갔다.

"죽어라!"

텔리시아가 마법을 쓰느라 미처 몸을 피하지 못했다고 여긴 마르타스는 일말의 주저도 없이 목과 가슴 부분을 노렸다. 제 아무리 악마라고 해도 동시에 오는 공격을 모두 막을 수 없다. 분명 치명상을 입으리라.

바로 지척에 온 순간.

쓰스스스스!

그의 오감을 죄어 오는 기분 나쁜 감각에 마르타스는 급하게 몸을 틀었다. 그러나 또다시 본능적인 감각이 그에게 서둘러 벗어나라고 거듭 경고를 보냈다.

마르타스는 바로 눈앞에 적을 두고 이렇듯 한 걸음 뒤로 물러서야 한다는 사실이 여간 내키지 않는지 이를 뿌득 갈았다. 그러나 이미 후퇴조차도 그의 마음대로 되지 않았다. 조금 전부터 그의 하체를 노려 오던 땅의 검은 기운들이 맹렬하게 일어나고 있었다.

슈우우우욱!

"음!"

그제야 마르타스는 그것의 정체를 파악할 수 있었다. 이 어둠은 발을 묶어두는 마법이었다. 그의 눈이 매섭게 빛났다. 조잡한 수법임을 알기에 또다시 걸릴 생각은 조금도 없었다. 몸을 튕겨 난간으로 올라섰을 때였다.

"아니!"

그가 난간에 올라서자, 조금 전까지 어수룩하게 움직이던 어둠의 손아귀가 무시무시한 속도로 그의 발목을 잡았다. 마르타스의 눈이 날카로워지면서 새하얗게 타오르던 검의 빛이 단숨에 어둠으로 쏟아졌다.

쿠콰쾅!

자신의 발목을 잡고 있는 어둠을 잘라내 버리겠다는 날카로운 의지였다. 그러나 지상에 숨 쉬고 있는 어둠은 마르타스의 백열된 검에 적중되고도 사라지지 않았다.

'이럴 수가!'

그제야 이 마법이 조금 전에 맛보았던 것과는 격이 다르다는 것을 안 마르타스의 눈이 무겁게 가라앉았다. 그의 전신에서 새하얀 빛이 조금씩 내뿜어졌다. 웬만한 힘으로는 무리라는 생각에 이제 전력으로 어둠의 힘을 몰아낼 생각이었다.

텔리시아도 그것을 가만히 보고만 있지 않았다. 그녀는 이번에 적을 끝장내겠다는 일념으로 마력을 잔뜩 끌어 모았다. 손톱에 모인 기운들이 일제히 쏘아져 나갔다.

"죽어 버려!"

빗살처럼 쏘아져 나간 이십여 개에 육박하는 검은 고리들을 그제야 느낀 마르타스는 이를 뿌득 갈면서 급하게 빛의 파도를 일으켰다.

투콰콰콰콰쾅!

거친 폭음, 연이어 열을 머금은 폭풍이 몰아쳤다. 성탑이 거칠게 흔들리는 와중에 텔리시아는 몸을 튕겨 위쪽으로 날렸다. 더는 마르타스와 싸우면서 시간을 지체할 수 없었다. 언뜻 계단 사이로 거대한 문이 보였다.

'저곳이다.'

텔리시아의 눈이 크게 떠진 순간.

"크아아아압!"

우렁찬 기합이 뒤쪽에서 울려 퍼지고 한 명의 성기사가 계단을 뛰어넘어 그녀에게 날아들었다.

텔리시아의 오른손에서 검은 불꽃이 치솟았다가 쏘아져 나갔다.

"흐아아아압!"

콰쾅!

지척에 폭발이 일어났기에 텔리시아도 몸을 움츠릴 수밖에 없었다. 화기가 휘몰아치며 주위의 모든 것을 삼키려는 것처럼 일렁였다.

화기를 머금은 열풍이 점차 잠잠해지자 텔리시아는 고개를 돌렸다.

이제 얼마 남지 않았다!

조금 전에 처리한 성기사에 관한 것은 금세 잊고 그리 멀지 않은 고지를 생각하며 마른침을 삼킬 때였다.

화아아악!

몰아치는 검은 화기 속에서 무엇인가가 뚫고 튀어나왔다.

"죽어랏!"

고함이 터지는 것과 동시에 베어 오는 검에 텔리시아가 다급하게 움직였다.

스걱!

"아아악!"

얇은 보호막은 찢겨나갔고 그녀의 왼쪽 어깨에 깊은 검상이 새겨졌다. 뼈가 보일 정도로 깊은 일격이었다.

"치이잇!"

단숨에 목을 베지 못한 것이 아쉬운 성기사 테리칼은 화기에 지글거리는 육신과 얼굴은 안중에도 없다는 듯 다시 검을 휘둘러 왔다. 이미 근접할 대로 근접한 상황, 그는 단숨에 텔리시아의 몸을 꿰뚫어 버릴 참이었다.

카가가가각!

"크으으윽, 그만 죽으란 말이닷-!"

멀쩡한 오른손으로 테리칼의 일격을 막은 텔리시아는, 얼굴을 일그러뜨리며 빠르게 내려오는 나머지 성기사들을 볼 수 있었다. 그 사이에 힐끗 확인한 성문의 앞에는 아무도 없었다.

위험한 상황임에도 불구하고 텔리시아는 바로 지금이 기회임을 알 수 있었다. 하지만 테리칼과의 맞붙은 상황, 거기다가 나머지 성기사들은 빠르게 들이닥치고 있었다.

'거기다가 저 인간마저 끼어든다면…….'

마르타스까지 들이닥치면 상황은 최악이 되어 버린다. 놈의 발목이 묶인 이 상황에서 적어도 눈앞의 적은 처리를 해야 한다.

'힘을 더 끌어올릴 수 있을까?'

테리칼이 내뿜는 힘이 여간 만만한 것이 아니었기에 그녀의 끊이지 않던 마력도 빠르게 바닥을 드러내고 있었다. 1단계를 개방하면서 쓸 수 있게 된 흑환(黑環)도 지나치게 남발했다. 이미 그녀의 모습이 조금씩 변했던 순간부터 힘의 개방은 시작된 것이나 다름없었다. 그 말인즉슨, 제2공동에서 라트가 쓰러진 직후 이미 그녀는 1단계의 힘을 조금씩이지만 열어 쓰고 있었다는 것이다.

바로 그때였다.

"흐아아압!"

지독한 화기에 모든 정신을 오로지 텔리시아에게 쏟고 있었던 테리칼은 바로 지척까지 다가온 기척을 미처 느끼지 못했다.

"아니!"

기합에 급하게 고개를 돌린 순간이었다. 드리카스가 낮은 자세로 거리를 좁혔고 이내 폭풍과도 같은 기세로 검을 사선으로 베어 올렸다.

"크아악!"

쓰걱!

급하게 몸을 틀면서 피했지만 온전히 피하지 못했다. 테리칼의 왼쪽 손목이 베어져 나가면서 피 분수가 치솟았다.

"으아아아아압!"

흩뿌려진 피들이 튀면서 드리카스는 일순 눈을 질끈 감을 수밖에 없었다. 그리고 그 찰나에 테리칼의 검이 날아들었다. 순식간에 주위의 자연력이 요동치며 그의 검으로 빨려 들어갔다. 내려쳐지는 그의 검에 맺힌 새하얗게 이글거리는 빛이 3미터에 육박하는 거대한 빛으로 변해 있었다.

드리카스가 위험에 빠졌을 때, 텔리시아는 일말의 주저도 없이 난간을 밟고 하늘로 날아올랐다. 라트를 살리는 게 무엇보다 우선이었고 그녀는 드리카스의 실력을 믿었다.

성기사들이 급하게 검기를 날렸지만, 그녀의 몸 주위로 둥글게 생긴 얇은 방어막에 모조리 막히기 일쑤였다.

콰콰쾅!

"이, 이런!"

"뛰엇!"

그들은 텔리시아처럼 반대편의 계단으로 급하게 몸을 날렸다. 그제야 텔리시아 일행의 움직임을 본 테리칼의 얼굴이 창백하게 굳어졌다.

"다른 곳으로 시선을 돌리다니 이 드리카스를 너무 얕보지 않는 게 좋을 거다."

텔리시아가 몸을 날리고 테리칼의 거대한 검이 드리카스에게 내려쳐 지기까지 그야말로 찰나에 벌어진 일들이었다. 드리카스의 검에서 안개와도 같은 검은 기운이 스멀스멀 짙게 맺히면서 그의 이마에 작은 식은땀이 흘러내렸다.

콰가가가가각!

마력이 사방으로 요동쳤다.

"아니!"

"으으으읏!"

테리칼은 자신의 검격을 막아낸 것이 믿기지 않는다는 표정을 짓고 있었다.

거대한 검을 흘리듯이 막아낸 드리카스는 육체가 내지르는 고통에 얼굴을 일그러뜨리면서도 테리칼을 압박해 들어갔다.

카가가각! 카캉!

둘의 싸움이 치열해지면서 테리칼은 테리칼대로, 드리카스는 드리카스대로 얼굴이 일그러져 갔다.

'이런 놈 따위에게 내가 고전을 하고 있다는 것인가?'

둘의 공통된 생각이었다.

치열한 공방전이 펼쳐지고 있는 가운데 드리카스는 점차 초조감을 느꼈다. 시간을 끌면 불리한 것은 그였다. 바렌트의 육체를 급하게 변화시키고 있었지만, 아직 그의 힘을 견딜 만한 육체는 아니었다.

'거기다가 저놈이 있다.'

테리칼과의 격전 속에서 폭발의 연기 속에서 몸을 움츠리고 있는 마르타스의 모습이 힐끗 보였다. 놈이 그를 향해 검을 휘두른다면 바렌트의 육신은 그것을 견뎌낼 재간이 없다. 그리고 아직 비교적 마르타스와 가까운 곳에 쓰러져 있는 제리카도 온전히 살아남지 못할 터였다.

"크으으읍!"

마르타스가 신음을 흘리며 전신에서 빛을 뿜었다. 그 충격여파에 정신을 잃은 제리카가 휩쓸리며 울컥울컥 피를 토했다.

'크윽! 미안하지만 저 녀석을 살리는 건 어렵겠어.'

『그런가……. 이런 엄청난 적들을 상대로 그는 잘 싸워 주었다. 제리카도 만족하겠지.』

바렌트의 나직한 대답을 들으면서 드리카스는 얼굴을 일그러뜨렸다. 마르타스가 속박에서 벗어나 그를 공격해 온다면 그 역시 단숨에 죽을 것이다. 신성력의 침투로 죽어 가고 있는 제리카와 크게 다를 것 없이 말이다.

'빌어먹을, 이 드리카스가 겨우 인간에게!'

그러는 사이 마르타스를 붙잡고 있던 어둠의 손아귀가 느슨해졌다.

번쩍!

마르타스의 검이 번개같이 그의 다리를 묶고 있는 어둠의 손아귀를 잘라 냈다. 그와 동시에 땅에 깔린 짙은 어둠도 마르타스가 내뿜는 빛에 의해 서서히 사라져 갔다.

뿌드득!

마르타스는 이를 뿌드득 갈면서 봉인석으로 향하는 마지막 관문으로 맹렬하게 달려 나가는 텔리시아에게 빠르게 시선을 돌렸다.

봉인석을 향해 나가는 텔리시아의 뒷모습이 보였다. 그의 두 눈이 시뻘겋게 충혈되었다. 일그러진 얼굴은 악귀나 다름없었다.

"상당한 타격을 입었다고는 해도 네깟 놈들에게 당할 내가 아니다!"

덥석!

고함을 내지른 순간, 자신의 다리를 잡는 손아귀에 마르타스의 시선이 아래로 향했다.

"그, 그녀를…… 가, 가, 가게 둬라……. 괴, 괴물……."

창백하게 질린 얼굴로 제리카가 죽을힘을 다해 그를 붙잡고 늘어진 것이다. 그것은 드리카스조차 예상하지 못한 일이었다.

"이 하찮은 쓰레기가!"

스걱!

마르타스가 단숨에 제리카의 팔을 베어냈다.

"끄아아악……!"

통성을 내지르는 제리카를 뒤로한 채 마르타스는 이를 뿌득 갈았다.

"이 마르타스가 네년의 생각대로 되게 가만히 놔둘 줄 아느냐-!"

쩌렁쩌렁한 고함이 성탑을 진동하고 마르타스의 몸이 쏜살같이 난간과 난간 사이를 넘나들면서 텔리시아의 뒤를 쫓았다.

'텔리시아 님을 쫓는단 말인가?'

드리카스는 놈이 자신을 무시하고 위로 향하는 것을 보면서 분노했다.

'건방진!'

드리카스는 이곳에서 더 이상 미적거릴 시간이 없다고 판단했다. 여기서 단숨에 테리칼을 처리하든가 아니면 그를 따돌려야 했다.

한편, 만신창이가 된 채 죽어 가는 제리카는 점차 통증이 무뎌져 가는 것을 알 수 있었다. 의식이 멀어지고 있기 때문이었다.

'아, 여기서 잠들 수는 없는데……'

그렇게 애써 자신을 멀어지는 의식을 잡아보려고 했지만, 제리카의 육체는 도저히 되살아날 수 있는 길이 없었다. 드리카스의 힘을 과도하게 쓴 이후, 육체에 리스크가 너무 많이 생겼고 그 이후로는 몸 안으로 침투하는 신성력에 회생이 불가능할 만큼 갈기갈기 찢겨 버렸다.

거기다가 조금 전에 잘려 나간 팔에는 끊임없이 피가 흘러나왔다. 의지로 버틸 수 있는 일이 아니었다.

'부, 부지부장님……, 메, 메리릴을 지켜줘야…….'

부지부장의 죽음이 불현 듯 그의 뇌리를 스쳤다. 지금까지 아등바등 해온 것들이 돌연 모두 허무해졌다. 그가 이곳에서 쓰러질 줄 누가 알았을까…….

'라트, 당신이 꼭 살았으면 좋겠군. 행복해졌으면 좋겠어…….'

그래야 자신이 이곳에서 죽는 보람이 있다. 마침내 제리카는 눈을 감았다. 그리고 그는 더 이상 눈을 뜨지 않았다.

드리카스가 힘을 더욱 끌어올리면서 테리칼과의 싸움이 치열해지고 있을 때, 텔리시아는 더욱 빠른 속도로 성문을 향해 달려가고 있었다. 봉인석으로 향하는 문 너머로 느껴지는 짙은 어둠의 마력이 그녀의 감각을 더욱 민감하게 만들고 있었다.

뒤쪽에서 쩌렁쩌렁 고함을 내지르며 바싹 추격해 오는 마르타스에게 더 이상 시간을 빼앗기지 않기 위해서라도 단숨에 문을 박차고 나아갈 필요성이 있었다. 오른손에 맺히는 검의 불꽃 덩어리가 더욱 크기를 더해 갔다.

이윽고 그녀의 앞에 거대한 문이 나타났다.

'단번에 부순다.'

웬만해서는 결코 부서지지 않겠지만, 그녀는 자신이 저 문 따위를 부수지 못할 것이라는 생각은 하지 않았다. 그녀의 오른손에 맺힌 검은 불꽃이 크기를 더하다가 이내 그 수를 더해 갔다. 찰나 간에 다섯 개로 불어난 흑염구가 쏘아져 나갔다.

콰콰콰쾅!

요란한 폭발이 일어나고 화기가 사방으로 몰아치자 텔리시아의 눈이 가늘게 변했다.

흑염구가 폭발하는 순간, 문에 그려진 문양이 빛을 내뿜는 것을 텔리시아는 놓치지 않았다. 문양이 내뿜는 빛은 이내 방어막이 되어 폭발에 의한 충격을 대부분 감소시켰다.

'최후의 방어라는 건가.'

이렇게 되면 계속해서 타격을 가하면서, 찾아볼 수밖에 없었다. 그러나 상황이 그렇게 여유롭지 않았다.

"흐라아아압!"

마르타스가 우렁찬 고함을 터뜨리며 난간 사이로 몸을 날리며 베어 갔다. 동시에 수십 가닥의 빛줄기가 텔리시아를 향해 날아들었다.

'벌써 코바렌을 풀었단 말인가!'

미처 속박 마법이 풀리는 것도 느끼지 못했다. 혀를 찬 텔리시아는 급하게 방비했다. 이런 방법으로는 마르타스의 엄청난 움직임에 따라가지 못했다. 더군다나 라트까지 품에 안고 있는 이상 도망치기만 하면 결국 수세에 몰리고 말 터였다.

검은 고리, 흑환이 그녀의 양 손가락에서 빠르게 빙글거리며 날아갔다. 빛줄기에 비할 데 없이 빠른 속도로 날아간 흑환의 수는 고작 다섯 개밖에 되지 않았지만 충분할 터였다.

콰콰쾅!

폭풍과도 같은 화기가 몰아치면서 주위의 빛줄기들을 삼켰다. 연속적으로 일어나는 폭발 탓에 검은 연기가 사방으로 자욱하게 퍼지면서 시야를 가렸다. 아무것도 보이지 않을 만큼 짙은 연기, 그리고 사방으로 일렁이는 화기는 둘의 사이를 완전히 가로막고 있었다.

그러나 마르타스는 그런 것 따위는 아랑곳하지 않는다는 듯 즉시 몸을 날리며 접근해 왔다. 시야가 가려졌다고 해서 텔리시아를 잡지 못하는 것은 아니었다. 상반된 사악한 기운이 그녀의 전신에서 내뿜어지는데 그것을 찾지 못하는 것이 이상한 일이었다.

연기를 꿰뚫으며 텔리시아가 있는 곳으로 거리를 좁히던 마르타스는 지척까지 다가온 상황에서 검을 크게 횡으로 베었다. 그러자 칼날을 타고 이글거리는 빛이 반월형으로 쏘아져 나갔다.

연기 속에서 불쑥 튀어나오는 빛의 검기, 그리고 그 뒤에서 바싹 달려오는 마르타스. 설사 쏘아낸 검기를 막는다고 해도 바로 튀어나오는 마르타스의 검을 제대로 막아내기는 여간 쉽지 않을 터였다. 혹 그 자리에서 회피한다면 또 그것만큼 좋은 일은 없었다.

등을 보인 순간이 바로 최후이다. 이미 지척까지 거리를 좁힌 상황이었다. 계속 써왔던 흑환이나 흑염구는 쓸 수 없을 것이다. 폭풍처럼 몰아치는 화기는 그녀마저 삼키고 말테니까 말이다. 그리고 검의 사정거리까지 다가갔을 때, 마르타스의 눈이 번뜩였다. 적이 움직이지 않는다!

"나의 공격을 막겠다는 것인가!"

연기에서 튀어나온 마르타스는 폭풍과도 같은 기세로 검을 휘둘렀다.

쓰아아악!

마르타스가 쏘아낸 검기가 상반신과 하반신을 절단하고 이어 번개처럼 튀어나온 그의 검이 머리부터 복부에 이르기까지 단번에 내려 베었다. 한 동작이라고 볼 수 있을 만큼 번개같은 공격이었다.

그러나 마르타스의 얼굴은 일그러져 있었다. 그가 벤 것은 흐물흐물 거리는 마력의 형체에 불과했던 것이다. 텔리시아가 내뿜는 마력의 양과 지극히 동일한 형체.

'움직임이 없을 때 뭔가 이상하다고 여겼어야 했다.'

마르타스의 공격에 서서히 흩어져 가는 텔리시아의 잔상을 뒤로한 채 그는 다시 기감을 돋우었다. 이곳 어딘가에 텔리시아는 반드시 숨어 있을 터였다.

숨어 있을 텔리시아를 찾는 것에 온 기감을 집중하고 있었기 때문에 마르타스는 미처 조금 전에 베어 버린 형상, 그리고 그 너머에서 일어나고 있는 것을 발견하지 못했다.

어둠 속에 몸을 숨긴 텔리시아는 눈을 번뜩였다. 다행스럽게도 이 성탑은 빛보다 어둠이 더 많은 곳. 마르타스처럼 기감이 민감한 상대를 상대로는 이런 어설프게 드리운 어둠 속에서 기습은 불가능했다. 그러나 그녀는 회심의 미소를 지었다.

여기서 마르타스와 피 튀기며 싸우면서 시간을 끄는 것은 좋지 않다. 문을 여는 것만 해도 어느 정도의 시간이 걸리는지 전혀 알 수 없는 상황 아닌가.

'저 문을 열기 위해서는 신성력이 필요하다.'

마르타스는 미처 깨닫지 못했다. 그의 검에서 뿌려진 신성력을 머금은 마력이 거대한 문에 모두 쏟아졌음을 말이다. 문 중앙의 문양이 밝은 빛을 내뿜었다.

그그긍!

"아니?"

마르타스는 갑작스럽게 문이 열리자 경악하면서 고개를 홱 돌렸다. 어째서 갑자기 문이 열린단 말인가.

'이, 이게 어떻게 된……'

텔리시아에게 정신이 쏠려 있던 마르타스는 자신의 신성력이 텔리시아가 남긴 마력의 잔상만 베어 가른 것이 아니라, 바로 뒤편의 문에도 직접적인 영향력이 가해졌음을 파악하지 못하여 당황한 표정을 짓고 있었다.

'그 악마가 문을 연 것인가?'

하지만 어떻게. 문이 빠르게 열리면서 안쪽의 붉은빛이 밖으로 새어나오자, 마르타스의 생각은 더 이상 길게 이어지지 않았다. 중요한 것은 지금 당장 이 문을 닫는 것이었다.

그의 양손에서 신성력의 증거인 밝은 빛이 내뿜어지는 순간이었다.

"엇!"

"허억!"

어느새 문의 앞쪽까지 당도해 있던 나머지 성기사 중에 한 명이 무언가를 보고 외쳤다. 마르타스의 눈이 홱 돌아갔다. 그러나 이미 텔리시아의 신형은 지면과 달라붙을 정도로 낮고 빠르게 그의 등 뒤에 도달한 상태였다.

"읍!"

등이 잡혔다! 마르타스의 검에서 새하얀 빛이 급하게 내뿜어지는 것과 거의 동시에 쇄도해 오는 그녀에게 베어져 갔다.

텔리시아의 입가에 흐릿한 미소가 떠올랐다. 마르타스의 대응에 그녀가 튕기듯 공중으로 도약했다.

슈악!

"감히!"

허공을 베어 가른 마르타스의 검이 바로 곡선을 그리면서 텔리시아의 허리로 찔러 들어갔다. 순식간에 거리를 좁히는 마르타스의 속도는 허공으로 도약한 텔리시아를 순식간에 따라잡았다. 그녀의 가녀린 허리는 순식간에 양단되고 말 것이다.

그러나 텔리시아의 얼굴에는 조금도 당황한 기색이 없었다. 이미 여기까지도 계산했다. 노래처럼 나직한 텔리시아의 목소리가 마르타스의 귀에도 똑똑히 들렸다.

"칼펜트!"

또다시 악마의 마법이 쏟아지는 것인가. 그러나 어쩔 도리가 없었다. 화기에 온몸이 불타오른다고 해도 문을 넘어 봉인석에 가까이 가도록 놔둘 수는 없었다.

맹렬한 기세로 검이 호선을 그리며 텔리시아의 허리를 베어 갔다. 하지만 그것은 그의 뜻대로 이루어지지 않았다.

카가가가가각!

검이 무언가에 막히면서 갈리는 소리가 들렸다. 마르타스의 눈이 찢어질 듯 부릅떠졌다.

'공격이 아니라 방어였는가!'

이를 뿌득뿌득 갈아 댄 마르타스의 눈이 매섭게 번뜩였다.

그 어떤 것도 자신의 검을 막을 수는 없다. 찬연하게 빛나는 검이 점처럼 마구 쏟아졌다.

콰콰콰콰콰쾅!

수십 번의 찌르기와 함께 번개처럼 내뿜어지는 빛은 그의 앞을 가로막은 장벽을 없애 버리기 위해 폭풍처럼 몰아쳤다. 폭발음이 무시무시하게 울려 퍼졌지만 그의 앞을 막은 안개 장벽은 좀처럼 무너질 기미가 보이지 않았다.

"흐아아아아아압!"

콰콰콰콰쾅!

마르타스의 공격이 쉴 새 없이 장벽을 두드리는 와중에 성기사들의 공격도 가세하였다.

성문의 자그마한 틈을 막고 있는 장벽 때문에 들어가질 못하고 있다니, 이대로 놔둔다면 분명히 악마는 봉인석에 닿고 만다. 그 사실을 인지한 순간 마르타스는 이성을 잃었다.

"나는 마르타스 호글이다! 제4성기사단의 단장이란 말이다!"

쏟아지는 그의 찌르기는 실로 가공할 만한 위력을 지니고 있었다. 그의 또 다른 이름인 섬영의 성명을 갖게 해 준 기술이 펼쳐졌다.

쿠그그그그긍!

"허억, 허억……!"

안개 장벽을 유지하고 있는 텔리시아는 마력이 급격하게 빠져나가는 것을 느끼면서 숨을 몰아쉬었다.

문이 열리는 방식이 신성력에 의한 것임은 알았다. 그렇다면 닫히는 저 문을 열 수 있는 것도 마찬가지로 신성력을 가지고 있는 저들이었다.

일단 문틈에 끼워 놓은 안개 장벽으로 버티는 중이었지만 지금의 상태로는 마르타스를 비롯한 성기사들은 자신이 없었다.

안개 장벽의 크기를 줄이고 문의 틈으로 더욱 견고히 하기 위하여 장벽의 끄트머리를 자연으로 돌려보내는 중이었다. 그때까지 멈춰 있던 문이 갑자기 움직였다.

그그그그긍!

"으읏!"

텔리시아는 협소하게 펼쳐진 안개 장벽을 좌우에서 짓눌러오는 무시무시한 힘 때문에 마력의 반동이 자신에게 튀어오는 것을 느꼈다.

『안개 장벽을 모두 자연으로 흩어지게 하여라, 그러면 문이 닫힌다.』

지크로트의 지시가 들리자, 텔리시아는 일말의 주저도 없이 안개 장벽을 자연으로 돌려보냈다. 그러자 닫히던 문에 엄청난 속도가 붙었다.

"크으으윽! 문은 다시 열 수 있다! 다시 열 수 있단 말이다!"

마르타스의 쩌렁쩌렁한 고함이 사방으로 울려 퍼졌다. 이윽고 견고하던 안개 장벽이 자연으로 모두 화하게 되면서 문은 닫혔다.

쿠웅!

잠깐 숨을 고른 텔리시아는 다시 싸울 준비를 마쳤다. 어쨌거나 이곳은 저들이 만들어 낸 곳이고 그렇다면 다시 문을 열 수 있을 터였다.

『크흐흐흣, 놈들은 쉽게 들어오지 못해.』

지크로트가 킥킥거리며 웃었다.

“어, 어째서?”

『저 문은 그런 구조다. 오로지 놈들의 같잖은 신성력만으로 열리지.』

“그렇다면…….”

『하지만 봉인석이 폭주하면서 이 밀실이 농밀한 어둠의 마력으로 잠기면 웬만한 신성력으로는 열 수 없다. 그것은 반대로 말하자면 이쪽에서도 웬만한 힘으로는 열 수 없다는 얘기지.』

“그, 그게 무슨 말씀이십니까?”

『간단한 이야기다. 저 문은 외부와의 단절, 그리고 그것은 다시 말하면, 만약 봉인석이 이변을 일으켰을 때 시간을 벌기 위한 안전장치라고 볼 수 있다. 그걸 단번에 알아보지 못하다니 어지간히도 어리석구나, 텔리시아.』

실망스럽다는 듯 혀를 차는 지크로트의 말을 들으면서 텔리시아는 한숨 돌릴 수 있었다.

『수고했다. 크흐흐흐, 설마 1단계 개방으로 여기까지 올 줄은 몰랐어, 아주 훌륭하군. 2단계까지도 살짝 풀어놓기는 했는데 말이야. 생각 외로 그 조무래기들이 잘해 주었어.』

바렌트와 제리카를 말하는 것이었다. 그들이 지금 저 밖에 있다는 사실에 텔리시아는 입술을 질끈 깨물었다. 하지만 그녀는 붉은색으로 빛나는 거대한 봉인석을 본 순간, 그들에 대한 것은 모두 잊어 버리고 말았다.

"봉인석……."

조금 전의 격전으로 한계까지 써 버리고 만 마력들이 빠르게 차오르고 있었다. 그것뿐만이 아니었다. 옆구리의 깊은 상처까지도 이제 모두 나았다. 그녀의 의지는 아니었다.

저 문밖과 문 안의 세계가 완전히 다른 것이었다. 농밀한 마력의 소용돌이가 외부와는 단절된 이곳에 휘몰아치고 있었다.

'봉인석……'

텔리시아의 얼굴이 창백하게 질려 갔다. 그녀는 자신이 왜 라트를 안고 여기까지 온 것인지를 떠올렸다. 마계를 연상시키는 이 감각. 봉인석 내부에 잠들어 있음에도 뿜어내는 힘이 이 정도다. 이런 거대한 힘을 라트가 견딜 수 있을까?

그때까지 그녀의 품 안에서 가만히 눈을 감고 있던 라트가 일어났다. 그런데 라트가 정신을 차린 게 아니었다. 지크로트가 라트의 몸을 움직이고 있는 것이었다.

"라, 라트!"

품에서 빠져나가려고 하는 라트의 몸을 꽉 잡았을 때였다.

『뭘 하는 거냐?』

싸늘한 지크로트의 목소리가 텔리시아의 내부에서 울려 퍼졌다.

『왜 이곳까지 온 것인지 잊은 건 아니겠지?』

"아, 알고 있습니다……."

힘겹게 대답하는 그녀에게 지크로트의 부드러운 목소리가 들려왔다.

『걱정할 필요는 없다. 녀석은 더욱 큰 힘을 가지게 되는 거야, 문제 생길 것은 아무 것도 없다. 이미 어두운 색이 더욱 짙은 어둠으로 물든다 한들 무슨 차이가 있겠느냐?』

라트의 힘이 빠진 왼손을 꽉 잡고 있던 텔리시아의 손가락 힘도 천천히 빠지기 시작했다. 넋이 나간 라트의 얼굴을 보면서 텔리시아는 눈살을 찌푸린 채 가만히 지켜볼 수밖에 없었다.

라트는 봉인석으로 다가갔다. 거의 지척에 다가갔을 때, 라트의 오른손에 쥐어진 지크로트가 거칠게 대기를 갈랐다. 검붉은 기운이 폭사하면서 바로 앞으로 내뿜어졌다.

콰콰쾅!

마지막 봉인석의 보호 장치. 그러나 그것은 지크로트에게는 아무런 위협도 방해도 되지 않았다. 장치가 가동하면서 신성력이 사방으로 내뿜어졌지만, 그것은 이내 연발적인 폭발에 사그라지고 말았다.

바로 그 순간이었다.

쿠구구궁!

봉인석이 위치한 밀실을 짓누르는 어마어마한 마력의 소용돌이에 텔리시아는 전신의 털이 삐쭉하고 서는 듯한 느낌을 받았다.

'이게 발루토의…….'

마계에서도 후작 급의 마족을 여럿 보았던 텔리시아였다. 지금의 이 힘은 후작 급 마족의 전력에는 아득하게 못 미치는 힘이 틀림없지만 백작 급은 초월하는 힘이었다.

"훌륭하군, 훌륭해!"

라트의 입에서 지크로트의 음성이 쩌렁쩌렁 울려 퍼졌다.

짙은 어둠의 마력이 넘실넘실 일어나 밀실을 가득 메우는 가운데, 라트의 몸을 지배하고 있는 지크로트는 일말의 주저도 없이 바로 검을 봉인석에 쑤셨다.

카아앙!

요란한 금속음이 들렸다. 발루토의 일부분을 봉인하고 있는 봉인석이다. 웬만한 외부의 타격은 씨알도 먹히지 않을 게 틀림없었다. 그러나 그것도 시간문제에 불과하다.

키이이잉!

붉은 봉인석이 요란스럽게 떨리면서 보랏빛으로 번뜩였다.

파도처럼 일어나는 마력의 출렁임이 더욱 심해지고 있었다.

"바, 반응하고 있어……."

지금 봉인석은 지크로트로부터 흘러오는 어마어마한 힘에 반응하고 있었다. 지금 이 순간 접촉한다면 봉인석은 박살이 날 것이다.

다시금 지크로트가 검을 든 손을 휘둘렀다. 칠흑색 검이 다시금 붉은 봉인석을 찔렀다.

카가각!

우우우웅!

봉인석이 다시금 보랏빛을 내뿜었다.

드드드드드드-

밀실이 요란하게 흔들렸다. 제자리에 서 있기 힘들 정도의 진동이었다.

"크흐흐흐흐! 나오고 싶은 모양이지?"

지크로트의 음산한 목소리가 나직하게 울리고 칠흑의 검이 선명한 검은빛을 토해 냈다. 그가 내뿜는 어마어마한 마력이 요동치면서 봉인석에서 흘러나온 어둠의 마력을 죄다 빨아들이기 시작했다.

쓰스스스스스!

"쿨럭!"

곧 라트의 입에서 울컥하고 피가 흘러나왔다. 그 모습을 본 텔리시아가 움찔하며 가까이 다가갔지만 그때 지크로트가 사정없이 검을 봉인석에 찔러 넣었다.

콰!

조금 전까지 들렸던 소리와는 다른 폭발음이 울려 퍼졌다.

드드드득!

텔리시아의 눈동자가 부릅떠졌다.

붉은 봉인석이 빠르게 깨져 갔다. 넘실거리는 칠흑의 검은 이윽고 봉인석의 내부로 파고들었다.

스스스스!

봉인석의 균열 사이로 짙은 어둠의 마력이 엄청난 속도로 빠져나와 라트의 중심으로 휘몰아쳤다.

"라, 라트!"

급하게 다가가려던 순간이었다.

『마지막으로 명령한다. 주제넘게 끼어들지 마라.』

차가운 경고. 동시에 텔리시아는 주종의 사슬이 죄어 오는 것을 느꼈다.

"으으읏……."

그 자리에서 주저앉은 텔리시아는 이제 그저 지켜볼 수밖에 없었다. 그러는 사이 라트의 육체를 점거한 지크로트의 입가에는 서서히 미소가 떠올랐다.

그를 둘러싼 어둠 사이로 붉은 빛이 일렁이면서 무미건조한 말투의 사념이 그에게 전달되었다.

『이곳까지 오다니, 제법이구나. 여태까지 이곳에 도달한 마족은 네 녀석이 처음이다.』

"물론 그렇겠지. 이곳을 중심으로 만들어진 인간들의 같잖은 방벽이 생각 외로 견고해서 말이야, 다른 하찮은 마족들은 감히 봉인석을 부수려는 꿈도 꾸지 못하겠지."

지크로트의 대꾸에 사념이 흐트러지면서 날카롭게 변했다.

『내가 누군지 알고 있는 것이냐? 감히 누구 앞에서 그따위 방자한 태도를 보이는 것이냐.』

"악마왕 발루토가 아닌가."

악마왕이라는 표현이 썩 마음에 들었는지 사념으로 전해지는 목소리가 낮은 웃음을 토했다.

『크하하! 악마왕이라 오랜만에 듣는군. 그래, 그렇게 불렸었지.』

"내가 왜 이곳에 찾아왔는지 알고 있나?"

발루토라는 것을 알고 있음에도 여전한 하대였다. 다시금 발루토의 사념이 거칠어졌다.

『네놈, 죽고 싶나?』

"탐닉(耽溺)의 발루토."

나직한 지크로트의 부름에 어둠 속에서 발루토의 사념이 형체를 이루며 모습을 드러냈다. 일렁이는 기운 속에서 환한 빛처럼 눈과 입이 그 형태를 이루게 된 것이다.

『나의 다른 이름을 알고 있군, 조무래기가 아닌가?』

"어리석은 소리, 조무래기 따위가 이곳에 올 수 있을 것 같나?"

『흐음, 그건 그렇군.』

"한 가지 묻도록 하지, 발루토."

『건방진 놈!』

발루토의 사념이 분노하면서 그의 앞에 나타난 빛이 커다랗게 불타올랐다.

『그 어떤 마족도 감히 이 발루토의 이름을 함부로 부를 수는 없다. 아니, 이 발루토를 하대할 수 있는 자는 아무도 없다!』

"크흐흐흐! 발루토, 어리석은 마족. 그러한 오만방자함이 당신의 파멸을 부른 것이야."

『네놈이 감히!』

주위를 맴돌던 어둠이 라트의 육신을 갈기갈기 찢어 버리기 위해 달려들었다.

슈우우욱!

파파파팍!

라트의 전신을 찢어발기기 위해 쏘아진 송곳니들은 목적을 이룰 수 없었다.

『으음?』

저 연약한 육신을 으깨 버릴 수 있다고 의심치 않았던 발루토는 자신의 송곳니가 조금도 그의 육신을 부수지 못했다는 것에 다소 놀라고 말았다. 발루토의 얼굴을 대신하는 사념의 형체에 떠오른 눈이 가늘게 바뀌었다.

"왜 그러지? 공격을 막아 낸 것이 그토록 놀라운가?"

『하찮은 인간의 몸으로 감히 나의 공격을 막아 냈다는 것인가?』

"하찮은 인간의 몸이라……."

『무슨 수작을 부린 것이냐?』

발루토는 미처 느끼지 못했다. 지크로트에게서 흘러간 밀도 높은 마력이 순간적으로 라트의 전신을 방어했음을 말이다.

라트의 입에서 지크로트의 메마른 웃음이 흘러나왔다.

"한심하군, 이것이 그 악마왕이라고 불리는 발루토란 말인가?"

『이놈! 정말로 죽고 싶은 모양이로구나!』

다시금 라트를 감싸 안은 어둠이 거칠게 요동치면서 송곳니가 튀어나왔다. 조금 전보다 더욱 강력한 힘을 머금은 그 공격은 실로 어마어마한 속도로 쏘아져서 라트의 몸을 찔렀다.

파파팍!

『이노옴-!』

"더는 얘기할 필요가 없군. 내놔라, 네놈의 모든 힘. 내가 가지겠다."

발루토의 분노에 찬 고함이 다시 터지자마자 지크로트의 차가운 목소리가 그의 목소리를 집어삼켰다.

카가가각!

『무슨 짓을 하려는 것이냐!』

봉인석의 깊숙하게 파고든 칠흑의 검에서 힘이 더욱 내뿜어지면서 봉인석의 균열이 더욱 크게 변했다. 이윽고 흘러나오는 힘은 기세를 더해 갔다. 그 영향은 텔리시아에게도 흘러들고 있었다.

"허윽!"

1단계 개방으로 인해 변화한 모습이 빠르게 사라지고 사방에 넘치는 어둠의 마력이 갑작스럽게 텔리시아에게로 유입되었다. 흘러드는 힘은 사슬로 제약이 걸린 텔리시아 본연의 힘 중 한 부분이었다. 발루토가 가진 힘의 여파는 오갈 데 없이 방황하다가 이윽고 목표를 찾은 듯 맹렬하게 텔리시아의 육체로 파고들었다.

"아아아악!"

뾰족한 통성이 울려 퍼지는 가운데 지크로트는 더더욱 힘을 가하고 있었다.

콰가가각!

『봉인석을 모조리 부술 셈이더냐!』

발루토의 분노에 찬 목소리가 울려 퍼졌다.

"바로 맞췄다."

『건방진 놈, 네깟 놈이 감당할 만한 힘이 아님을 모르더냐!』

"그건 해 보면 알겠지."

지크로트가 입술을 핥았다.

빠가가각!

봉인석이 무너지면서 이내 붉은빛을 잃어 갔다. 파편이 비산했고 밀실이 진동했다.

드드드드드드드!

"과연, 제아무리 사지가 뜯겼다고 해도 20공작 중 한 명이라는 것이냐?"

시꺼멓게 변한 심연의 땅 깊숙한 곳에서 타오르는 빛이 번쩍였다.

『크하하핫! 어리석은 놈. 네놈의 자만 덕분에 여기서 벗어나게 되었구나! 감히 나의 힘을 취하려 했더냐!』

검은 안개가 사방으로 가라앉았다. 밀도 높은 어둠의 마력이 비로소 이 밀실을 가득 메우고 만 것이다. 봉인석의 내부에서부터 200년이 넘는 시간 동안 차곡차곡 쌓였던 발루토의 힘이었다. 발루토가 가지고 있는 파괴의 원천. 이글거리며 방전하는 검은빛은 이윽고 심연의 바닥에서부터 떠올랐다.

"그것이 네가 자랑하던 파괴의 권능인가?"

『나의 힘마저도 알아보느냐? 생각 이상으로 수준이 높은 마족이로군, 50 후작의 일원이더냐?』

발루토가 흩뿌렸던 파괴 힘의 근원까지 알아볼 정도라면 조무래기 따위는 아니다. 그의 공격을 그렇듯 가볍게 막아 낼 정도라면 무조건 백작급 이상이다.

지크로트의 메마른 미소가 다시금 라트의 얼굴에 떠올랐다.

"바로 보았군."

『크하하하핫! 그런가? 네놈의 오만한 태도를 이해할 수 있겠어. 그래, 후작쯤 되고 보니 이 발루토마저 우습게 보였단 말이지. 아무리 이 발루토가 이리 되었다고는 하나 후작 따위에게 우습게 보이는 수모를 겪는 날이 올 줄은 상상도 못했군.』

"수모라, 고작 그런 것을 수모라고 느끼고 있단 말인가? 실로 유감스러운 일이로군."

『뭐라?』

돌연 라트의 몸이 덜덜 떨렸다. 아니, 정확하게는 그가 들고 있는 칠흑의 검이 마구 진동하면서 라트의 몸까지 떨리고 있는 것이었다.

쿠구구궁!

주위에 퍼져 나가던 기운들이 돌연 봉인석이 있었던 심연으로 다시금 모여들었다. 정확히 말하자면 봉인석이 있었던 곳의 바로 앞에 있는 라트에게로 모여들고 있는 것이었다.

『무슨 짓을 하려는 것이냐?』

통제를 벗어난 어둠의 마력들이 무언가에 이끌리듯이 마구 모여들기 시작하자 발루토의 찢겨진 사지 중 하나, 파괴와 권능을 상징하는 힘이 의아한 물음을 토했다.

"이미 말했을 텐데. 그 힘, 전부 내가 갖겠다고."

바로 그때였다. 칠흑의 검이 검은빛을 사방으로 내뿜었다.

『으음?』

그때까지도 가만히 상황을 지켜보던 발루토였다. 봉인석을 부수고 자신을 다시 밖으로 나오게 해 준 마족의 재롱을 한번 지켜봐 주겠다는 마음이었다. 그러나 그것이 얼마나 큰 오산이었단 말인가.

발루토는 자신의 육신이 갈기갈기 찢겨 힘이 예전의 절반도 되지 않는다는 사실을 미처 깨닫지 못했다. 무엇보다 가장 큰 실책은 발루토가 지크로트의 진명을 알지 못했다는 것이다.

갈취의 지크로트! 바야흐로 그의 이름에 걸맞은 힘이 발현될 때였다.

물결치는 기형검이 엄청나게 진동했다. 발루토는 지금 뭔가 심상치 않은 일이 일어날 것임을 본능적으로 알 수 있었다.

『재롱은 여기까지다. 더 이상 까불었다간 소멸시켜 버리겠다!』

둥둥 떠오른 발루토의 힘이 개방되면서 새까만 어둠이 사방에 일어났다. 그리고 마침내 그 속에서 어깻죽지부터 잘려나간 발루토의 양쪽 팔이 희미한 빛을 내뿜으면서 모습을 드러냈다.

"찢겨 나간 팔 따위에 이 정도의 힘이 집적되어 있다니, 과연 공작은 공작이군."

지크로트는 입술을 핥았다. 탐나는 힘이었다. 이 정도의 힘의 집적이 눈앞에서 무방비하게 자신을 드러내고 있다니.

기형검이 요란한 소리를 냈다.

투화아아악!

칠흑의 빛만이 감돌던 검신이 붉은빛으로 잘게 쪼개지며 흐물거렸다. 그와 동시에 찢겨진 발루토의 양 손에서 무시무시한 힘이 몰아쳤다. 주위의 어둠을 삼키기 시작하는 힘은 단숨에 이 밀실을 날려 버릴 것 같은 기세였다.

그러나 그 기운이 미처 모이기도 직전!

수십, 수백으로 쪼개진 지크로트의 붉은 혀들이 일렁이면서 바로 쏘아져 나갔다.

슈슈슈슈슉!

『이딴 잔재주를 믿은 것이냐!』

발루토는 이런 공격 따위를 믿고서 눈앞의 하찮은 마족이 자신에게 건방을 떨었다는 것에 대해 크게 분노하지 않을 수 없었다.

그는 발루토다. 20공작 내에서도 상위 서열의 강대하고 위대한 마족인 것이다!

『자신의 하찮음을 알아라!』

발루토가 내뿜는 힘이 더더욱 강렬해졌다. 그가 지상에 흩뿌린 파괴의 힘이 불완전하게나마 지금 이곳에 발현되려고 하는 것이었다. 지크로트의 보호아래 있다고는 하나, 라트의 육체가 지금 그러한 파괴의 권능에서 온전할 가능성은 만에 하나라도 없었다.

그러나 지크로트는 여유로웠다. 발루토가 온전한 힘을 가지고 있었다면 지크로트는 그의 앞에서 명함조차 내밀기 힘들었을 것이다. 하지만 지금은 다르다. 육신이 네 개로 쪼개진 그의 힘은 확실하게 말해서 지크로트보다 훨씬 아래였다. 지금 자만하고 있는 것은 지크로트가 아니다. 바로 발루토인 것이다. 지크로트가 회심의 미소를 지었다.

발루토가 쩌렁쩌렁하게 웃었다. 몰아치는 파괴의 권능 아래 가닥가닥 찢기는 연약한 붉은 혀 따위는 발루토를 옭아맬 수 없었다.

『크하하하핫! 어리석은 놈!』

발루토의 요란한 웃음소리가 울려 퍼졌고 지크로트의 입가에 맺힌 미소도 더욱 짙게 변했다. 되었다. 전부 그의 생각대로 흘러가고 있다.

한참을 웃고 있던 발루토는 이제 자신의 봉인을 풀어준 마족에게 고통 없는 죽음을 선사하기로 마음먹었다. 오만방자하고 겁 없는 마족이었지만 그를 봉인에서 풀어준 것은 실로 갸륵한 일이 아닐 수 없었다.

『어엇!』

발루토의 사념체로부터 기이한 소리가 튀어나왔다. 바로 그 순간 지크로트의 냉혹한 웃음이 라트의 입가에서 흘러나왔다.

"크흐흐흣……."

『이, 이게 무슨?』

스스스스스!

발루토는 지크로트의 낮은 웃음소리를 들으며 자신이 겪고 있는 이변의 원인이 그때문이라는 것을 알아챘다.

『으어어어어억!』

그야말로 애들 장난이라고밖에 여겨지지 않았던 지크로트의 붉은 혀가 파괴의 권능을 끌어모으던 그의 양팔을 꽁꽁 옭아맸다. 놀라운 것은 그것뿐만이 아니다. 발루토의 팔에 모여들었던 어둠의 힘은 어느새 확연하게 줄어들어 있었다. 그리고 그것은 매 순간 엄청난 속도로 사라지고 있었다. 무슨 상황이 일어나고 있는 것인지 발루토는 이해할 수 없었다.

『이, 이놈이!』

자신의 파괴의 권능이 설마 이렇게 와해될 거라고는 조금도 생각지 못한 발루토는 거친 기운을 내뿜었다. 단숨에 자신을 옭아매고 있는 이 힘을 깨부숴 버릴 작정으로 말이다. 그러나 그것은 그의 생각대로 쉽게 되지 않았다.

꾸구구구국!

풀어낼 수가 없다!

『이, 이런 말도 안 되는 일이.』

"크흐흐흐흐……."

라트의 입가에서 메마른 웃음소리가 나직하게 흘러나왔다.

"어리석은 발루토, 너무나도 어리석구나!"

『뭐, 뭣이!』

쿠구구구국!

『크으으으으으으윽!』

발루토의 분노처럼 폭발하듯 내뿜어지는 힘. 그러나 그와 동시에 옭아매는 붉은 혀들은 더더욱 그를 조여 왔다.

"네놈 스스로가 자초한 일이다. 인간 세상에 본체를 현신시키는 더없이 어리석은 짓에 이어 이제는 나에게 흡수될 상황에 처하다니. 어찌 너 따위가 공작의 자리에 있는 것인지 당최 이해하지 못하겠군!"

『네, 네놈……!』

옭아매어 오는 힘은 이윽고 양팔에 그대로 박혀서 내부로 침투해 들어왔다.

슈슈슈슉!

『크아아아아아아아아아악!』

멍하니 눈 뜬 채 자신의 힘을 모조리 잃어가는 기분. 발루토는 단 한 번도 느껴보지 못한 감각에 몸부림을 쳤다. 그럴 때마다 엄청난 힘이 사방으로 새어나오면서, 더더욱 밀실에는 어둠의 마력이 짙게 내려앉았다. 그리고 그것은 여지없이 다시금 지크로트에게로 흘러들어 갔다.

발루토는 눈앞의 지크로트가 감히 자신의 힘을 빼앗고 있는 것이라고는 생각지 못했다. 그저 자신의 힘이 빠져나가고만 있다고 생각할 뿐. 그러나 그것은 오산이었다.

"발루토, 파괴를 흩뿌리던 그 힘, 이제는 내가 가져가도록 하겠다."

『이, 이노오오오옴……!』

발루토의 분노가 머리끝까지 치솟고 옭아맸던 혓바닥 수십 개가 찢겨 나갔다.

"으으음!"

지크로트는 아직까지도 반항하는 발루토를 보며 긴장을 늦추지 않았다. 본체가 인간 세상에 없는 지크로트와 본체를 인간 세상에 현신시킨 발루토와의 격차는 견줄 만한 것이 아니었다. 비록 발루토의 육신이 찢겨 나가 온전치 못한 상황이라고 해도 말이다.

하지만 이젠 발루토도 되돌릴 수 없었다. 결정적인 차이는 발루토의 진명을 알고 있는 지크로트와 지크로트의 진명을 모르는 발루토, 그리고 상대의 진가를 정확히 파악하고 있는 지크로트와 그를 하찮게 여긴 발루토. 그것이 지금의 상황을 만든 것이다. 발루토가 지크로트의 힘을 정확히 간파하고 처음부터 그를 소멸시킬 작정이었다면 지크로트는 절대 버티지 못했으리라.

발루토의 힘을 빨아들이고 있는 라트의 몸이 크게 떨렸다. 그의 검푸른 육신이 점점 더 까맣게 죽어 갔고 입에서는 거품이 흘러나왔다. 막대한 발루토의 마력이 온전히 지크로트에게 흡수되지 못하고 흘러넘쳐 라트의 몸에 흡수되는 것이었다.

지크로트는 발루토의 힘이 실로 막대하다는 것을 새삼 다시 느끼고 있었다. 그의 매개체인 검으로도 몽땅 빨아들이기가 어려울 정도로 거대한 힘이었다. 이러다가는 힘을 삼키기도 전에 검이 박살이 날 가능성도 있었다.

'생각 이상이군. 이렇게 된 이상, 별수 없다.'

지크로트는 즉시 다음 방법을 썼다.

흘러들어 오는 마력에 정신을 차리지 못하고 쓰러진 텔리시아의 몸이 갑자기 굳은 것처럼 우뚝 섰다. 초점이 없는 모습으로 엄청난 폭풍이 휘몰아치는 라트의 곁에 선 그녀는 상의 가운데를 부욱 찢었다. 창백한 피부의 풍만한 젖가슴이 나타났다.

『열어라.』

지크로트의 나직한 명령, 텔리시아의 젖무덤 사이에서 조그마한 눈이 튀어나왔다.

그그그그극!

눈은 피를 머금다가 이내 벌어졌다. 텔리시아의 입가에서 주륵 하고 피가 흘러나오고 몸이 파르르 떨렸다. 텔리시아의 몸에서 열린 것은 심연의 입구였다.

직간접적으로 지크로트가 영향력을 행사할 수 있도록 만들어 놓은 불완전한 마계의 통로가 열린 것이다. 그때부터 검으로 흡수되던 힘의 일부가 그녀의 몸에 생긴 입구를 통해 빨려들어갔다.

『크아아아아아악!』

"으아아아아아아악!"

"끼아아아아아아아악!"

발루토의 사념체가 끔찍한 소리를 냄과 동시에 라트와 텔리시아의 입에서도 고통으로 일그러진 비명이 쩌렁쩌렁 울렸다.

라트는 격통에 비명을 질러 댔다. 아직 어둠의 마력에 물들지 않은 내부의 장기로 쏟아지는 짙은 그 힘은 인간의 육신으로 버틸만한 것이 아니었다. 썩어들어 간다고 밖에는 달리 표현할 말이 없었다. 이윽고 라트의 전신에 검은 기운이 일렁였다. 검은 불길에 타들어가는 것처럼 보이는 처참한 모습이었다.

무의식에 가까운 곳에서 한참 동안 고통에 비명을 내지르던 와중이었다. 돌연 라트의 초점 잃은 눈동자에 빛이 돌아왔다. 피로 붉게 변해 있던 흰자는 내부에서 몰아치는 어둠의 마력 때문에 이제 완연하게 검은색으로 물들어 있었다. 조금도 가시지 않는 고통 속에서 그의 눈동자에는 한 치의 이성도 찾아볼 수 없었지만, 그는 기적적으로 정신을 되찾고 있었다.

죽음을 목전에 뒀음을 그의 영혼이 알아챈 것인가.

라트는 죽을 것만 같은 고통에 몸부림치면서도 지금의 상황을 제대로 볼 수 있었다. 육신은 조금도 움직이지 않았다. 오로지 의식만 돌아왔을 뿐.

'텔리시아!'

가슴을 드러내고 피를 울컥울컥 토하는 그녀의 모습은 라트만큼이나 처참했다. 힐끗 보이는 가슴의 커다란 구멍은 지크로트가 만든 것이 틀림없었다.

'저건 뭐지? 왜 그녀의 몸에?'

"으아아아아아아아아아아!"

그러한 의문을 가졌을 때였다. 한층 더 오싹한 고통이 치밀어 올랐다. 라트는 이제 죽어 버렸으면 좋겠다는 생각마저 했다. 미칠 것만 같은 고통인데도 어째서 그는 이렇게 멀쩡하게 아픔을 느끼고 있단 말인가.

"꺼어어어억!"

숨이 턱턱 막히는 소리를 토해 내던 라트는 돌연 의문을 가졌던 텔리시아의 기억이 보았다. 지크로트, 라트, 텔리시아 셋의 의식이 뒤엉키면서 지크로트로부터 그녀의 기억이 흘러들어 오고 있었다.

'너를 부수고 싶다. 나의 노예가 되어라.'

'노예라고? 차라리 날 죽여라.'

'죽고 싶나? 그렇다면 네가 다스렸던 너의 부하들은 모조리 죽게 될 텐데, 그래도 괜찮겠나?'

'이이익!'

'나를 위해 살고 나를 위해 움직여라. 너의 전부를 내게 바쳐라.'

수많은 부하들의 목숨을 버릴 수는 없었다. 피눈물을 흘리면서 텔리시아는 고개를 숙였다. 그 순간부터 주종의 사슬이 그녀의 가슴에 박히게 되었다. 그리고 그때부터 지금에 이르기까지 그녀는 지크로트의 손에 휘둘리며 살아왔다.

'하고 싶지 않습니다.'

'그래도 넌 해야 해.'

'아으윽!'

사슬이 옭아매는 영혼의 끔찍한 고통, 그리고 명령에 따르지 않으면 그녀를 따르는 부하들이 죽임을 당한다. 지크로트의 명을 텔리시아는 거스를 수 없다.

노예는 주인이 시키면 해야 한다. 그녀의 이름을 울부짖으며 죽어 가는 부하들의 모습을 어찌 그녀가 볼 수 있단 말인가.

'알겠습니다…….'

텔리시아는 그렇게 고개를 숙였다.

라트는 맹목적인 충성을 바칠 수밖에 없는 그녀의 모습을 보고 말았다. 그것이 어떤 모습인지는 라트도 잘 알고 있는 것이었다. 수도 없이 고개를 숙여왔고 무릎을 꿇어왔던 것이다.

라트의 깊숙한 곳에서 참을 수 없는 분노가 치밀어 올랐다. 어째서 텔리시아는 고통 받으면서 자신의 의지와는 상관없는 일들을 하고 있어야 하는 것인가?

그 의문은 언젠가 떠올렸던 것과 닮아 있었다. 의문에 답한 것은 단 한 번도 들어보지 못한 굵고 근엄한 목소리였다.

『그야 간단한 답이 아닌가, 바로 약하기 때문이다.』

"우아아아아아아아아아아아!"

분노와 고통이 섞인 라트의 목소리가 쩍쩍 갈라졌다. 목에서는 피가 흘러나오고 눈에서는 피눈물이 흘렀다. 어디든 약자와 강자가 나뉘는 것이란 말인가? 미워해야 하는 텔리시아도 결국은 약자의 입장이었단 말인가? 지금까지 라트가 느껴온 감정들은 전부 빼앗는 자의 어설픈 동정이 아니었단 말인가?

그의 어머니처럼, 오르베니처럼, 라트처럼, 그녀 또한 그저 빼앗기는 자였나? 이가 부러져라 갈아 대는 라트의 얼굴이 악귀로 변해 있었다.

『네놈, 인간답지 않은 혼돈을 품고 있군.』

다시금 라트의 내부에서 굵고 위엄에 찬 목소리가 울렸다. 지크로트의 찢어지는 차가운 음성이 아니었다. 그러나 지금 라트에게는 그러한 목소리 따위는 조금도 들리지 않았다.

『빌어먹을, 정신을 똑바로 차리고 들으란 말이다!』

목소리의 주인은 지금 라트가 자신의 목소리를 들을 수 있는지 없는지까지 생각하고 있을 만큼 여유롭지 못했다.

『네놈이 품고 있는 그 증오의 대상에 네놈의 몸을 삼키고 있는 그놈, 그리고 네놈 옆에서 어설프게 구멍을 열고 있는 마족의 몸까지도 삼키고 있는 그놈이 포함이 되는 것이냐?』

그 순간 들릴 리 없는 목소리가 드디어 라트에게 닿았다.

'지크로트!'

『지크로트?』

목소리가 가늘게 떨렸다.

『그렇군, 놈의 진명은 지크로트인가? 그래, 들어본 적이 있어. 갈취의 지크로트……. 지금 나의 힘이 이렇듯 빨려 들어가는 이유는 모두 놈의 권능이었던가.』

발루토는 이제야 지금의 상황을 이해할 수 있었다. 힘이 와해된 것이 아니었다. 놈에게 빨려 들어간 것이었다. 흥분 상태에 빠져서 미처 그런 것들을 파악하지 못했다.

『수치스러운 일이로군, 이 발루토가…….』

탐닉의 발루토. 목소리의 주인은 조금 전까지 봉인석 내부에 자리 잡고 있었던 악마왕의 파편이었다.

쿠구구구궁-!

주위에 몰아치는 기세가 한껏 강대해졌다. 이윽고 발루토가 가진 파괴 권능의 태반이 지크로트의 힘에 삼켜지고 있었다. 발루토의 검은 팔이 지크로트의 혀에 묶인 채 천천히 텔리시아의 구멍을 향해 다가가고 있었다. 그와 동시에 마침내 텔리시아의 몸에서 열린 검은 공간이 그 크기를 더욱 키웠다.

『크으으! 놈이 힘을 쏟아 붓기 시작했다. 시간을 끌어선 곤란하겠군.』

이제 지크로트는 마음껏 힘을 개방시켰다. 몰아치는 마력의 폭풍은 밀실을 무너뜨릴 것처럼 요란했다. 이미 발루토의 힘의 태반을 취한 이상 조심할 필요는 없었던 것이다. 하지만 바로 이 순간 빈틈이 생겼다.

『네놈, 나를 도와라.』

발루토가 라트에게 손을 뻗었다. 그러자 라트의 눈이 매섭게 변했다.

'네놈이 나를 도와라!'

『뭣이?』

라트의 내부로 무섭게 휘몰아치는 지크로트의 단편적 기억은 라트를 차갑게 벼리고 있었다. 봉인지역, 아제릴에 들어선 이후 텔리시아 와 지크로트의 조우에서부터 이곳에 당도하기까지 텔리시아가 힘겹게 싸워왔던 것들, 그리고 바렌트와 제리카…….

그제야 명확해졌다. 지크로트는 적이다. 라트가 증오하는 자들과 하등 다를 것이 없다.

'내게서 빼앗아 간다.'

그렇게 분노하면서 라트는 깨달을 수 있었다. 텔리시아 때문이었다. 그녀가 고통받고 착취당하는 모습에 지금 라트는 이렇게 분노하고 있었다. 자신의 일인 것처럼 말이다.

인정하고 싶지 않았던 둑이 이윽고 무너졌다. 텔리시아는 어느새 라트에게 있어 몇 되지 않는 지켜야 할 이들 중 하나가 되어 버린 것이다. 애증이 뒤섞인 감정이 폭발했다.

『이놈! 나는 위대한 마족이란 말이다! 인간 따위의 말을 따를 것 같으냐!』

'그렇다면 네 맘대로 해라. 곧 네놈의 힘은 전부 지크로트

에게 빨려 들어갈 테지.'

『건방진 놈. 이렇게 건방진 인간은…… 네놈이 두 번째다.』

발루토는 이제 먼 과거의 기억이 되어 버린 그날의 악몽을 떠올리며 눈살을 찌푸렸다.

『좋다, 지크로트 놈에게 빼앗기는 영원의 수치보다는 한 번의 굴욕이 낫다.』

과거 발루토의 오만한 성정을 알고 있는 마족이라면 이와 같은 결정에 분명히 경악했을 것이다. 그러나 지금 발루토에게는 선택의 여지가 없었다. 200년 만에 깨어난 봉인이 다른 마족에게 힘을 빼앗기는 것으로 끝나게 된다면 그것만큼 허무한 것은 없다. 거기다가 놈이 힘을 더 키우고 나머지 봉인석까지 깨뜨리면서 힘을 흡수하려고 든다면 그때는 더더욱 막기 어려워질 터였다.

봉인에서 풀려나고 싶다는 욕구는 컸지만 이런 식으로 힘이 사라지는 것은 그 욕구를 억누를 만큼이나 두려운 일이었다. 어쨌거나 그의 육신은 지금 네 개로 찢긴 상태이다. 힘을 모두 잃고 봉인에서 풀려나 봤자 아무런 의미도 없다.

그러는 사이 마침내 발루토의 팔을 휘감은 칠흑색의 검이 입을 더더욱 벌리고 있었다.

『이젠 정말 시간이 없다. 내가 네놈에게 협력하도록 하지. 나의 권능의 일부를 네놈에게 주겠다. 대신 한 가지 일을 해다오.』

'좋다, 그렇다면 부탁 하나는 들어 주겠다. 내가 뭘 해 주면 되지?'

발루토의 권유는 지크로트와 크게 다를 것이 없었지만, 그 방식은 크게 달랐다. 이렇듯 강대한 마족을 앞에 두고 라트의 뜻이 관철된 것이었다. 발루토는 라트의 목소리를 들으면서 외쳤다.

『놈이 더 이상 나란 존재를 탐하지 못하도록 방해해 다오. 봉인에서 풀려나지 못하는 것은 결국 시간이 해결해 줄 문제다. 인간들은 봉인 따위에 결국 무뎌지기 마련이다. 그러나 내 존재가 위협받아서는 안 돼.』

'좋다. 놈은 나의 적이다. 그런 것쯤은 말하지 않아도 할 셈이었다.'

『내 파괴의 권능은 '검은 벼락(Blcak Lightning)' 이다. 하찮은 네놈이 온전히 다루기는 어려울 것이다.』

목소리가 점차 일그러진다.

『네놈의 안을 걸어 잠그는 힘을 길러라. 그래야 놈이 네놈의 몸을 점거할 수 없다. 몸이 놈에게 넘어갈 때, 나의 권능은 놈에게……!』

도중에 끊긴 말과 함께 목소리는 이윽고 사라져 갔다. 발루토가 별수 없이 선택한 존재가 인간이라는 점은 실로 아이러니한 일이었다. 그는 인간들에게 악마왕이라고 불렸고 그 최후는 결국 인간에 의해서 몸이 찢겨 이렇게 비참한 꼴이 되고 말았으니까 말이다. 하지만 지금 그에게는 다른 선택이 없었다. 지크로트가 여기서 발루토의 힘을 취하는 것을 멈출지 아니면 계속해서 그의 힘을 탐할지 알 수 없었기 때문이었다.

마지막으로 라트와 접촉했던 발루토가 지크로트의 힘에 의해 끌려 나가기 바로 직전, 발루토는 혼신의 힘을 다해 라트의 몸속 깊숙한 곳에 검은 벼락의 씨앗을 남겼다.

발루토가 남긴 파괴의 씨앗은 거침없이 그의 육체의 깊숙한 곳으로 파고들었다.

쿠콰콰콰콰콰!

내부로 몰아치는 격류와도 같은 힘에 조금 전까지 선명했던 라트의 의식이 아득하게 멀어져 갔다. 급류에 떠밀리는 것처럼 입을 벌린 채 사정없이 전신을 떨어 대던 라트는 이윽고 심연에서부터 쥐어 짜내는 듯한 고통을 내질렀다.

"끄아아아아아아아아아아아아악!"

밀실이 무너질 것처럼 요동쳤다.

*　　*　　*

"아아아아악!"

번쩍!

눈을 뜨면서 몸을 벌떡 일으킨 여인은 샤워라도 한 것처럼 식은땀으로 젖어 있었다.

그녀는 떨리는 눈으로 주위를 훑다가 떨리는 몸을 부여잡았다. 조금 전에 이유를 알 수 없는 어마어마한 공포가 그녀의 몸을 엄습했다.

"어, 어떻게 된 거야……?"

떨리는 음성으로 중얼거린 그녀는 일어섰다. 몸에 힘이 잘 들어가지 않았다. 불길한 생각이 스멀스멀 떠오르는 가운데, 돌연 그녀의 눈이 부릅떠졌다.

"왜 내가!"

높은 목소리로 고함을 지른 그녀는 입술을 세게 깨물었다. 피가 흘러나왔다. 격한 분노에 반응한 마력 때문에 금발의 긴 머리카락이 일렁이면서 붕 떠올랐다.

금발의 여인은 아르니였다. 바로 문을 열고 나온 그녀는 홀로 달려갔다. 라트를 따라갔을 그녀가 왜 이곳에 쓰러져 있는 것인가? 또 시간이 얼마나 흐른 것일까? 아르니는 흥분한 기색으로 평소 라트를 비롯해 이곳 지부의 높은 사람들이 모이는 회의실로 달려갔다.

"죄송합니다, 이곳은 들어갈 수 없습니다."

"비켜요."

"들어갈 수 없다고 말했습니다."

그 앞을 지키는 병사의 기세가 제법 흉흉했다. 평소의 아르니였다면 결코 이러지 않았을 것이다. 그러나 지금 그녀는 정신적으로 대단히 궁지에 몰린 상태였다. 아르니를 중심으로 마력이 휘몰아치고 오른손에 점차 검은 기운이 일렁였다.

"당장 비키지 않으면 죽어요."

그제야 그녀의 기세가 만만치 않은 것을 느꼈음인가 병사의 안색이 창백해졌다.

"마, 마법사……."

"그렇다면 흑십자대의……."

칠흑의 색으로 일렁이는 불길이 그녀의 오른손에서 이윽고 완전하게 만들어졌다. 이렇게 가까운 거리에서 흑염구가 작열한다면 손도 못 써 보고 즉사한다. 하지만 병사들은 이곳을 지키라는 명령을 받았다.

"양해해 주십시오, 이곳은 들어갈 수 없는……."

병사의 말이 채 끝나기도 전에 그녀의 오른손이 빠르게 움직였다. 그녀는 정말로 일말의 주저도 없이 단번에 병사들을 죽여 버릴 셈이다.

벌컥!

"자, 잠깐! 멈추시오!"

우뚝!

아주 살짝이라도 문이 늦게 열렸다면 회의실 입구는 물론이요, 이 일대는 폭발로 인해 검은 불길이 치솟고 있었을 것이다.

"이, 이게 무슨 소란이란 말이오? 지금은 작전이 시행되고 있는 상황인데, 이런 행패를 부리다니!"

"라트는 어디에 있어요?"

차가운 물음. 그때 안쪽에서 그녀도 익숙한 얼굴이 나왔다. 건장한 체구에 부드러운 인상의 사내 셀로무트였다.

"이런, 아르니 양이군요."

"다시 묻겠어요. 라트는 어디에 있어요?"

"일단 진정하는 게 좋겠어요. 안색이 많이 창백해 보이는군요."

셀로무트가 부드럽게 그녀를 얼렀다. 그러나 아르니는 그 어떤 때보다 흥분해 있었다. 아르니의 오른손에 맺힌 검은 불꽃이 셀로무트를 향했다.

"빨리 말해요."

시종일관 부드러운 표정을 짓고 있던 셀로무트의 표정도 살짝 굳었다.

"지금은 작전 시행중입니다."

그 짧은 대꾸에 아르니의 고운 미간이 일그러졌다.

"왜 나를 두고 간 거죠?"

"제가 그렇게 하도록 명했습니다."

셀로무트의 말은 거짓이었다. 사실은 라트와 텔리시아가 그녀를 데려가지 않겠다고 작전 시행 직전에 밝혀 왔던 것이다. 그런데 셀로무트도 아르니가 끼지 않았으면 하는 작은 바람이 있었다. 그녀는 마법사였다. 작전의 성격과는 맞지 않았다. 더군다나 그녀라면 작전의 성공 여부와는 관계없이 오로지 라트의 신변만을 지키기 위해 감정적으로 움직일 것이다.

"왜죠? 나도 충분히 싸울 수 있어요!"

뾰족한 고함이 울려 퍼졌다.

"알고 있습니다. 어느 누가 마법사를 무시할 수 있겠습니까? 다만 이번 일은 전투에 중점을 둔 작전이 아닙니다."

아르니는 입술을 질끈 깨물었다. 성기사들의 전투력이 엄청나다는 것은 몇 번이고 들어 알고 있었다.

"라트가 작전을 시작하고 시간이 얼마나 흘렀죠?"

"이제 네 시간이 조금 넘었습니다."

짧게 대답한 셀로무트는 아르니의 초조한 얼굴을 보면서 잠깐 동안 고민했다.

'지금 작전의 상황은 최악으로 흘러가고 있다.'

그것이 지부장으로서 셀로무트의 판단이었다. 어떻게 된 일인지 희생 부대를 움직여서 대규모 교란작전을 펼쳤음에도 조금 전에 제1성기사단이 빠져나갔고 그 이후에 나머지 성기사들도 빠르게 뒤로 빠지고 있다는 보고를 들은 것이다.

'그 지진……'

셀로무트의 얼굴에 별안간 초조한 기색이 스쳤다. 갑작스럽게 아제릴 전역이 흔들리는 엄청난 지진이 있었다. 그것이 중앙첨탑의 지하에서 일어났음은 명백했다. 아르니에게 지금의 상황을 상세하게 알려 주는 게 좋을까?

'아니, 아니다. 그랬다가는 상황이 더 골치 아프게 흘러갈

수 있다. 그녀가 지금에라도 나서겠다고 설치기라도 하면 자칫 이곳의 위치를 들킬 위험이 있다.'

이곳은 결코 들킬 리 없는 곳이다. 지부가 완벽하게 감춰져 있기 때문이 아니라 아제릴 내부에 은십자 기사단의 지부가 있을 리 없다, 라는 성기사들의 방심하에 존재하는 지부이기 때문이다.

'지금 섣부르게 나섰다가는 겨우겨우 아제릴에 내린 은십자 기사단의 뿌리가 뽑히고 만다.'

"네 시간……, 아무 문제 없는 거는 거겠죠?"

"글쎄요."

차마 아무 문제 없다고는 말할 수 없었다. 아르니가 무슨 일이 있는 것인지 알아보려고 한다면 금방 알 수 있었다. 그러자 아르니의 얼굴이 창백하게 변했다.

"그럼 위험하다는 건가요?"

"위험하다고 말하기도 조금 곤란하군요."

"정확하게 상황을 말해 주세요!"

아르니가 참지 못하고 뾰족한 고함 소리를 내지르자, 셀로무트는 난감한 표정을 지었다. 사실대로 말하기도 곤란했지만 그렇다고 얼버무리는 것도 좋은 방안은 아니었다.

그렇게 생각을 정리하고 있을 때였다.

드드드드드!

다시금 지축이 흔들렸다. 아까에 비할 정도의 지진은 아니었지만 뭔가 생각지도 못한 일이 벌어지고 있다는 것은 틀림 없었다.

'이, 이게 또 무슨?'

바로 그때 멀찍이서 셀로무트에게 검은색 로브로 전신을 가린 사내가 빠르게 달려왔다.

"급보입니다."

"급보라니?"

부하의 입에서 나온 말에 셀로무트의 얼굴이 살짝 굳었다. 조금 전에 무슨 일이 일어난 것이 틀림없었다.

"중앙첨탑에서 이변이 일어났습니다."

"뭣이? 설마 첨탑에 숨어든 탐색조로부터 온 보고인가?"

"아닙니다, 현재 이목이 집중되고 있는 상황이므로 탐색조는 움직이지 않고 있습니다."

사내의 말에 셀로무트는 한시름 놓았다는 표정을 지었다. 중앙첨탑으로 이목이 집중된 상태에서 탐색조가 무리하게 움직이기라도 하면 이번의 작전에서 희생된 단원들의 목숨은 모두 물거품이 되어 버리는 것이다.

숨어든 탐색조는 앞으로 조금씩 그 내부를 알아가야 한다. 봉인석의 정확한 위치와 전력 파악, 내부 구조 등, 탐색조를 아제릴의 핵심이라고 할 수 있는 첨탑에 집어넣는 것이야말로 이번 일의 가장 큰 목적 중 하나인 것이다.

셀로무트는 눈살을 찌푸린 상태로 물었다.

"그럼 무슨 일이지? 중앙첨탑의 이변이라니?"

"첨탑에서 검은빛이 하늘 높이 치솟고 있습니다."

"뭐, 뭣이라고?"

셀로무트의 얼굴이 창백하게 질렸다.

"그게 무슨 소리야? 검은빛이라니? 첨탑에서 어째서 그런 빛이 나오는 거지?"

"그 자세한 이유까지는 아직 파악할 수가 없습니다. 다만 조금 전의 지진과 함께 검은빛이 하늘 위로 치솟은 것은 분명합니다."

사내가 송구스럽다는 듯 고개를 숙인 때였다. 그의 뒤로 십여 명의 부하들이 속속들이 나타났다. 그들의 얼굴에는 하나같이 다급함이 묻어났다.

"급보입니다. 제2성기사단이 움직이고 있습니다."

"후작의 군대도 중앙으로 움직이고 있습니다."

"제3성기사단도 움직입니다!"

"외곽 전투 신관들이 첨탑을 향해 이동하고 있습니다."

기둥에서 치솟은 빛. 그리고 모여드는 성기사……. 셀로무트의 얼굴이 시꺼멓게 죽었다.

"도대체 무슨 일이 일어나고 있는 거야?"

셀로무트는 이제 아르니가 곁에 있다는 생각을 하지 못했다. 그는 급하게 회의실 안으로 들어가서 이와 같은 사태에 대한 것을 간부들에게 모두 알렸다. 곧 회의실이 소란스러워지자 아르니는 뒤도 돌아보지 않고 달렸다.

'라트!'

달려 나가는 아르니의 얼굴이 서서히 창백해졌다. 그녀는 마음속을 가득 메우는 답답함에 주먹을 꽉 말아 쥐었다. 들어왔던 입구로 맹렬하게 달려오는 그녀의 모습을 본 문지기가 당황한 얼굴로 그녀의 앞을 막았다.

"나갈 수 없습니다!"

"비켜!"

오로지 마력에만 반응하는 입구가 아르니의 손짓에 손쉽게 열렸다. 손을 맞대고 일정 이상의 마력을 넣어야만 움직이는 문이었다.

"어어어?"

문지기가 당황한 얼굴로 문이 어째서 열렸는지 살피는 사이 아르니가 문을 빠져나가 어두운 복도를 달려 나갔다.

"이, 이런!"

문지기가 붉어진 얼굴로 아르니의 뒷모습을 보면서 외쳤다.

"빠, 빨리 저 여자를 잡아라! 아무도 이곳에서 나가지 못하도록 막으라는 지부장님의 명령이다!"

문지기가 고함을 내지르는 것과 동시에 주위에 있던 자들이 급히 아르니의 뒤를 쫓았다. 모두 기사급의 실력자답게 그들의 움직임은 빨랐다. 입구로 달려 나가는 아르니를 단번에 쫓아간 그들은 그녀의 손을 덥썩 잡았다.

"멈춰!"

"놔!"

"나갈 수 없다!"

"힘으로라도 나갈 거야! 당장 놔!"

아르니가 흥분한 얼굴로 눈을 치켜뜨자 문을 지키는 단원들의 표정에 일순 웃음기가 스쳤다. 아르니의 경고를 앙탈쯤으로 여긴 것이다. 가녀린 팔과 다리, 그리고 그들의 손조차 뿌리칠 힘도 없는 여인. 그녀에 대한 자세한 정보를 듣지 못한 이들이라면 당연히 그렇게 생각할 만도 했다.

아르니의 눈동자에 불길이 치솟았다. 그녀의 의지에 따라 마력이 움직이면서 빠르게 양손에 불꽃이 맺혔다. 그때까지도 미처 아르니의 주변으로 일렁이는 마력의 유동을 단원들은 느끼지 못했다. 이러한 거리라면 아르니도 타격을 입을 것이 틀림없었지만 적중당하는 단원들은 즉사다.

평소의 아르니라면 이렇게 극단적인 수법을 쓰는 일은 없었을 것이다. 그녀는 결코 타인의 생명을 하찮게 여기는 사람이 아니니까 말이다. 하지만 지금은 달랐다.

지금 아르니는 가장 중요한 라트의 생사를 확인하지 못하고 있었다. 거기다가 지금 밖에서 일어난 알 수 없는 사태에 아르니의 눈은 흥분으로 일그러지고 말았다.

그 순간이었다.

드드드드드!

"또, 또다."

이번엔 더욱 큰 지진이었다. 단원들도 어지간히 놀랐는지 몸을 움츠릴 정도였다. 그때 그녀를 잡고 있던 단원의 손이 느슨하게 풀렸다. 그 틈을 아르니는 놓치지 않았다. 튕기듯 팔을 뺀 아르니는 달렸다.

"아직도 포기를 못했군!"

달려 나가는 아르니를 단원들이 다시 쫓았다.

"날 내버려둬!"

또다시 잡히면 그때는 정말로 살인을 할 것 같았다. 아르니의 손에서 검은 불꽃이 화르륵 맺혔다.

"어엇!"

쫓고 있던 단원들의 얼굴이 경악으로 일그러지는 것과 동시에 아르니는 주문 시동어를 외쳤다.

"크로티엣!"

무영창. 그녀의 손에서 무영창 마법이 펼쳐졌다. 비록 시동어를 내뱉는 것으로 완전한 무영창이라고는 할 수 없었지만 지금 그녀가 해낸 것은 무영창의 기초가 틀림없었다.

화륵!

"피, 피해!"

"으아앗!"

콰앙!

날아드는 흑염구를 본 단원들은 즉시 자리에서 멈춰 뒤로 몸을 날렸다. 이런 그리 크지 않은 공간에서 흑염구를 피하는 것은 쉽지 않은 일이었다. 아르니가 명중시키려고만 했다면 아무리 막 쏘았다고 해도 한 명은 반드시 맞았으리라. 하지만 그녀는 흑염구를 단순히 위협으로 발사한 것이었다.

폭발에 통로가 무너질 것처럼 크게 흔들렸다.

드드득!

흙먼지가 자욱하게 퍼지자 아르니는 더 이상 뒤돌아보지 않고 달려 나갔다. 곧 계단이 보이자 그녀는 성큼성큼 계단을 올라갔다. 계단의 끄트머리에는 밀게 되어 있는 작은 손잡이가 있었다. 문을 여는 장치이리라.

손잡이를 밀어 넣자 곧 문이 빠르게 열렸다. 들어왔을 때처럼 아무런 소음도 없이 말이다. 좌우를 살피지도 않은 채 그녀는 달렸다. 검은색 후드를 둘러쓴 그녀는 건물과 건물 사이에 숨어서 빠르게 움직였다. 어둠에 파묻힌 그녀의 모습은 잘 보이지 않았다.

'저기인가.'

조심스럽게 숨어 있던 아르니는 곧 큰 길에서 어디론가 향하는 백색 복장의 신관들을 발견할 수 있었다.

"서둘러라, 형제들이여! 악마가 깨어나려고 하고 있다!"

외침을 들은 아르니의 눈이 더더욱 불안으로 일그러졌다. 빨리 가야 한다. 하지만 움직이는 신관들의 뒤를 따라 조심스럽게 이동하면 할수록 더더욱 사람들이 많아졌고 그때마다 아르니는 들킬 뻔했다.

지금까지 그녀가 들키지 않은 것은 순전히 운이었다. 자욱하게 내린 어둠, 그리고 지금 모든 이들의 눈과 귀가 중앙첨탑으로 향해 있기 때문이었다.

초조한 기색을 감추지 못하는 아르니의 눈동자가 중앙첨탑의 정확한 위치를 파악하기 위해 움직였다. 그리고 그녀는 어렵지 않게 중앙첨탑을 볼 수 있었다. 아제릴의 그 어느 것보다도 드높은 검은 성탑 위로 불길하게 치솟는 검은빛.

흥분으로 일그러져 있던 그녀의 이성이 차갑게 식었다. 검은빛을 홀린 것처럼 보고 있던 아르니의 얼굴이 별안간 일그러졌다.

'라트?'

기분 나쁜 감각이 아르니를 지배했다. 가슴 한구석이 너무나도 답답했고 동시에 찢어질 것처럼 아팠으며 참을 수 없을 만큼 화가 치밀어 올랐다. 저 검은빛에서 온갖 감정이 휘몰아치고 있었다.

저 탑 안으로 가야 한다. 하지만 더 이상 다가가면 그녀는 분명히 발각될 것이고 그렇게 되면 싸워야 한다.

'그래도 가야 돼!'

아르니는 결의로 얼굴을 굳히고 건물의 틈에서 모습을 드러냈다.

"아, 악마가 나타났다!"

그와 동시에 비명 같은 외침이 터져 나왔다. 아르니는 붉은 입술을 질끈 깨물었다. 그저 검은 로브와 후드로 전신을 가리고 있을 뿐인데 그것만으로도 악마라고 불린단 말인가.

웅성거림이 커짐과 동시에 곳곳에서 검을 빼드는 소리가 울려 퍼졌다.

수많은 적의와 맞서 싸워야 한다는 생각에 아르니의 얼굴에 별안간 두려움이 떠올랐다.

"어둠에 몰려드는 간악한 악마들을 모조리 죽여라! 이곳은 성역이다!"

멀리서 우렁찬 외침이 울려 퍼졌다. 아르니는 주문을 영창하기 시작했다.

"적을 태워 삼켜라……."

몇 명이나 죽이게 될까, 그리고 그녀는 몇 명을 쓰러뜨린 후에 쓰러지게 되는 걸까.

'라트를 보지 못하고 죽는 건가?'

짙은 아쉬움이 집중을 흩트리고 있었다. 막 마법을 발사하려는 순간이었다.

푸화아아악!

살이 찢기는 역겨운 소리와 비릿한 피가 사방으로 튀었다. 바로 지척에서 일어난 광경이었다. 언제 적이 이렇게 가까이까지 당도해 있었단 말인가?

하마터면 죽을 뻔했다.

스스로의 한심함에 자괴감이 들 때였다. 조금 전 적을 찢어 발긴 자를 힐끗 살핀 아르니는 멍한 표정을 지었다.

'악마…….'

그 사람을 달리 뭐라고 표현하면 좋을까? 창백한 검은 피부, 귀 위로 돋아난 날렵한 뿔, 깊은 심연이 일렁이는 검은 눈동자.

"끄으으윽……."

몸이 꿰뚫린 전투 신관은 숨을 껙껙 내뱉다가 이내 쓰러졌다.

"흐흠, 좋은 공기로군. 발루토 님께서 드디어 깨어나셨는가."

남자의 몸에 박힌 왼손을 거칠게 빼낸 악마는 팔뚝에 묻은 피를 살짝 핥으면서 어금니를 드러내고 웃었다. 그러고는 일말의 주저도 없이 다음 먹이를 찾아서 달려들었다.

"광명의 철퇴를!"

"신성의 빛이 이곳에 강림하리라!"

악마의 모습을 본 성역의 수호자들이 거룩한 음성으로 외쳤다. 그들이 내뿜는 빛을 보며 아르니는 고개를 뒤로 돌렸다. 어둠 너머에서 그림자가 일어나듯이 악마들이 그 모습을 속속들이 드러내고 있었다.

그 엄청난 광경 앞에 아르니는 굳은 것처럼 움직이지 못했다.

굴바엔 지방의 봉인석이 깨지고 검은빛이 하늘로 치솟은 날, 수백, 수천의 악마가 성역을 침공했다.

제5화
어둠에 모여드는 악마들

"끔찍하군."

첨탑의 지하로 향하는 원형 계단을 내려가는 성기사들은 제1공동의 처참한 몰골에 하나같이 그런 말을 중얼거렸다. 환하게 주위를 밝히던 조명석들은 땅에 굴러다니거나 이미 태반이 없어진 상태. 공동은 그야말로 어둠에 잠겨 있었다.

선두에서 앞서 나가는 펠레우피는 곳곳에 나뒹구는 성기사들의 시체를 보면서 분노를 감추지 못했다.

"감히!"

그의 분노에 내부에 잠들어 있던 폭발적인 마력이 꿈틀거리며 솟구쳤다. 그의 양팔에 맺히는 찬란한 빛에 주위의 어둠이 물러갔다.

이윽고 펠레우피의 눈에 제2공동으로 향하는 계단의 입구가 완전히 박살 난 것이 눈에 들어왔다. 급하게 몸을 날린 그는 눈을 가늘게 떴다.

"놈이 이곳까지 알고 있단 말인가?"

"이곳을 알고 있는 것은 극히 소수일진대, 어떻게 이곳이……."

제3성기사단을 맡은 메르크가 믿을 수 없다는 표정으로 중얼거렸다.

"이곳을 알고 있다는 것은 아제릴 내부의 성기사들 중에서도 극히 소수일 텐데."

펠레우피 역시 그렇게 중얼거리며 뒤따르는 성기사들을 날카롭게 훑었다.

"이보시오, 펠레우피 경. 제3성기사단의 수호자들을 그런 눈으로 쳐다보지 마시오. 적이 눈앞에 있는데 아군을 의심하는 게 말이나 되는 일이오?"

"으흠……."

펠레우피의 눈에 의심이 묻어 있음을 단번에 파악한 메르크가 날카롭게 말했다.

"어쨌든 놈들이 아래로 간 것은 틀림없는 사실."

펠레우피의 시선이 원형 계단, 바로 옆쪽으로 향했다. 그러자 메르크의 시선도 그곳으로 향했다. 그들의 시선이 향한 곳에서는 묵직한 기운을 흩뿌리는 검은빛이 쉴 새 없이 하늘로 치솟고 있었다.

"저 악마의 빛이 흘러나오는 위치를 보아하니 그곳이 맞는 것 같소."

"저 구멍으로 향하면 바로 갈 수 있을 텐데……."

"그건 너무 위험한 일이외다."

메르크가 단칼에 자르자 펠레우피는 더 이상 고집을 부릴 수 없었다. 단장 급인 그들조차 저 짙은 어둠의 마력 속에서 버틸 수 있을지 없을지 장담할 수 없는 상황이었다. 펠레우피가 선두에 서 계단 아래로 내려가려고 할 때였다.

"그, 급보입니다!"

원형 계단에서 쩌렁쩌렁 울려 퍼지는 목소리에 펠레우피의 날카로운 눈이 그곳으로 향했다.

"무슨 일인가?"

숨 가쁘게 달려온 전투 신관이 메르크와 펠레우피 앞에 한 쪽 무릎을 굽혔다.

"아, 악마가 침공했습니다."

"뭐, 뭣이?"

펠레우피와 메르크를 비롯한 성기사들의 얼굴에 경악의 빛이 어렸다. 가장 먼저 반응한 것은 펠레우피였다.

"내가 나가겠소! 제3성기사단은 즉시 아래로 내려가시오!"

"자, 잠깐!"

"지금쯤 아래의 상황도 결코 여유로운 상황은 아닐 것이오. 나의 용맹한 제1성기사단이 가 있지만 악마왕의 힘을 그들만으로 막고자 하는 것은 만용이니 말이오."

펠레우피답지 않은 냉정한 말에 메르크는 당장이라도 위로 올라가고 싶은 것을 억지로 참았다.

"일단 놈들을 물리치고 바로 따라가겠소."

"알겠소, 그럼 먼저 내려가리다. 제3성기사단은 서두른다! 저 빛이 악마들을 꾀어낸 것이 틀림없다!"

메르크가 번개 같이 움직이며 아래로 달려 나가자, 부단장을 비롯한 제3성기사단이 더욱 빠르게 움직였다.

펠레우피는 계단을 단번에 열 개씩 뛰어넘으면서 위로 몸을 날렸다.

채채챙!

카캉!

병장기가 맞부딪치는 소리가 울리면서 펠레우피의 얼굴은 점차 어두워져 갔다. 이윽고 첨탑의 문을 박차고 나왔을 때, 그의 눈이 경악으로 일그러졌다.

"서, 성역에 이렇게 많은 악마가……!"

"크아악!"

아군의 비명이 울리자 펠레우피는 정신을 번뜩 차렸다. 멍하니 있을 때가 아니었다. 중앙첨탑을 중심으로 검은 코트나 정복 따위를 빼입은 악마들이 흉흉한 웃음을 터뜨리며 아군을 육박해 오고 있었던 것이다.

전투 신관, 그리고 제2성기단이 분전하면서 수적으로 한참 우위에 있는 악마들을 처리하고 있었지만 악마들의 전투력이 결코 만만치 않은 수준이었다.

"흐라아아아압!"

펠레우피의 우렁찬 기합이 장내에 울려 퍼졌다. 땅을 쿵! 하고 박차자 그의 육중한 신체가 하늘로 치솟았다. 그의 손에 들린 거대한 검신이 이윽고 이글거리는 빛을 토해 냈다.

하지만 펠레우피는 너무 높이 치솟았다. 후방에서 암흑 마법을 날리면서 압박해 나가던 마족들의 시선이 홱 돌아갔다. 지금 이 순간 펠레우피는 그저 맞추기 편한 먹잇감에 불과했다.

"멍청한 놈!"

비웃음과 함께 검은 불꽃들이 일제히 쏘아져 나갔다. 수십 개의 흑염구가 일제히 펠레우피에게 날아들자 그의 입에서 다시금 우렁찬 기합이 터졌다.

"흐라아아압!"

검이 횡으로 휘둘러지며 검기가 발출되었다. 날아가는 검기는 흑염구 세 개와 폭발하면서 다른 흑염구들을 삼켰고 곧 허공에서 연쇄 폭발이 일어났다.

콰콰콰콰콰쾅!

그 폭발이 일어남과 동시에 곧 화기가 몰아치면서 폭풍이 펠레우피의 몸을 삼켰다. 흑염구의 수가 너무 많았기에 완전히 화염의 폭풍에서 벗어나기란 어려웠다. 만약 그가 지금보다도 더욱 빨리 반응했더라도 역시 상황은 크게 다르지 않았을 것이다.

흑염구 수십 다발의 연쇄 폭발이 일으킨 화염 폭풍이 허공을 메우자 마족들은 단번에 펠레우피가 쓰러진 것으로 생각했다. 다시 지상의 성기사들에게 마법을 날리려고 할 참이었다.

"눈을 돌리는 것이냐!"

그들의 뒤에서 쩌렁쩌렁한 고함이 울려 퍼졌다. 화염의 폭풍 속에서 검은 연기를 뚫으며 무시무시한 얼굴로 바닥에 떨어져 내려오는 한 인형이 있었다.

"이 펠레우피를 얕보았느냐!"

마족들의 얼굴에 경악이 드리웠다. 펠레우피의 몸이 바닥에 거칠게 떨어졌다.

쿠우우웅!

흙먼지가 사방으로 피어오름과 거의 동시에 펠레우피의 검이 매서운 속도로 날아들었다.

써거걱!

"카악!"

"컥!"

순식간에 두 마족이 그의 손에 죽임을 당했다. 붉은 피가 하늘 높이 치솟으면서 펠레우피의 얼굴을 적셨다.

"악마의 피도 붉긴 붉은 모양이로구나!"

펠레우피의 검에서 망설임 없는 새하얀 빛이 터져 나왔다. 마법을 쓰고 있던 마족들이 검은 눈을 흉흉하게 빛내며 하나같이 그에게 덤벼들었다.

"인간 주제에 감히!"

인간과의 접전 경험이 거의 없는 나이 어린 마족들이 겁 없이 펠레우피에게 덤벼들었다. 그 순간 펠레우피의 검이 호선을 그리며 공격해 오는 악마의 가슴부터 목을 그대로 잘라 냈다.

"끄아아악!"

붉은 피를 토하며 나뒹구는 마족들의 모습에 성기사들의 전의가 불타올랐다.

"광명께서 이곳을 비추시거늘!"

펠레우피의 쩌렁쩌렁한 고함이 분위기를 뒤바꿨다. 여전히 수적으로는 열세였지만, 펠레우피가 보여주는 가공할 만한 전투력에 자신감을 얻은 것이었다.

"이곳은 성역이다!"

펠레우피의 손에 순식간에 열 명이 넘는 마족이 쓰러졌다. 일반 성기사들을 상대하기 위해 이미 마족들 셋 씩은 붙이고 접전을 벌이는 상황에서 지금 펠레우피는 적진의 한복판에서 이렇듯 학살을 벌이는 것이다.

"역시 인간의 저력이란 무시할 만한 것이 아니로군."

펠레우피가 난동을 부리는 북서쪽의 마족 군단을 이끌고 있는 마족의 입에서 차가운 중얼거림이 흘러나왔다. 검은색으로 머리부터 발끝까지 도배된 모습으로 코트를 늘어뜨리고 있는 그의 목에는 다이아몬드 형태의 붉은 목걸이가 번쩍이고 있었다.

그때, 그의 곁으로 덩치 큰 마족 한 명이 다가왔다.

"남작님, 아무래도 어린 마족들로는 역부족입니다. 제가 보기에 저놈의 전투력은 이미 저런 마족들로는 상대할 수 없을 정도로 굉장합니다. 전력을 쏟아 붓지 않으면 놈의 기세를 막기는 어려울 것으로 보입니다."

남작이라고 불린 악마는 대답했다.

"음, 아무래도 그런 듯싶군."

"어떻게 하겠습니까?"

"어쨌든 여기는 밀어야 한다. 놈들의 전력이 얼마나 대단하든 간에 이미 발루토 님의 빛은 치솟았다. 이 이상 시간을 끌 수는 없지. 후방의 마족들을 투입시켜라."

"예, 알겠습니다."

남작과 남작의 명에 대답한 마족은 몸집 차이가 났다. 신장 차이로 보면 머리 하나 이상 차이가 났고, 체구로 비교하자면 남작보다 세 배가량 더 우람한 마족이었다. 그러나 결정적인 차이가 있었으니 그것은 바로 힘의 차이였다.

남작의 허가가 떨어지자 우람한 마족의 손이 앞으로 펴졌다. 곧 그의 뒤에 머물러 있던 어둠에서부터 흉흉한 눈빛의 마족들이 일제히 달려들었다.

"발루토 님의 힘이 눈앞에 있다. 절대 인간 따위에게 밀리지 마라."

우렁찬 마족의 외침에 마족들의 눈빛이 더더욱 흉흉하게 달아올랐다. 이곳에 모인 마족들에게는 목적이 있었다. 바로 발루토의 힘이다. 발루토의 힘은 일부분이라고 할지라도 지금 이곳에 마족들에게는 너무나도 거대한 힘인 것이다. 저 힘을 손에 넣기만 한다면!

탐욕스러운 마족들의 눈에 일렁이는 것은 바로 그것이었다. 그러나 남작의 눈에는 그러한 탐욕의 빛은 눈곱만치도 찾아볼 수 없었다. 그저 강렬한 염원만이 있을 뿐이었다.

'일개 마족 따위가 탐할 힘이 아니다. 쓰레기들이 감히 탐하기에는 너무나도 거대한 힘이다.'

오히려 발루토의 그 끝이 없는 대양과도 같은 힘에 단번에 삼켜질 것이다. 그가 보고 싶은 것은 발루토의 재림이다. 그가 군림하는 세상에서 그의 부림을 받고 싶을 뿐.

그의 정체는 도대체 무엇이기에 이런 생각을 하는 걸까? 아마 그의 이름이 알려진다면 아제릴은 물론이요, 단번에 교황청까지 발칵 뒤집히리라.

로펜빌 크로칸. 200년 전, 발루토 휘하의 여섯 백작 군단의 휘하에서 싸웠던 악마 중에서도 엄청난 전투력으로 악명을 떨쳤던 크로칸 남작이 바로 그이다.

크로칸 남작의 하명에 따라 100살 이상의 전투 경험이 풍부한 일반 마족들이 달려들자, 상황은 다시 변했다. 펠레우피라도 상위 전투 신관 급에 육박하는 수십 명의 마족을 상대로 적진 한복판에서 혼자 싸우는 것은 버거운 일이었다.

카가가각!

몰아치는 손톱들을 단번에 날린 펠레우피는 발을 크게 구르면서 두 악마의 팔과 함께 목을 사선으로 베어 버렸다.

촤악!

"끄아아악!"

그러면서 서서히 뒤로 물러서는 것을 잊지 않았다. 이곳에서 버티면서 싸우다가는 실력을 겸비한 마족들에게 둘러싸이게 될 것이다.

그때 또 한 마족이 그의 검극에 찔려서 쓰러졌다.

푸욱!

수많은 어린 마족이 죽어나가는 가운데, 성인 마족들이 끼어들기 시작하면서 전투 신관들뿐만이 아니라 성기사들 중에서도 몇 명이 쓰러졌다.

"광명이시여, 당신의 종께 거룩한 힘을 주소서!"

펠레우피의 고함이 다시 쩌렁쩌렁 울려 퍼졌다.

'저 인간.'

엄청난 신위를 보이고 있는 펠레우피에게 크로칸 남작의 시선이 꽂혔다.

'강하군.'

크로칸 남작이 펠레우피와 결전을 벌인다면 분명히 이길 것이다. 그러나 크로칸 남작 역시 상당한 각오로 전력을 다 끌어낼 각오를 해야 한다. 그것은 득보다 실이 많은 일이다.

"일단 물러나기로 한다."

"벌써 말입니까?"

"그 수상한 마족이 궁금하기도 하고 대충 이 정도면 슬슬 뒤로 빠져도 그리 문제는 없겠어. 시간은 충분히 끌었고 내 역할은 이 정도면 충분한 것 같군."

"휘하의 마족들은 어떻게 하시겠습니까?"

"따르는 녀석들만 이끌고 간다."

크로칸 남작은 용맹하게 싸우는 펠레우피의 모습을 보다가 이내 몸을 돌렸다. 그의 수하가 마족들에게 따르라는 신호를 사방으로 날렸다. 그러나 그것에 따르는 것은 고작 수십 명의 마족들밖에 없었다.

* * *

"다, 당신 정체가 뭐야?"

아르니는 별안간 어깨를 잡고 조용히 뒤로 이끄는 손길에 화들짝 놀라면서 피하려고 했다. 그러나 그녀의 어깨를 잡고 있는 손길은 그것을 용납하지 않았다. 절대 놓지 않겠다는 듯 강한 힘이었지만 부드러운 손길. 어느새 아르니는 뒤쪽의 상대가 풍기는 부드럽고 자연스러운 감각에 적의마저 잊어가고 있었다.

중앙첨탑에서 꽤 떨어진 외곽까지 왔을 때, 그녀의 어깨에 올려져 있던 손이 이윽고 떨어졌다. 홱 고개를 돌린 아르니는 자신을 이곳으로 끌고 온 자를 노려보았다. 조금 전까지 그녀의 어깨를 부드럽게 잡고 이끌었던 사람이라고는 믿기 어려울 만큼 차가운 인상의 남자였다.

그는 중절모를 천천히 벗으며 고개를 숙였다.

"발트몰 플루란 남작이라고 합니다."

"바, 반가워요."

너무나도 정중한 그의 태도에 아르니는 저도 모르게 인사를 하고는 곧 얼굴을 붉혔다. 멀리 떨어지지 않은 곳에서는 피가 튀고 비명과 고함, 그리고 금속음이 울려 퍼지는데 지금 그녀는 이곳에서 뭘 하고 있는 것인지…….

"제 주인이신 텔리시아 님의 하명을 받고 아르니 님을 지키기 위해 왔습니다."

느릿한 음성, 그러나 부드러운 어조, 그리고 그 말에 담겨 있는 뜻을 알아들은 아르니는 비로소 안심할 수 있었다.

"당신도 악마?"

"악마라는 말은 좋아하지 않습니다만, 일단은 텔리시아 님을 따르는 몸이니 그렇지요."

"그, 그래요, 마족이었죠……."

아르니가 처음 만난 발트몰에게 편안함을 느끼는 것은 바로 그 이유 때문이었다. 텔리시아는 발트몰을 신뢰하고 있었고 발트몰 역시 텔리시아를 마음으로 따르고 있었던 것이다. 텔리시아와 계약관계에 있는 아르니는 지금 그 영향을 받고 있는 것이었다.

이런 상황에서 믿을 수 있는 아군이 생겼다는 것은 좋은 일이었다. 그녀는 단도직입적으로 말했다.

"날 텔리시아, 그리고 라트가 있는 곳으로 데려가 줘요."

"……."

발트몰은 대답하지 않았다. 그의 그러한 태도에 아르니는 초조함을 느꼈다.

"대답하지 않는다면 나 혼자라도 가겠어요!"

이윽고 그녀가 성큼성큼 걸어나가자 발트몰이 빠르게 그녀의 앞으로 다가갔다.

"저곳은 위험합니다."

"알고 있어요! 하지만 지금 그곳에 라트가 있어요!"

"텔리시아 님을 믿지 못하십니까?"

"그, 그런 게 아니라……."

아르니는 말문이 턱 막혀 버렸다. 발트몰의 까만 눈동자를 마주하고 있던 그녀는 고개를 돌렸다. 지그시 그녀를 바라보는 발트몰의 시선은 그녀의 마음까지도 읽는 것 같았다.

아르니도 알고 있었다.

'텔리시아가 안 되는 일이라면 내가 가도 안 되겠지.'

"저는 당신을 지켜야 합니다. 그것이 텔리시아 님이 제게 하명하신 일, 저는 그것을 제 목숨과 맞바꾸는 일이 있더라도 지킬 것입니다."

무미건조하던 발트몰의 목소리에 신념이 배었다.

"기다리면 둘은 돌아오는 건가요? 아무 일 없이?"

"만약 주인님께서 아무 일 없이 돌아오고자 하신다면 그리 될 것입니다."

발트몰의 믿음에 찬 목소리에 아르니는 입술을 닫았다. 여전히 초조함은 가시지 않았지만, 라트의 곁에는 텔리시아가 가까이 있다. 그러면 적어도 그가 위험하지는 않으리라.

조금 전까지 안절부절 못하던 아르니가 드디어 가만히 검은 첨탑으로 시선을 옮겼다. 여전히 검은빛은 하늘 위로 치솟고 있었다.

만약 아르니가 저 빛이 어떻게 하늘 높이 치솟은 것인지 그 자세한 경위를 알았다면, 이렇게 발트몰의 말에 가만히 따르지는 않았으리라.

* * *

쿠구구구구구구구궁!

하늘 높이 어둠의 빛이 치솟기 바로 직전, 밀실은 진동하고 있었다. 라트의 몸, 그리고 라트가 들고 있는 지크로트의 검신이 마구 일렁이면서 사방으로 해일과도 같은 기운을 내뿜고 있었던 것이다.

쿠구구구궁!

다시금 진동이 크게 울려 퍼졌다.

"끄아아아아아아!"

라트의 입에서 쩍쩍 갈라지는 쉰 통성만이 계속 흘러나왔다. 그러다가 이윽고 목구멍에서 검은 피가 튀어나왔다. 지크로트의 검신이 액화되어 부풀어 올랐다가 줄어 들었다가를 반복했다.

『크윽! 아무리 몸이 찢겨 있다 한들 그래도 공작이란 말이더냐!』

칠흑의 검 지크로트의 칼날받이 부분의 중앙에 위치한 찢어진 눈에서 피눈물이 줄줄 흘러내렸다. 어둠의 마력이 이윽고 검의 용량까지 꽉 채워 버릴 정도로 포화 상태가 됐다는 증거였다. 이 상태가 지속되면 검은 깨지고 말 것이다.

거침없이 마력을 받아들이는 번뜩거리는 칼날받이 부분의 눈동자는 고통을 호소하듯 계속해서 피눈물을 쏟으며 눈을 뒤룩뒤룩 굴리고 있었다. 그것은 자신이 한계임을 외치고 있었다. 지크로트가 아니라 그 칠흑의 검이 말이다.

바로 그때 기묘한 일이 일어났다. 그것은 그 누구도 생각지 못한 일이었음이 틀림없었다. 심지어 지크로트라고 불리는 그 검을 이 현세에 둠으로써 간접적인 영향력을 행사하는 지크로트조차도 미처 예상치 못한 일이었다.

지크로트의 과한 욕심, 발루토의 안배, 라트의 속에서 휘몰아치는 감정의 격류, 그리고 사방으로 폭주하는 어둠의 마력. 그 모든 일들이 한데 맞물려 일어난 우연이었다.

뒤룩뒤룩 더욱 빠르게 굴러다니는 눈동자가 어느 순간 갑자기 멈추었다. 그 눈동자가 멈춘 곳에는 고통에 몸부림치며 시꺼멓게 죽어 가는 라트가 있었다.

자신과 마찬가지로 지금 눈앞의 연약한 인간도 죽어 가고 있었다. 그러나 이 와중에도 그의 오른손은 마치 달라붙은 것처럼 검을 놓지 않는다. 어찌나 세게 잡고 있었는지 손의 피부가 찢기면서 피가 진득하게 흘렀다. 지크로트의 의지인가? 그렇지 않으면 라트의 의지인가?

어느 쪽이든 분명한 것은 지금 검이 깨지기 직전이라는 것이었다.

『부서지고 싶지 않아.』

어느 누구도 예상치 못했던 일이 벌어졌다. 마계와 이 세상의 경계를 잇고 있는 지크로트의 매개체에 자아가 생겨난 것이다. 칠흑의 검은 부서지기 직전까지 내몰리면서 라트의 내부에 강렬하게 각인되어 있는 생존 욕구 중 일부를 받아들였다.

칼날받이의 눈동자 주위에 일렁이는 붉은빛이 튀어나왔다. 그것은 지크로트가 발루토를 흡수했을 때와 같은 힘, 동시에 지크로트가 라트의 육신을 바꾸었을 때와도 같은 힘이었다.

지크로트가 만약 지금 이 광경을 보았다면 결코 좌시하지 않았을 것이다. 그러나 지크로트는 발루토의 거대한 힘을 받아들이기 위해 안간힘을 쓰는 중이었기에 라트의 상황까지 볼 수 있는 상황이 아니었다.

검에서 뿜어져 나온 붉은 빛은 이내 라트의 가슴팍에 꽂혔다. 지크로트가 미처 흡수하지 못하고 있는 힘들이 이내 빠르게 라트의 몸으로 유입되기 시작했다. 검은 동시에 직접적인 접촉을 통해 라트의 감정과 생각, 자아의 파편을 받아들였다.

『죽고 싶지 않아, 절대 죽고 싶지 않아.』

"우아아아아아아아아악!"

라트의 내부에서 휘몰아치는 기억과 감정들이 다시 뇌리를 스쳐 가면서 검으로 전이되었다.

『잃고 싶지 않아.』

라트가 느껴온 모든 감정의 시작부터 그것이 참을 수 없는 세상에 대한 분노와 증오로 바뀌기까지. 이윽고 슬픔과 고통이라는 것까지 받아들이기 시작한 검은 아주 빠르게 자아의 그릇을 만들어 갔다.

지크로트의 매개체에 불과했던 검 내부에 영혼이 깃든 것이다. 그것은 그 어떤 방법으로도 실현할 수 없는 기적이었다.

한편, 라트의 그릇은 부서져 내리고 있었다. 그릇의 붕괴는 곧 죽음을 의미한다. 라트는 비로소 죽음을 목전에 두고 있었던 것이다. 이미 육신의 내부는 엉망진창이었다. 그러나 라트의 몸에서도 기적이 일어났다.

발루토가 가진 파괴의 힘, 검은 벼락은 이를 가만히 두고 보지 않았다. 200년의 세월 동안 검은 벼락은 사지가 찢겨 천천히 붕괴하는 발루토의 권능을 지켰다. 파괴의 힘을 소생의 힘으로 전환한 것이다.

발루토조차도 미처 깨닫지 못한 힘이었다. 검은 벼락의 씨앗은 라트의 가장 깊숙한 곳, 갈기갈기 찢긴 그의 영혼에 파고들었다.

엉망진창이었던 라트의 몸에 깃든 검은 벼락은 그의 영혼의 근저에 뿌리를 내리는 것과 거의 동시에 라트의 그릇을 새로이 만들어 나가기 시작했다. 그렇게 그의 죽어 가던 육체가 다시 서서히 회복할 찰나였다.

라트의 육체 내부로 지크로트가 삼키지 못한 마력이 쏟아졌다. 검을 통해 막대한 어둠의 마력이 흘러들어 오는 것이었다. 그 탓에 검은 벼락에 의해 회복되어 가던 라트의 육체의 그릇이 다시 무너져 갔다. 그러나 본디 검은 벼락의 씨앗은 발루토의 것이었다. 그 얘기인즉슨 검은 벼락은 라트의 몸으로 흘러드는 힘들을 제어할 수 있다는 얘기였다.

검은 벼락은 쏟아져 내려오는 힘들을 엄청난 흡력으로 빨아들이기 시작했다. 마구 난동을 부리면서 퍼져 나가던 짙은 어둠의 마력들은 이내 한곳으로 모여들기 시작하여 깊숙한 심연으로 흘러들어 갔다.

갈기갈기 찢긴 라트의 그릇 한가운데서 검은 벼락은 그 힘들을 모조리 끌어들이면서 중심을 잡았다. 크기를 점차 키워 가는 검은 벼락, 그리고 그에 따라 라트의 그릇은 빠른 속도로 커져 나가면서 회복 속도를 더하고 있었다.

검은 벼락은 발루토의 힘이었고 당연한 얘기였지만 발루토의 그릇은 라트와 비교할 수 없을 만큼 거대했다. 헌데 지금 그 검은 벼락의 씨앗이 조금 전부터 흘러들어 오는 막대한 마력을 감지하고 발루토의 그릇을 기억하며 덩치를 부풀려 가는 것이었다.

그릇의 붕괴와 확장이 반복되며 라트의 몸이 덜덜 떨렸다.

발루토의 도박에 가까웠던 안배는 지금 자신도 생각지 못했던 방향으로 흘러가고 있었다. 확실한 것은 라트가 이곳에서 살아남는다면 그는 막대한 힘을 얻게 될 것이란 사실이었다.

밀실에 휘몰아치는 어둠의 마력이 점차 옅어지고 있었다.

그때 텔리시아의 가슴팍에 열렸던 심연의 구멍이 닫혔다.

"하윽!"

숨을 삼키며 쓰러진 텔리시아는 초췌해진 기색으로 피를 토했다. 통증이 돌아오기 시작했다. 발루토의 마력에 온몸이 성한 곳이 없었지만 빠른 속도로 치유되었다. 지크로트가 문을 열면서 죄어 오던 사슬이 느슨하게 풀어진 덕분이었다.

텔리시아의 초췌하던 얼굴이 다시 불그스름하게 바뀌어 갈 무렵 마침내 그녀의 의식이 돌아왔다.

"라트……."

텔리시아의 얼굴에 경악으로 일그러졌다. 라트의 주변에 묵직하게 감도는 어둠의 마력은 결코 만만히 볼 만한 것이 아니었다.

'이게 도대체…….'

라트에게서 죽음의 그림자가 지워졌다. 이미 죽은 것처럼 시꺼멓게 변했던 그의 피부는 아직은 그 색이 옅었지만 점차 불그스름하게 변하고 있었다.

어느새 들쭉날쭉 부풀어 오르던 칠흑검은 이제 얌전해져 있었다. 여전히 가늘게 떨리고 있었지만, 대부분의 넘쳐나는 힘들을 라트의 내부로 쏟아 부었기 때문에 안정을 찾아가고 있었다.

이윽고 밀실의 진동은 완전히 그쳤다. 자욱하게 주위를 감싸 안았던 어둠도 사라졌다.

무거운 침묵이 밀실에 감돌았다. 그 폭풍과도 같았던 기운이 몰아치던 곳이라고는 상상하기 어려울 정도로 무겁고 긴 침묵.

그 침묵을 깬 것은 텔리시아도 아니었고 라트도 아니었다.

그그그그그긍!

밀실 내부를 쩌렁쩌렁 울리는 소음과 함께 밖으로 통하는 문이 열리기 시작했다. 새어 들어오는 빛이 너무나도 찬란해서 텔리시아는 그만 눈살을 찌푸렸다.

"무슨 짓을 저지른 것이냐."

열린 문에서 마르타스가 백색으로 타오르는 검을 들고 걸어오고 있었다. 그의 목소리는 무시무시할 정도로 날카로웠고 피부가 따끔거릴 정도로 짙은 살기를 줄기줄기 흘리고 있었다.

"무슨 짓을 저지른 것이냐고 물었다."

마르타스의 얼굴이 악귀처럼 변해 갔다. 밀실을 가득 메우고 있던 그 불길한 기운이 이제는 온데간데없었다. 그리고 무엇보다 붉은빛으로 번쩍이던 보석과도 같았던 봉인석이 박살이 난 채 빛을 잃고 사방에 나뒹굴고 있었다.

그가 목숨을 버려서라도 지켜야 할 것이 이제는 존재하지 않았다. 믿을 수 없는 현실이 지금 눈앞에 펼쳐져 있었다. 분노로 번뜩이는 마르타스의 눈동자가 봉인석과 가장 가까운 곳에서 칠흑색 검을 들고 있는 사내에게 향했다.

"죽이겠다."

나직한 선고였다.

"네놈을 갈기갈기 찢어 죽여 버리겠다!"

살의를 불태우며 마르타스의 몸이 빗살처럼 쏘아져 나갔다.

한없이 맑아야 할 그의 마음속에 혼돈이 일었고 끝없는 분노가 솟구쳤다.

마르타스가 엄청난 속도로 달려오자 텔리시아는 급하게 끌어모은 힘을 개방하려고 했다. 그런데 그때 그의 뒤쪽에 있던 성기사들이 일제히 빛줄기를 날리면서 텔리시아를 견제했다.

콰콰쾅!

빛줄기가 터지면서 신성력이 사방으로 몰아쳤다. 구멍을 열면서 몸에 걸린 부담 때문에 아직 그녀의 움직임은 굉장히 느렸다.

"으으읏!"

신성력의 폭풍 속에서 날아간 텔리시아는 거친 신음을 내면서 땅바닥을 나뒹굴었다. 이런 상태인 그녀가 1단계 개방을 했다고 해서 마르타스의 앞을 막을 수는 없을 것이다.

그러는 사이 마르타스의 몸은 이윽고 라트의 지척까지 들이닥쳤다.

"라트!"

텔리시아의 뾰족한 고함이 울렸다.

라트는 아무런 반응도 없이 그저 가만히 서 있었다.

적이 무방비 상태라는 걸 알았지만 마르타스는 멈추지 않았다. 번개처럼 찔러가는 그의 검은 무방비한 라트의 몸을 그냥 꿰뚫고 말 것이다. 그 누구도 그것을 의심치 않았다. 거친 금속음이 울려 퍼지기 전까지는 말이다.

카아앙!

"흡!"

검이 막혔다.

마르타스의 눈이 더욱 서늘해졌다. 검이 막히자 그의 살심은 극한까지 치솟았다.

"죽여 달라고 애원하게 해 주마!"

마르타스의 검이 점이 되어 몰아쳤다. 안개 장벽을 부수기 위해 몰아쳤던 그의 성명, 섬영(閃影)이 마르타스의 손에서 펼쳐졌다.

이번에야말로 적을 죽이고 말 것이다. 빗살처럼 쏘아지는 자신의 공격은 저 왜소한 체구의 악마를 형태도 알아볼 수 없게끔 찢어 버릴 것이다. 그러나 또다시 이변은 일어났다.

『여기서 죽을 수 없어.』

또랑또랑한 말투지만 감정이 묻어나지 않는 목소리가 마르타스의 귓가에 울렸다.

돌연 섬영의 엄청난 속도에 맞서 라트의 몸이 빠르게 돌았다. 그리고 그의 오른손에 쥐어진 검이 마르타스의 공격에 비할 만큼 빠른 속도로 찔러오는 공격을 튕겨내기 시작했다.

콰카카카카카카캉!

금속음이라고 하기 어려운 격렬한 폭발음과도 같은 소음이 밀실을 지배했다.

라트가 마르타스의 공격을 막아내는 모습을 본 텔리시아도 경악을 금치 못했다. 그리고 뒤쪽에 있던 성기사들 역시 마찬가지였다.

"다, 단장님의 공격이!"

바로 그 순간이었다.

"끄어억!"

그들 중 가장 뒤쪽에 있었던 성기사가 별안간 숨을 껄떡이는 소리를 냈다.

"아, 아니!"

검은빛으로 일렁이는 거대한 검이 성기사의 배를 뚫고 튀어나와 있었다.

"네, 네놈이 어떻게……?"

"테, 테리칼 경께서 아, 악마에게 당하셨단 말인가?"

성기사들이 경악하고 있을 때, 거대한 문을 통해 피투성이의 엉망진창이 된 드리카스가 성기사의 뒤쪽에서 모습을 드러냈다.

"혹, 혹……."

텔리시아도 미처 드리카스에 대한 생각하지 못했는지 그가 나타난 것에 놀라고 있었다.

『그 인간을 상대로 여기까지 오다니…… 대단하다, 드리카스.』

『별말씀을, 인간 따위에게 쓰러질 만큼 약하지는 않습니다.』

그렇게 허세를 부려 보는 드리카스지만 조금 전의 일격이 먹혔다는 것이 신기할 만큼 그의 몸 상태는 최악이었다. 검을 들고 있는 손이 덜덜 떨리고 있으니까 말이다.

'더는 버티기 힘들다.'

하지만 아직 두 명이나 남은 상황.

텔리시아도 숨을 고르면서 일어났다.

성기사들의 당황했던 눈이 천천히 침착하게 변했다. 동료가 생각지도 못하게 당하자 당황하기는 했으나 그들의 눈에 비친 드리카스의 상태도 결코 좋지 않았다.

"놈도 정상은 아니로군."

두 명의 성기사들이 거리를 벌리면서 검에 빛을 내뿜었다.

'빌어먹을.'

천천히 거리를 벌린 드리카스는 숨을 고르기 시작했다. 두 명의 성기사를 상대할 수 있을까? 자칫하다가는 강제 계약 파기와 같은 최악의 상황이 올지도 모른다. 그런 작은 불안이 스멀스멀 피어오르고 있을 때였다.

"흐읍!"

갑자기 뒤쪽에서 느껴지는 오싹한 감각에 드리카스는 몸을 거칠게 돌리며 검을 휘둘렀다.

후와아악!

푸욱!

"끄으윽!"

드리카스의 입에서 울컥 피가 튀어나왔다. 맹렬하게 허공을 가른 그의 검은 아무것도 베지 못했다. 대신 그의 옆구리에는 백색으로 이글거리는 검이 박혀 있었다. 그대로 관통한 검.

피를 울컥 토하면서 드리카스는 자신을 뒤쪽에서 공격한 적을 노려보았다.

"네놈……."

드리카스는 피를 토하면서 이를 뿌드득 갈았다.

갈색의 짧은 머리칼이 마치 맹수의 갈기 같았다. 더없이 차가운 눈으로 엉거주춤 쓰러지기 직전의 모습으로 서 있는 드리카스를 내려다 보는 적의 눈에는 일말의 주저도 없었다.

푸확!

"크악!"

그대로 검을 횡으로 거칠게 베어 내자 드리카스가 통성을 내지르며 쓰러졌다. 뱃가죽이 찢어져 버렸다. 울컥 피를 토하면서 배를 움켜쥐고 있는 드리카스는 이제 싸울 몸이 아니었다.

"편히 죽지는 못할 것이다."

나직하게 중얼거리는 사내의 태도는 실로 무시무시했다.

"드, 드리카스!"

엄청난 속도로 드리카스의 뒤로 나타난 사내의 얼굴을 알아본 텔리시아는 창백하게 질린 얼굴로 입술을 깨물었다.

드리카스가 지배하고 있는 바렌트의 몸이 정상인 상태에서도 막아 낼 수 있을지 없을지 의문인 날카로운 공격이었다. 엉망진창인 드리카스가 그 공격을 막아낼 수 있을 리가 없었던 것이다.

"살아 있었단 말이냐."

"어둠이 물러가는 일이 있을지언정, 빛이 어둠에 물러나는 일은 없다."

차갑게 대꾸한 베이론은 이글거리는 검을 들고 천천히 마르타스와 격전을 벌이고 있는 라트에게 시선을 돌렸다. 곧 그의 뒤로 다수의 성기사들이 포진했다.

"이, 이럴 수가. 보, 봉인석이……."

그들을 이끌고 있는 레이막스는 믿을 수 없다는 얼굴을 하고 밀실의 내부로 시선을 옮겼다. 봉인석이 있었던 곳과 가장 가까운 곳에서는 마르타스와 어떤 인물이 싸우고 있었다.

"봉인석을 부쉈단 말이냐-!"

레이막스의 입에서 흥분된 목소리가 터져 나왔다. 이윽고 그의 몸이 튀어나갔다. 쓰러진 드리카스도, 한쪽에 엎어져 있는 텔리시아도, 그의 눈에는 들어오지 않았다. 명안(名案)이라는 이름이 무색할 만큼 머리끝까지 분노가 치밀어 올랐다.

『죽고 싶지 않아.』

작고 연약한 목소리가 울려 퍼졌다.

『부서지고 싶지 않아.』

한 번도 들어 본 적은 없지만 익숙한 목소리, 천천히 눈을 뜬 라트는 눈앞에 떠 있는 작은 눈동자를 볼 수 있었다.

어디서 봤더라?

굉장히 익숙한 눈이다.

"여긴 어디지?"

라트의 목소리가 느릿하게 수십 번에 걸쳐 메아리쳤다.

『죽고 싶지 않지?』

"그래."

물음에 라트는 그렇게 대답했다. 조금 전까지 멍했던 의식이 조금씩 또렷해 지기 시작했다. 항상 죽음을 목전에 두고 있는 라트다. 죽음이라는 의미가 무엇을 뜻하는지는 잘 알고 있었다. 별안간 가까이 지냈던 사람들의 얼굴이 하나둘씩 스쳐 지나갔다.

"죽을 순 없어, 아직 아무것도 못했어."

번개가 치는 것처럼 번쩍하고 라트의 눈앞으로 피를 토하며 서 있던 텔리시아의 모습이 스쳐 지나갔다.

"지크로트!"

그 악마가 원하는 대로 휘둘리기만 했으니까 절대 죽을 수 없다. 죽는 것은 복수가 끝난 이후다. 모든 죄와 벌은 복수가 끝난 이후에 받아야 한다.

점차 강렬해지는 집념이 이내 주위를 불태우기 시작했다. 새까만 어둠에 휩싸였던 주위가 점차 밝혀지기 시작하자, 둥

둥 눈만 떠 있던 상대의 모습이 보인다.

"너는……."

『내 이름은 뭐지?』

라트는 눈살을 찌푸렸다. 그의 눈앞에 있는 것은 이미 수십 번, 수백 번도 더 휘둘러 왔던 검이었다. 그의 죄악의 증명인 지크로트.

하지만 라트는 지금 눈앞에 있는 검이 지크로트가 아니라는 것을 느낄 수 있었다.

"네 이름은……."

홀린 것처럼 라트는 천천히 다가갔다. 불길 속에서 땅에 박혀 있는 검은 여전히 눈을 천천히 굴리며 라트를 똑바로 바라보고 있었다. 라트도 처음으로 검을 똑바로 바라보았다.

"너는 지크로트가 아니구나."

『나는 당신에 의해서 만들어진 존재. 오로지 라트에 의해서 존재하는 자아.』

지금 눈앞에 존재하는 것은 라트의 영혼이 만들어 낸 그의 분신이었다.

"그런가."

천천히 칼자루에 손을 얹은 라트는 손을 타고 전해지는 저릿한 감각에 눈을 질끈 감았다.

"라겔."

예전에 읽었던 낡은 책의 이야기, 여행을 떠나던 주인공의 곁을 지켰던 동료의 이름을 불현듯 떠올린 라트는 자연스럽게 중얼거렸다.

『라겔…….』

라겔이라는 그 이름으로 처음 불린 검의 나직한 중얼거림과 함께 라트의 몸이 위로 끌려가기 시작했다.

번쩍!

이윽고 눈을 뜬 라트는 쏟아지는 빛의 폭풍 속에서 살의를 품고 그에게 검을 휘둘러 오는 자들을 보았다.

악귀의 얼굴이 된 채 그를 몰아붙이는 마르타스, 그리고 뒤쪽에서 덤벼오는 레이막스.

그들의 이름을 라트는 모른다. 그저 그들의 영혼이 내지르는 부르짖음을 느낄 뿐, 그리고 그 와중에 라트는 저 멀리서 차가운 눈으로 그를 노려보는 한 사람의 눈을 보았다.

베이론.

모든 것이 느리게 흘러가던 그때, 라트의 눈에 불꽃이 치밀었다.

"베이로오오온!"

흰자에서 천천히 물러가던 어둠이 다시금 스멀스멀 기어 나왔다. 가장 깊숙한 곳에서부터 타오르는 불길은 검은 벼락을 일깨우고 그 힘을 깨운다.

"우아아아아아아아아아!"

라겔을 들고 있는 오른쪽 팔뚝에 검은색 연기가 치솟았다.

마르타스의 검을 완벽하게 막고 있었던 라트의 몸이 갑자기 멈춘 것이었다. 그것을 방심이라고 여겼음인가.

"이제 죽어라!"

마르타스가 고함을 내지르면서 그대로 찔러 들어왔다.

아무도 라트의 오른팔에 깃들기 시작하는 강대한 힘이 발루토의 검은 벼락일 것이라고는 생각지 못했다.

파지직!

작은 방전 현상과 함께 주위로 거센 바람이 몰아쳤다. 번개처럼 찔러 오는 마르타스의 몸마저 뒤흔들 만큼 거친 바람이었다.

그때까지도 나설 생각을 하지 않고 있었던 베이론의 눈이 부릅떠졌다. 그리고 그와 동시에 뱃가죽을 잡고 헐떡이던 드리카스의 눈동자도 더없이 커졌다.

'저, 저건!'

죽을힘을 다해 드리카스는 옆으로 몸을 날렸다. 베이론 역시 마찬가지였다.

"피해애애앳!"

문밖의 구석 틈으로 그가 몸을 날리는 순간에도 뒤쪽의 성기사들은 그 연유를 알지 못했다. 그들이 죽음을 맞이한 이유는 그저 예견하지 못했기 때문이었다.

주위를 잠식하는 벼락이 칠흑색 검을 타고 튀어나왔다. 그것은 일렁이는 불꽃 같은 모습으로 마르타스의 왼팔을 찢어발졌고 달려오는 레이막스를 삼켰다. 그리고 그때까지도 미처 몸을 날리지 못했던 성기사들을 대번에 삼켜 버렸다. 거대한 맹수가 미약한 인간을 한입에 삼킬 때가 이러할 것이다.

쿠콰콰콰콰콰!

개방된 검은 벼락은 거기서 그치지 않았다. 벽을 꿰뚫고 지반을 뒤흔들며 이윽고 제1공동의 한쪽 바닥을 뚫고 튀어나와 그대로 천장에 직격했다.

쿠콰콰쾅!

"우아아악!"

제1공동에 남아 있던 전투 신관들은 하늘로 치솟던 어둠의 빛이 사라진 지 얼마 지나지 않아 하늘을 꿰뚫을 것처럼 날아가는 검은빛의 번개에 몸을 움츠렸다.

콰콰콰쾅!

이윽고 검은 벼락은 지상을 꿰뚫고 하늘 위로 치솟았다. 지상에서의 비명과 통성, 그리고 악에 찬 고함이 제1공동으로 흘러들기 시작했다.

검은 벼락을 쏘아낸 라트는 몸을 떨어 댔다. 다시금 그릇으로 어둠의 마력이 차오르고 있었지만, 조금 전의 일격으로 상당한 힘을 소비했음은 틀림없었다.

『이곳에서 벗어나야 해.』

라겔이 경고했다. 그러나 라트는 그 말에 조금도 귀를 기울이지 않았다. 분노로 끌어올린 감당할 수 없는 어둠의 마력에 사로잡혀 있었던 것이다.

라트의 영혼 깊숙한 곳에 자리 잡은 검은 벼락에는 자아가 없었다. 그저 성질만이 있을 뿐이었다. 조금 전, 실로 오랜만에 파괴의 권능을 흩뿌렸다. 검은 벼락은 라트의 육체를 소생시키는 것보다 파괴의 권능을 발현하는 것에 가닥을 잡았다.

그럴 수밖에 없었다. 본래 검은 벼락은 파괴의 권능이니까.

지금 라트를 억제할 수 있는 것은 아무것도 없었다. 지크로트는 발루토의 예상을 초월한 힘에 애를 먹으면서 이 세계에 신경을 쓸 수가 없었고 텔리시아의 힘으로는 지금의 라트를 막을 수 없었다.

라겔은 즉시 라트의 내부로 들어가기 시작했다. 그리고 검은 벼락을 달래기 시작했다. 하지만 검은 벼락은 라겔의 어설픈 자아가 막을 만한 것이 아니었다.

이곳은 라트의 내부에서 타오르는 불꽃을 더욱 부채질하는 요소가 너무나도 많았다. 영혼이 혼돈을 머금고 있는데 검은 벼락이 멈출 리가 없었다.

라겔은 별수 없이 라트의 내부에서 웅크리고 있던 지크로트의 힘을 깨우기 시작했다. 오로지 지크로트만이 일으킬 수 있는 그 힘을 모두는 아니지만 일부분은 끌어올릴 수 있었다. 라겔의 자아는 라트에게서 탄생하였지만, 근원은 지크로트에게서 탄생하였기 때문이었다.

오르베니를 바치는 것으로 얻은 광포한 지크로트의 힘 일부가 일어나자 날뛰던 검은 벼락이 우뚝 멈추고는 다시 안으로 들어가기 시작했다. 그릇으로 들어오려고 하는 이질적인 힘에 대항하기 위함이었다.

그 사이 라겔은 라트의 몸을 이끌었다. 그의 의지로 끌어낸 지크로트의 힘은 검은 벼락에 금세 잡아먹히고 말 것이다. 그 사이에 라트를 이곳에서 빼내야 했다.

라트의 몸이 검은 벼락이 만들어 낸 파괴의 길을 타고 쏜살같이 튀어나갔다.

라트의 어마어마한 힘에 경악을 금치 못하고 있던 텔리시아는 라트가 별안간 이상한 모습으로 멈췄다가 갑자기 튀어나가자 그제야 그를 멈춰야 한다는 생각을 했다.

'더 이상 힘을 남발하면 라트의 육체가 망가지는 게 아닐까?'

그때까지도 지크로트가 이제 라트에게 관여하지 못하고 있음을 깨닫지 못했던 텔리시아는 안이한 판단을 해 버렸다.

'어떻게 라트를 막지?'

지금 그녀에게는 저런 무시무시한 힘을 가진 라트를 막을 힘이 없었다.

그녀가 잠깐 주저한 사이 라트는 검은 벼락으로 만든 파괴의 흔적을 통해 모습을 감추었다.

텔리시아가 당황하여 몸을 벌떡 일으켰다. 저릿한 고통에 눈살이 절로 찌푸려졌다.

"라, 라트!"

그녀의 뾰족한 고함이 울려 퍼졌다. 그러나 그것은 라트에게는 닿지 않았다.

라트는 순식간에 공동을 지나 첨탑에서 빠져나왔다. 첨탑을 중심으로 아직까지 치열한 싸움이 계속되는 마족들과 성역을 지키는 수호자들의 싸움을 뒤로한 채 라트는 이윽고 아제릴에서 그 모습을 감추었다.

제6화
성전의 점화

라트가 사라진 이후 상황은 급변했다. 수적으로 열세였던 첨탑을 지키는 성기사들이 무너짐에 따라, 곧 검은 벼락이 뚫은 구멍과 계단을 통해 마족들이 흘러들어 오기 시작했다.

펠레우피와 제2성기사단의 단장 레이라비의 분전에도 불구하고 그것은 어찌할 수 없는 거대한 흐름처럼 성역을 물들였다.

"흐아아악!"

성기사들이 이내 빠르게 쓰러지기 시작했다. 주축을 이루던 제2성기사단의 전력이 크게 감소했고 레이라비는 피가 끓는 목소리로 퇴각을 명할 수밖에 없었다. 결국 그 순간 첨탑으로 향하는 입구가 열린 것이나 다름없었다. 그러나 마족들은 안에서 더 치열한 싸움을 벌여야만 했다.

라트의 검은 벼락이 쏟아지면서 제1성기사단과 제4성기사단의 태반이 제2공동의 첨탑에서 사라졌지만 뒤늦게 안쪽으로 향하던 제3성기사단과 조우하고 만 것이다.

제2공동에서 두 명의 남작이 이끄는 마족군단과 제3성기사단은 격전을 벌이게 되었다. 그러는 사이 제2성기단의 퇴각을 지휘하던 레이라비가 후방에서 돌연 달려드는 남작 급 마족 세 명의 합공에 견디다 못해 이내 죽고 말았다.

"우아아아아아아아아!"

그 모습을 본 펠레우피가 눈에 불을 켜고 달려들면서 세 명의 마족 중 두 명을 단숨에 처치했다. 그러나 철린이라는 이름이 무색할 만큼 그의 전신에는 깊은 검상이 생겼다.

그 틈을 놓치지 않고 또 다른 두 명의 남작 급 마족과 수많은 마족들이 그에게 달려들었다. 그런데 바로 그때 성기사들의 저돌적인 반격이 시작되면서 남작 급 마족 한 명이 펠레우피의 검에 목이 떨어져 나가면서 나머지 한 명의 남작 급 마족도 한발 물러설 수밖에 없었다.

하지만 그것도 잠시였다. 펠레우피는 머리를 잃은 제2성기사단을 이끌고 냉정한 판단을 해야 했다.

"아제릴 제2성기사단은 이곳에서 물러난다!"

카카캉!

"크악!"

쫓고 쫓는 추격 속에서 마족들의 피해와 성기사들의 피해가 점점 커져갈 무렵, 드디어 제2성기사단은 외곽 쪽으로 빠져나왔다.

더 이상 중앙첨탑으로부터 멀어지는 게 무의미하다고 판단한 것인가, 마족들은 모두 돌아갔다. 그때쯤 이미 펠레우피를 따르는 제2성기사단의 수는 다섯 명이 채 되지 않았다.

"크으으윽!"

더는 마족들이 뒤를 쫓지 않는다는 사실을 안 펠레우피는 피눈물을 흘리면서 손이 찢어져라 주먹을 말아 쥐었다.

"결코 용서하지 않겠다. 모두 죽이고야 말겠다!"

울분에 찬 그의 나직한 외침에 그의 뒤로 포진해 있는 성기사들이 나직하게 고개를 숙였다.

펠레우피가 패배의 쓴맛을 느끼고 있는 동안, 봉인석이 있었던 밀실에 있는 텔리시아는 아제릴에서 어떻게든 빠져나갈 궁리를 하고 있었다.

검은 벼락의 힘 앞에 제1성기사단은 거의 전멸해 버렸고 마르타스는 왼팔을 잃은 채 쓰러졌다. 지금 그녀를 막을 적은 없었다.

"제리카는 어떻게 됐지……?"

"당했습니다."

바렌트는 테리칼을 끝낸 직후, 제리카의 숨이 멎어 있던 것을 확인했다. 마르타스가 내뿜는 신성력의 여파가 제리카의 몸속에 머무르고 있던 드리카스의 힘을 모조리 불태우면서 그의 생명까지 단숨에 삼켜 버린 것이다.

텔리시아는 씁쓸한 표정으로 고개를 끄덕였다. 그리고 서둘러 이곳을 빠져나갔다. 이미 제1성기사단이 검은 벼락 앞에 산화되어 버렸다고는 하나 생존자는 분명히 있을 것이다.

무엇보다 이렇게 난리가 벌어졌으니 더 우르르 몰려오는 것도 이상하지 않은 일이었다.

"이곳에서 빠져나가게 가만 놔두지 않겠다."

나직이 텔리시아와 드리카스에게 향하는 경고의 목소리가 울렸다. 문의 가장 자리에서 천천히 흙먼지와 상처투성이인 성기사가 걸어 나왔다.

텔리시아는 눈살을 찌푸렸다.

"끈질기군."

"성역을 더럽히고도 살아남을 수 있을 것이라고 생각했단 말이냐!"

베이론은 악마 둘과 그의 사이에 생긴 파괴의 흔적을 보면서 분노를 불태웠다. 그 악마가 이렇게 지독한 일을 벌일 것을 알고 있었다면 그가 죽는다고 해도 놈만은 반드시 죽였을 텐데.

처음 걸레짝이나 다름없던 라트와 조우했을 때를 떠올린 베이론은 내심 입맛이 썼다. 그러는 사이 파괴된 벽 너머에서 성기사 세 명이 부스스 일어났다. 베이론과 텔리시아가 내뿜는 적의가 그들을 깨우고 만 것이다.

텔리시아는 일이 점차 좋지 않게 꼬이는 것을 느끼면서 서서히 힘을 개방하기 시작했다. 몸이 온전한 상태는 아니지만 여기서 죽어 줄 만큼 순순하지는 않다. 다행히 주종의 사슬이 더없이 느슨한 상태였다.

드드득!

텔리시아의 귀 위로 검은 뿔이 치솟았다. 서서히 일어난 성기사들은 지금 이곳에서 일어난 광경을 보면서 경악을 금치 못했다. 살아남은 이들은 그들뿐이었다. 명예롭게 성역을 수호하는 제1성기사단의 일원들이 이제는 그들밖에 남지 않았다.

그들의 분노는 상상을 초월했다. 라트가 사라진 이상 그들의 분노는 남은 텔리시아 와 드리카스에게 향했다.

텔리시아의 주변에 마력이 일렁이기 시작했다. 드리카스는 찢긴 뱃가죽을 아직 치유도 하지 못한 채 천천히 호흡을 가다듬으며 싸울 태세를 했다.

일촉즉발의 상태.

바로 그때, 텔리시아의 눈가에 기묘한 이채가 떠올랐다. 그녀의 입가에 어색한 미소가 감돌았다.

베이론은 더는 기다리지 않고 몸을 날렸다. 그의 몸이 늘어지듯 텔리시아에게로 쏘아졌다.

"아쉽군."

텔리시아의 작은 중얼거림. 그녀는 즉시 손을 땅에 댔다.

"또 걸릴 줄 아느냐!"

베이론이 고함을 내지르며 빠르게 옆으로 몸을 틀었다.

"적을 태워 삼켜라, 크로티엣!"

카랑카랑하고 맑은 목소리가 뒤쪽에서 울렸다. 어둠의 손아귀를 피한 베이론은 예상하지 못했던 방향에서 날아오는 흑염구에 눈을 부릅떴다.

콰아앙!

"감히!"

곧 세 명의 성기사들이 일제히 달려들었다. 그들의 검에서 일제히 빛줄기가 쏟아졌다. 텔리시아가 급하게 흑환을 날렸고 드리카스 역시 검은빛을 날리면서 대응했다.

콰콰콰쾅!

폭발이 일어나고 검은 연기가 사방으로 몰아쳤다.

"흐아압!"

후와악!

연기를 베어 내면서 들이닥친 성기사들은 의아한 표정을 감추지 못했다. 그리고 그것은 베이론 역시 마찬가지였다.

그는 연기 속에 텔리시아 와 드리카스의 모습이 보이지 않는 것에 눈살을 찌푸리면서 한곳으로 고개를 돌렸다.

검은 벼락이 가른 구멍!

"크으윽!"

뒤쪽에서 날아든 공격. 설마 조력자가 있었단 말인가, 베이론의 얼굴이 일그러졌다. 펼쳐진 어둠으로 거칠게 몸을 날린 베이론은 이를 뿌드득 갈았다.

참으로 시기가 적절했다고 하는 것은 이럴 때를 두고 말하는 것이리라. 발트몰은 검은 벼락이 하늘 높이 치솟는 순간, 불길함을 직감하고는 바로 아르니와 함께 검은 벼락의 흔적을 타고 달려온 것이다.

이미 그쯤 펠레우피는 외곽 쪽으로 후퇴한 상황이었고 나머지 마족들은 안쪽으로 들어가서 다른 성기사들과 격돌하는 중이었으니, 그의 앞을 막는 것은 아무것도 없었다. 그리고 그는 곧 텔리시아가 내뿜는 마력을 느꼈다.

『텔리시아 님, 제가 왔습니다.』

앞에는 베이론, 뒤에는 성기사 셋, 그리고 언제 깨어날지 모르는 마르타스.

사면초가에 빠져 있던 텔리시아를 구원하는 목소리였다. 텔리시아는 그래서 웃고 만 것이었다. 여기서 발트몰이 나타날 줄은 그녀도 예상하지 못했던 일이니까.

텔리시아의 속박과 아르니의 흑염구가 동시에 날아들면서 먼저 베이론을 교란시키고 그다음 뒤의 성기사는 일부러 요란한 폭발을 일으키는 공격으로 맞대응하는 것으로 시야를 한정

시킨 것이었다.

그 결과 재빠른 발트몰의 움직임으로 순식간에 텔리시아 와 드리카스는 그곳에서 빠져나올 수 있었다.

"인간의 전력이 이렇게 대단할 줄은 몰랐습니다."

빠르게 몸을 날리는 발트몰의 품에서 텔리시아는 고개를 끄덕였다. 아무리 그녀의 힘이 묶여 있다고는 하나 1단계 개방이면 자작 급에 해당하는 힘이었다. 그것으로도 둘을 상대하기는 어려웠고 더군다나 마르타스와 일대일 대결은 벅찼다.

'성기사라고 하는 인간들이 강한 줄은 대충 알고 있었지만…….'

직접 체감한 것과 예상하던 것과는 차이가 있었다.

"라트는 어디에 있지?"

그때 나직한 아르니의 물음에 텔리시아의 얼굴이 딱딱해졌다. 그녀의 목소리는 떨리고 있었다. 아르니의 물음에 텔리시아는 그녀의 눈을 똑바로 바라보지 못했다.

"라트는 어디에 있느냐고 묻잖아!"

"라트는……."

텔리시아는 울 것 같은 얼굴로 입술을 깨물었다. 그녀가 무슨 대답을 할 수 있을까. 그녀는 또다시 죄인이 되었다. 라트를 위한 일이었다고, 감히 그녀는 변명할 수도 없었다.

어쩔 수 없었다고, 라트를 지키기 위해서는 그럴 수밖에 없었다고, 깊숙한 텔리시아의 마음 한구석에서 그러한 속삭임이 끊임없이 흘러나왔다.

라트는 또 죽을 뻔했다. 그것이 지크로트 때문이라고 하더라도 텔리시아의 잘못이 지워지는 것은 아니었다. 그렇기 때문에 텔리시아는 침묵을 지켰다.

"아무렇지도 않지?"

"……."

"잠깐 떨어진 거야, 그렇지? 어디에서 만나기로 한 거야?"

"……."

이윽고 발트몰이 지상으로 나왔다. 밖은 안과 조금도 다를 것 없이 피비린내가 진동했다. 텔리시아는 살짝 눈을 크게 떴지만, 곧 알 만한 상황이라는 생각을 했다.

아제릴을 빠져나가는 발트몰의 품에서 아르니는 이윽고 울음을 터뜨렸다.

"죽지는 않은 거지, 그렇지?"

"……."

"당장 그렇다고 말해! 그럴 리 없잖아!"

"그래, 죽지 않았어. 죽지…… 않았을 거야."

텔리시아의 대답은 모호했다. 그 무시무시한 힘은 라트처럼 인간의 몸으로 감당할 만한 것이 아니었다. 하지만 그녀의 목소리에서 희망을 보았음인가, 아르니는 계속 흘러내리는 눈물을 닦았다.

"살아 있으면 곧 만날 수 있을 거야. 같은 하늘 아래 있으니까……, 그리고 같은 길을 걸어가고 있으니까. 죽었을 리 없어, 죽었을 리 없어!"

아르니의 굳건한 대꾸에 텔리시아는 놀란 얼굴로 그녀를 보았다. 하지만 그 말과는 달리 아르니는 여전히 눈물을 흘리며 어떻게든 울음이 새어나오지 않게 입술을 틀어막고 있었다. 그 모습에 텔리시아는 고개를 숙였다. 그녀의 눈가에서도 조용한 눈물이 흘러내렸다.

드리카스도 발트몰도 아무런 말도 하지 않았다. 그저 가만히 눈동자 속에 불을 키웠다.

봉인석의 파괴, 그리고 검은 벼락의 힘.

아제릴 봉인석 파괴의 주역들은 모두 그 자리를 떠났다. 이제 그들이 떠난 장소에 남은 것은 하이에나들뿐이다.

"끄아아악!"

"카악!"

"악마가 감히!"

분노와 고함, 증오와 욕망이 뒤섞인 지하 공동의 뒤편에서 가만히 모든 상황을 지켜보고 있던 크로칸 남작은 무미건조한 눈으로 한곳을 바라보고 있었다. 마치 기둥처럼 천장을 떠받들고 있는 것 같은 모양의 탑.

"이거 참, 꼴이 난처하게 되었군."

"갑자기 무슨 말씀이십니까?"

“나도 기감이 많이 녹슬었나 보군, 여기까지 와서도 알아채지 못하고 있었다니.”

자조 어린 남작의 말에 디라엘이 고개를 숙였다.

“무슨 말이십니까?”

“너는 못 느꼈느냐?”

“무슨 말씀이신지…….”

디라엘의 말에 크로칸 남작은 차가운 미소를 그렸다.

“발루토 님은 이제 이곳에 안 계신다.”

“그, 그게 무슨 말씀이십니까?”

디라엘은 그 큰 덩치에 어울리지 않게 당황한 표정을 지었다. 지금 그의 말은 앞에서 싸우고 있는 마족들이 피를 흘릴 이유가 조금도 없다는 것을 뜻하기 때문이었다.

“그 말씀은 애초에 이곳에는…….”

“아니, 그것은 아니지. 조금 전에 놓쳤을 뿐이야. 우리보다 먼저 선수를 친 자가 있다는 얘기다.”

“선수를 치다니요? 발루토 님의 힘을 말씀하시는 겁니까?”

디라엘의 물음에 크로칸 남작은 대꾸하지 않았다. 조금 전까지 그의 입가에 떠올라 있던 미소가 빠르게 지워졌다.

‘설마 했는데 조금 전의 그것은 역시 발루토 님의 파괴의 권능이었나.’

잠깐 침묵을 지키던 크로칸 남작은 다시 중얼거렸다.

“혹은 발루토 님께서 깨어나신 것인지도 모르지.”

디라엘의 얼굴이 굳어가는 가운데 크로칸 남작은 입꼬리를 말아 올렸다.

"어느 쪽이든 재밌어졌어."

봉인지역 아제릴.

성역의 수호자들에 의해 철통같이 지켜지고 있을 그곳이 겨우 하루 만에 엉망진창이 되고 말았다. 대외적으로는 대대적인 악마들의 침공이 있었던 것으로 알려졌다. 불가피하게 봉인석의 파괴에 대한 것도 밝힐 수밖에 없었다.

그 외의 자세한 사항은 고위급 인사들에게만 알려졌지만 아제릴 성기사단의 타격은 실로 막대한 것이었다.

제1성기사단, 궤멸. 부단장 휘하 단원들 전원이 전사. 오로지 살아남은 것은 단장인 펠레우피 뿐이다.

제2성기사단, 다섯 명 생존. 단장 휘하 부단장 전원 전사.

제3성기사단, 제2공동에서 크로칸을 비롯한 남작 급 마족이 이끄는 세 개의 군단을 맞서 장렬하게 싸웠으나 부단장을 비롯한 성기사들 전원 전사.

제4성기사단, 단장과 부단장을 비롯한 단원들 전원 전사.

이 자세한 정보는 몇 개월이 지난 뒤에야 정리된 것이었다.

당시 아제릴이 최악의 상황으로 치닫고 있음을 가장 먼저 알아차린 것은 북쪽에서 대기하고 있던 린메이스 백작이었다. 고르올리아 후작의 하명으로 아제릴에 입성한 그들은 아제릴에 심상치 않은 일이 일어나고 있음을 깨닫고 즉시 후작에게 보고를 올렸다. 아제릴에서 일어난 이 충격적인 사실은 수도까지 급보로 전해졌다.

악마들의 침공. 교황청이 발칵 뒤집히고 대교구의 추기경들이 경악했다.

신성제국 아트라도엥의 모든 시선이 파르칼 령, 아니 정확하게는 아제릴로 향했다.

"성전이다! 악마가 기어 나왔다! 이것은 광명께서 우리에게 내리시는 시험! 성전으로 놈들을 완전히 무찔러야 한다!"

교황청의 교인들은 하나같이 광기에 찬 목소리로 외쳤다. 그것은 대다수의 추기경이 그러했고 그런 그들의 가장 앞에서 있는 자가 바로 헬파스텐 추기경이었다.

이번 일의 발단은 헬파스텐 추기경이 진행한 토벌령에서 비롯된 일이라고 해도 과언이 아니었다. 어중간하게 있다가는 정적들에 의해 단숨에 악마와 엮여 버린다. 그리고 그 후에 찾아오는 것은 파멸이다. 그래서 헬파스텐 추기경은 먼저 움직였다.

이 믿을 수 없는 사태에 대한 보고를 들은 후, 헬파스텐 추기경은 경악하며 즉시 펜게른 령에서 토벌령을 진행하고 있는 파토르를 움직였고, 쥬아튼 령의 공작에게 파르칼 령과 이어지는 모든 곳을 모조리 틀어막으라는 하명을 내렸다.

'파르칼 령은 이제 버릴 수밖에 없다.'

속으로 이를 뿌득뿌득 갈고 있을 때였다.

"아무래도 분위기를 보아 아제릴과 그 인근이 악마의 소굴로 지정될 것 같사옵니다."

빌라이엔 상위관이 급하게 달려와 그의 앞에서 한쪽 무릎을 굽혔다.

"그렇겠지."

"추, 추기경님."

헬파스텐 추기경의 목소리는 지극히 낮고 침착했다. 오히려 그의 그러한 태도에 빌라이엔 상위관은 걱정 어린 얼굴이 되었다.

이번 일을 자칫 손 놓고 방관했다가는 큰 화를 피하기 어렵다. 지금 헬파스텐 추기경이 나서서 이번 일로 이교도와 악마의 결탁이 확실하다는 것은 주장하고 있었지만, 추기경 중에서도 가장 입김이 강한 아즈라브 추기경이 그를 모함하고 나서기라도 한다면 끝이었다.

"파르칼 령은 버린다."

"예, 예?"

"버릴 수밖에 없어, 이미 파르칼로 이어지는 전역을 막으라는 하명을 내린 상태다."

"하지만 파르칼 령은……."

하나의 지방에 이만한 지배력을 보이는 추기경은 한 손에 꼽을 정도로 몇 되지 않았다.

굴바엔 지방은 헬파스텐 추기경의 지배력이 대단히 공고한 곳으로 쥬아튼을 필두로 주위의 펜게른, 마르비엔, 루자트, 일라드, 그리고 마지막으로 파르칼까지 모조리 그의 힘이 닿는 영역이라고 봐야 했다. 그것은 다시 말하면 그의 영향력이요, 발언력이었다. 그중 파르칼을 버린다는 것은 제 살, 아니 제 뼈를 깎는다는 의미였다.

헬파스텐 추기경이 눈을 싸늘하게 빛냈다.

"지금 여기서 과감한 모습을 보여야 한다. 결코 머뭇거리는 모습, 어중간한 모습을 보여서는 안 돼."

"하지만 파르칼은 비옥한데다가 큰 땅이옵니다. 에즈리다디아로 이어지는 남서국경 수비를 맡은 곳으로 그곳을 포기하시면 상당한 자금력을 잃게 될 것이옵니다. 그뿐만이 아니라 아직 그곳에는 성기사들이……."

"성기사들을 포기할 수는 없지. 하지만 그 외에는 다 포기해야 한다."

그의 격한 말투와는 달리 그의 목소리는 이상하리만큼 냉정했다. 그것은 지금 그가 지금 이 일이 인생에 당면한 최대의 문제라는 것을 제대로 알고 있었기 때문이다.

"그나마 다행인 것은 교황청에서도 이번 아제릴에 대해 토벌령을 개입시킨다는 이야기를 허가했다는 것이다. 그 사실은 아즈라브 추기경이 알려왔고 말이야, 아즈라브 추기경만이 이 일을 허가했었다면 이 일은 내게 있어 최악의 경우가 되었겠지만, 교황청까지 얽혀 있는 이상 내게로 모든 죄가 쏟아지지는 않을 거야."

상황은 좋지 않았지만, 최악까지는 아니었다. 하지만 빌라이엔 상위관은 여전히 뒷맛이 씁쓸한 기색이었다. 가지고 있던 것을 토해 내려니 영 뒷맛이 개운치 않은 것이다. 그런 그의 심중을 헬파스텐 추기경이 모를 리 없었다.

"뱉어 낸 것은 시기를 봐서 다시 삼키면 그만이야. 중요한 것은 지금 이 시국을 잘 넘기는 것이다."

"알겠사옵니다."

"그리고 이번 일에 정말로 악마가 개입한 것인지 아닌지는 알 수 없지만, 확실하게 그 뿌리를 뽑아 낼 필요가 있다. 악마가 다시 이 세상에 나타나는 것은 좋지 않은 일이니까 말이야."

신성제국의 입장으로 볼 때, 아제릴의 성기사들을 그렇게 많이 잃은 것은 분명히 통탄할 만한 타격임이 분명했다. 그러나 그들을 실질적으로 지배하고 있는 헬파스텐 추기경의 입장에서는 그렇지도 않았다.

"그러고 보니 조금 전에 보고 받은 사안 중에 아제릴의 성기사들에 대한 보고가 너무 적은 것 같군, 생존한 성기사들은 어디에 있다고 하던가?"

"예, 일단 알려진 바로는 봉인의 땅 인근에서 계속해서 소규모 접전을 벌이고 있는 것으로 파악되옵니다. 그 외에는 거의 알려진 사안이 없는 상황이옵니다. 그들은 거의 독자적으로 움직이고 있는 상황으로 자세한 정보를 알기 위해서는 좀 더 많은 정보조직을 움직여야 할 것으로 사료되옵니다."

"그런가, 그럼 정보 조직을 파르칼에 집중시키도록. 지금 파르칼의 일은 어느 것 하나 허투루 넘겨서는 안 되니까 말이네."

"예, 알겠사옵니다."

현재의 아트라도엥의 정권은 오랜 시간 고인 물. 그것에 비유하면 옳을 것이다. 이 일은 그에게 최대의 위기였지만 동시에 큰 기회일지도 몰랐다.

수면 아래로 천천히 내부적으로 곪아서 썩어가고 있던 신성제국 아트라도엥에 서서히 바람이 불기 시작했다.

그 미풍은 종래에 폭풍이 될 것이다.

교황청에서 내려진 대대적인 명령과 함께 파르칼로 이어지는 각 영지의 경계가 철통처럼 막혔다. 거의 전시 수준으로 모든 병력이 그곳을 지키게 되었다.

펜게른, 쥬아튼, 일라드.

불과 일주일이 채 지나기도 전에 파르칼은 완전히 고립된 것이다. 거기다가 그와 동시에 고르올리아 후작과 린메이스 백작들을 비롯하여 각 영지에 대한 철저한 조사가 들어가게 되었다.

상황이 이렇게 흘러가다 보니 가장 난감한 상황에 빠져 버린 것은 은십자 기사단 제3십자대였다.

사태가 이렇게 흘러가기 전, 아제릴의 봉인석이 깨졌다는 것과 함께 악마들이 나타났다는 사실을 보고받은 가슈인의 얼굴이 하얗게 질렸음은 말할 것도 없었다. 이렇게 일이 터져 버리면 그 이후에 어떻게 진행될 것인지는 말하지 않아도 뻔한 일이었다.

가슈인이 결단을 내리지 못하는 사이에 파르칼은 고립되었다. 이미 선택하기엔 늦은 감이 있었지만 가슈인은 계속해서 선택을 강요받고 있었다. 제피린을 포기하느냐, 그렇지 않으면 이곳에서 일어나느냐, 전자든 후자든 가슈인의 입장에서는 큰 타격이 아닐 수 없었다.

"일이 이렇게 흘러갈 줄이야……."

이번 일이 설마 라트에 의한 것이라고는 상상하지도 못한 가슈인은 입맛이 썼다. 왜 하필 이런 시기에 그것도 하필이면 이곳에 악마들이 나타나서 걸림돌이 되는 것인지…….

그가 생각해 왔던 궁극적인 목표를 볼 때, 분명히 지금의 상황은 언젠가 벌어질 일이었다. 그러나 그것은 모든 준비가 완료되었을 때의 얘기다. 지금처럼 불완전할 때가 아니었다. 여기서 모든 기반을 잃고 마는 것인가. 평소에는 팽팽 돌아가던 그의 머리도 지금은 꽉 막혔다.

바로 그 무렵이었다.

하늘은 아직 가슈인을 버리지 않은 것인지 며칠 뒤에 급하게 도착한 보고를 받아든 그는 그 자리에서 벌떡 일어났다.

"이것은 확실한 사실인가?"

"예! 사실입니다!"

가슈인의 입가에 천천히 미소가 걸렸다.

"악마들이 그 아제릴에 둥지를 틀었단 말이지."

보고서에 있는 것은 제피린과 그리 떨어지지 않은 곳, 그리고 모든 사건의 중심인 아제릴에 악마들의 모습이 보인다는 것이었다.

"하하핫!"

가슈인은 낮게 웃었다. 메마른 웃음이 그의 집무실을 울렸다. 그렇게 한참을 웃던 그의 웃음이 언제 그랬냐는 듯 딱 멈추었다.

"좋아, 이곳은 가슈인이 멈출 곳이 아니라는 말이지."

그의 눈이 날카롭게 번뜩였다.

아이러니하게도 악마의 느닷없는 출현 때문에 목을 졸리던 가슈인이 악마들 덕분에 살길을 찾게 된 것이다.

"실바레티와 간부 전원을 불러 모아라."

"옛!"

부하가 물러가자 가슈인은 가만히 턱을 괴었다.

이제부터 제3십자대가 살기 위해서 진행시켜야 하는 일에 대해 세세한 것들을 머릿속에서 짜맞춰 가기 시작했다.

'악마라도 철저하게 이용해 주마.'

가슈인은 마른 입술을 천천히 핥았다.

* * *

바람이 뺨을 스쳤다.

아트라도엥에 부는 바람을 일으킨 폭풍의 눈은 어둠을 맹렬하게 가르며 나아갔다. 머리는 산발이었고 눈에는 초점이 없었다. 이미 다 해진 로브를 입은 그는 나무와 나무 사이를 맹렬하게 달려 나갔다.

목적지는 아무도 모른다. 심지어 어디론가 달려 나가고 있는 그조차도 모른다.

우거진 수풀 사이로 보이는 것은 별이 총총히 박힌 하늘. 얼핏 둥근 달이 그의 머리 위로 쏟아지지만 지금 그는 그러한 것을 보지 못했다.

그렇게 얼마나 달렸을까. 육체는 지칠 대로 지쳐 있었다. 피로한 기색이 드러나지 않았지만 반쯤 열린 입으로는 끊임없이 숨을 몰아쉬고 있었다.

당장에라도 피를 토할 것 같은 모습으로 달려 나가던 그는 이윽고 산 하나를 넘어 평평한 초원과도 같은 들판 사이로 나왔다.

총총한 별 하늘 아래 그는 이윽고 그 자리에서 멈추었다.

싸아아아–

바람이 불어왔다. 흙먼지로 더러워진 머리칼이 거칠게 휘날렸다. 쏟아지는 달빛 속에서 가만히 서 있던 그는 이내 천천히 그 자리에서 무너졌다.

그대로 쓰러진 그는 천천히 오른손에 쥐고 있던 칠흑의 검을 땅에 꽂았다. 그리고 지친 몸을 대지에 눕혔다.

생명으로 가득 찬 대지는 그를 그저 아무 말 없이 안아 주었다. 표정이라고 할 만한 것이 없었던 그의 얼굴에 천천히 부드러운 빛이 떠올랐다.

포근한 대지의 품속, 라트는 그곳에 있었다.

*　　*　　*

파르칼 령에 어둠이 드리웠다. 아제릴에 둥지를 튼 악마, 그리고 이들에 대항하기 위해 급히 결성된 신성군단 양진은 진격과 후퇴를 거듭하면서 싸움을 이어가고 있었고 그렇게 시간은 유수처럼 흘러가고 있었다.

바야흐로 성전의 불꽃이 점화된 것이다.

라트의 몸속에 있는 지크로트의 힘, 그리고 발루토의 힘이 맞부딪쳤다. 그 여파 때문에 라트의 입가에 주룩 피가 흘러내렸다.

쾅!

다시금 두 개의 힘이 격돌했다.

"끄으으윽……."

신음이 흘러나오고 몸을 까뒤집기를 수십 번 이윽고 라트의 입에서 비명이 흘러나왔다.

"으아아아아아아악!"

시꺼먼 기운이 사방팔방으로 폭사하면서 주위의 땅거죽을 뒤집고 나무를 무너뜨렸다.

'괴롭다!'

라트를 지배하고 있는 것은 오로지 그것 하나뿐이었다.

근육과 혈관이 터질 것처럼 맥동하고 목이 찢어져라 비명을 얼마나 질러 댔을까, 라트의 눈동자가 흰자만을 보이며 뒤집혔다. 간헐적으로 발작하는 라트의 전신에서 무시무시한 기운이 몰아쳤다.

그대로 우뚝 일어난 라트의 몸 주변에서 새까만 기운이 일렁였다.

"크아아아아!"

괴성을 내지른 라트의 몸이 빗살처럼 쏘아져 나갔다. 자신도 모르는 방향이었다. 바로 그때 라트의 감각에 사람의 기척이 감지되었다.

눈을 홱 돌린 라트는 콧바람을 내뱉었다. 무엇이든 당장 파괴해 버리고 싶은 충동이 몰아쳤다.

'악마, 악마다!'

그 순간 라트의 눈에 조그마한 산간 마을이 교단의 병사들이 쉬는 막사처럼 보였다.

"모두 죽여 버리겠다!"

뇌성 같은 고함을 내지른 라트는 끓어오르는 힘을 검에 집중했다.

『진정해! 그들은 교단의 병사가 아니야, 라트!』

라트의 내부에서 몰아치는 지크로트의 힘과 발루토의 힘 사이에 파묻히고만 라겔이 뒤늦게 간섭을 했지만 지금 라트의 파괴 충동을 막을 수는 없었다.

이윽고 칠흑검에 막대한 양의 어둠의 마력이 밀집되었다.

"흐아아아아아아아아아아아!"

칠흑검에 맺힌 이글거리는 검은빛이 방전하는 것과 동시에 노도처럼 쏟아졌다. 목표는 한눈에 보이는 작은 산간 마을이었다.

콰지지지지지지지지지—!

오싹!

소름끼치는 감각이 크로칸 남작의 오감을 지배했다. 광포한 파괴의 권능, 그 감각이었다. 그는 이 힘을 그 누구보다 잘 알고 있다고 자신했다.

"동쪽이군."

동쪽으로 눈을 돌린 크로칸 남작의 눈이 매섭게 빛났다.

"발루토 님이십니까?"

눈을 감고 항상 가만히 앉아 있던 크로칸 남작이 1개월 만에 눈을 뜨고 말문을 열자 그의 곁을 지키던 디라엘이 물었다.

"발루토 님께서 깨어나셨는지 아니면 발루토 님의 힘을 가진 존재가 움직였는지는 아직 알 도리가 없다."

크로칸 남작은 천천히 일어섰다.

"아직 불완전하기는 하나 검은 벼락의 힘이었다."

"검은 벼락."

디라엘이 마른침을 삼켰다. 그 무시무시한 파괴의 권능이 이 세상에 다시 나타났다는 것이 큰 흥분과 동시에 두려움을 안겨 주었다.

"동쪽이다. 검은 벼락의 힘의 잔재가 사라지기 전에 그곳으로 간다."

"예, 그럼 군단은 어떻게 하시겠습니까?"

"따를 자들만 데리고 간다. 그 외에는 필요 없다."

"예."

크로칸 남작은 주저 없이 동쪽으로 몸을 날렸다. 그는 다른 남작들이 벌이는 일에 장단을 맞추면서 이곳에 눌러 있을 생각이 없었다.

그는 인간들의 저력을 절대로 얕잡아 보지 않았다. 그 무시무시한 마족인 발루토가 봉인석에 갇히는 처참한 꼴을 면치 못한 것은 바로 사람의 힘을 얕보았기 때문이었다.

"어디로 가려는 것이지?"

아제릴의 동쪽 문을 향해 빠르게 달려 나가던 크로칸 남작은 그의 앞을 막는 이의 얼굴을 보았다.

"동쪽으로 간다."

"여태 가만히 있던 크로칸 남작께서 갑자기 무슨 바람으로 동쪽으로 가는 거지?"

"그 이유를 말해 줘야 할 이유가 있을까. 시벤토라 남작."

"호호, 그 이유를 꼭 말해 줘야 할 이유까지는 없지. 그저 궁금해서 물어본 것뿐."

"어차피 이해관계가 일치해서 같이 있었던 우리가 아닌가. 이해가 맞지 않으면 자연히 멀어지게 되어 있지."

"실로 마족다운 말씀이군."

시벤토라 남작은 매혹적인 미소를 지으며 천천히 길을 비켰다.

크로칸 남작이 막 그녀의 곁을 스쳐 가는 순간이었다.

"발루토 님께서 돌아오기라도 하셨나?"

"글쎄."

크로칸 남작은 그 대꾸를 끝으로 아제릴의 성문을 가볍게 열었다.

바람이 밀려 들어왔다.

아직도 크로칸 남작의 감각 끝자락에는 검은 벼락의 기운이 남아있었다.

몸을 날린 크로칸 남작은 곧 그 흔적도 찾을 수 없었다. 그리고 크로칸 남작의 뒤로 수십의 그림자들이 뒤따랐다.

시벤토라 남작은 크로칸 남작이 모습을 감춘 방향을 가만히 응시했다. 아무리 크로칸 남작의 이름 아래 뭉친 군단이라고 해도 이렇게 많은 수가 그를 뒤따르다니.

동쪽에 무슨 일이 일어나고 있는 것은 틀림없으리라.

그것은 그녀도 조금 전에 미약하게나마 느꼈던 그 감각과도 연관이 있을 터였다.

마족의 이동속도는 타의 추종을 불허한다. 감히 사람에 비할 바가 아니고 말에도 비할 바가 아니다. 바람에 흩날리는 연기처럼 엄청난 속도로 몰려드는 그들의 속도는 전장에서도 무서운 장점이 된다. 그렇기 때문에 아제릴 침공 때도 첨탑에서 흘러나오는 발루토의 힘을 느끼고 그토록 빨리 모습을 드러냈던 것이다.

몇 시간이 흘렀고 새벽이 밝아오기 시작했다.

그때쯤 이미 크로칸 남작은 일라드의 남서쪽 산간으로 모습을 감춘 이후였다.

말로 반나절을 뛰어야 도착할 만한 거리를 고작 몇 시간 만에 주파한 것이다. 그야말로 말의 두 배를 웃도는 이동속도였다.

험한 안타디아 동쪽 산세를 단숨에 타고 오르는 크로칸 남작의 모습은 흐릿한 그림자처럼 보였다.

마침내 해가 천천히 떠오르면서 어둠이 물러가기 시작했을 때, 비로소 크로칸 남작은 아직 주변으로 일렁이는 짙은 어둠의 마력의 영역 안으로 들어올 수 있었다.

'대단하군.'

온몸의 감각이 곤두서는 감각.

수백 년이 지나도 잊을 수 없는 압도적인 힘에서 비롯되는 위압감이 크로칸 남작의 전신을 옭아맸다.

검은 벼락이라고 하기에는 절반도 되지 않는 감각이지만 그렇다고 완전히 부정할 수도 없는 힘이었다.

숲을 나와 지금 이 주변을 뒤덮고 있는 힘의 근원을 향해 몸을 날린 그는 어렵지 않게 검은 벼락이 남긴 파괴의 흔적을 볼 수 있었다.

치지직-

손을 갖다 대자, 크로칸 남작의 어둠의 마력에 반응하면서 미처 지워지지 않은 파괴의 힘이 일어났다.

"검은 벼락……."

흥분 어린 목소리로 내뱉은 그때였다.

멀찍이서 짙은 어둠의 마력이 사방으로 폭사하는 것이 그의 기감에 잡혔다.

크로칸 남작은 주저하지 않고 몸을 날렸다.

지금 이 검은 벼락의 주인이 발루토인지 아니면 다른 누구인지 궁금해서 참을 수가 없었던 것이다.

거리를 단숨에 좁힌 그 순간이었다.

슈우욱!

"흠!"

돌연 날아드는 시꺼먼 기운에 몸을 비틀면서 빠르게 피한 크로칸 남작은 땅에 거칠게 착지했다.

검은 머리칼을 늘어뜨린 왜소한 체구의 사내는 크로칸 남작에게 적의를 쏟아 냈다.

눈앞의 존재가 전신을 통해서 내뿜는 것은 검은 불꽃은 증오였다. 백 년 전, 마계에서나 느꼈을 그 맹렬한 증오의 소용돌이가 지금 눈앞에서 휘몰아치고 있었다.

바로 그때 그의 주변에 일렁이는 검형들이 일제히 크로칸 남작을 향해 날아들었다.

단칼에 죽이겠다는 필살의 의지가 느껴졌다.

콰콰콰쾅!

크로칸 남작에게 날아든 검형은 그를 맞추지 못하고 땅에 처박혔다.

대지에 꽂힌 검형이 흩어지면서 마력의 폭풍이 주위를 뒤덮었다.

크로칸 남작의 눈이 싸늘하게 변했다. 저런 식의 싸움은 결코 마족의 전투법이 아니다. 그리고 그 말은 눈앞의 상대가 인간임을 말하고 있었다.

'어떻게 인간이 검은 벼락을?'

그러한 의문은 길게 이어지지 않았다. 다시금 수십 개의 검형이 그를 향해 날아들고 있었던 것이다.

"흐아아압!"

그의 기합성과 함께 주위로 반구형의 기운이 사방으로 몰아치면서 검형을 모두 밀어냈다.

콰콰쾅!

어마어마한 마력이 폭풍처럼 주위로 몰아쳤다.

희뿌연 연기가 사방으로 치솟는 순간 크로칸 남작이 그 사이를 튀어나왔다.

검은 벼락을 가졌다고는 해도 크로칸 남작을 무찌르지 못한다면 아무것도 기대할 수 없다는 얘기다.

그래서 그는 전력을 다했다. 그의 전신에서 막대한 양의 검은 기운이 일렁이며 일어났다.

"진짜 악마인가?"

검은 머리칼 사이로 싸늘한 미소가 맺혔다.

콰아아앙!

맹렬하게 쏟아지는 크로칸 남작의 공격을 막아낸 것은 다름아닌 검이었다. 칠흑색의 기괴한 형태를 한 검.

'인간이 만든 것이 아니군!'

쿠구구구구궁!

인간을 상대로 이렇게 고전하고 있다는 것이 믿기 어려웠다.

크로칸 남작은 한층 더 기세를 올렸다. 묵직한 어둠의 마력이 사방으로 넘실거렸다. 검은 안개와도 같은 기운이 주위를 침식했다.

오른손에 맺히는 기운은 이제 선명한 검은빛을 내뿜었다. 그러자 칠흑의 검에서도 마찬가지로 선명한 검은빛이 일렁였다. 그것이 시사하는 바가 컸다. 눈앞의 존재가 어둠의 마력을 쓸뿐더러 남작 급 이상의 실력자라는 사실이었다.

아니, 그 정도가 아니다. 크로칸 남작의 실력은 남작 급으로 설명할 수 있는 정도가 아니니까 말이다.

"네놈의 정체가 무엇이냐!"

상대가 성기사였다면 납득이라도 할 만하다. 극성의 신성력으로 그러한 경지를 깨우친 인간들은 많지는 않더라도 꽤 있는 편이니까. 하지만 같은 어둠의 마력을 다루는 눈앞의 적은 마족이 아니라 인간이었다.

"악마다."

"뭐라?"

그 순간 칠흑의 검이 덜덜 떨리기 시작했다.

선명하게 타오르는 검은빛이 점차 커졌고 그것은 주위로 검형을 만들어 내기 시작했다.

쓰스스스스!

"이익!"

크로칸 남작과 힘을 겨루는 와중에도 이런저런 위력적인 기술을 쓸 정도로 여유가 있단 말인가.

어떻게든 뒤로 물러나야 했다. 한순간 힘을 끌어모으려던 찰나였다.

열 개의 검형이 그대로 크로칸 남작을 향해 날아들었다.

"하압!"

쩌저저정!

힘을 일거에 내뿜으면서 튕기며 동시에 왼손으로 검형을 밀어냈을 때였다.

"죽어라."

나직한 목소리가 크로칸 남작의 귓가에 울려 퍼졌다. 그의 날카로운 눈동자가 적의 동태를 확인했다.

파지지지지지직!

어느새 몸 뒤쪽으로 쭉 빠진 검신에서 이 세상 그 어느 것보다 어두운 심연의 검은빛이 공간을 찢어발기듯 사납게 방전하고 있었다.

'검은 벼락!'

크로칸 남작의 두 눈이 휘둥그레 커졌다.

그 위대한 파괴의 권능이 눈앞 인간의 손에서 펼쳐지고 있었다. 극도의 쾌감이 그의 뇌리를 지배했다. 이대로 소멸할지도 모른다는 두려움과 위대한 파괴의 권능을 다시 볼 수 있다는 흥분이었다.

피할 수 없다.

시간이 느리게 흘러가는 것처럼 찔러 들어오는 칠흑색 검은 그의 몸을 찢어발기고 말 것이다.

"남작님!"

우렁찬 외침과 함께 어둠의 마력이 일렁이며 날아들었다. 디라엘의 외침이었다. 디라엘이 혼신의 힘을 다해 날린 공격은 크로칸 남작에게 빠르게 날아들었다.

"음!"

디라엘의 공격이 설마 자신에게 날아들 것이라고는 생각지도 못했기에 크로칸 남작은 눈을 부릅떴다.

쩡!

반사적으로 방어를 위해 마력을 끌어올린 순간, 디라엘이 날린 공격은 단숨에 와해되고 말았다. 하지만 적과의 싸움에서 마력을 있는 대로 끌어올리고 있는 참이었기에 그의 방어는 허술했다.

크로칸 남작의 몸이 그대로 옆으로 밀려 나갔다.

절체절명의 순간, 놀랍게도 디라엘의 공격으로 크로칸 남작은 검은 벼락의 범위에서 벗어났다.

검은 벼락이 날아들기까지 고작 찰나의 순간 검은 벼락이 그들 사이를 맹렬하게 갈랐다.

콰지지지지지지직!

천지가 진동하는 듯한 굉음이 모든 것을 지배했고 방전하는 검은빛의 번개는 천지간을 휩쓸면서 파괴했다.

그 와중에 숲 한쪽 귀퉁이에서 마족 여섯 명이 튀어나왔다.

"으아아아아!"

그들은 그저 약간 재수가 없었을 뿐이다. 하필이면 검은 벼락이 날아든 방향에 있어서 그들은 소멸할 수 밖에 없었다.

그 누가 검은 벼락을 피할 수 있고 방어할 수가 있단 말인가. 하늘을 뚫을 것처럼 위로 치솟은 검은 벼락은 이윽고 자연으로 화하면서 거센 폭풍을 일으켰다.

그 무시무시한 위용에 크로칸 남작은 물론 디라엘과 다른 마족들 역시 눈을 부릅뜨지 않을 수가 없었다. 저 어마어마한 힘을 막을 수 있다는 생각은 전혀 들지 않았던 것이다.

크로칸 남작의 전의는 완전히 꺾이고 말았다.

그가 마족 중에서도 뛰어난 전투력을 가지고 있다고는 하나, 조금 전의 공격을 감히 막을 생각은 할 수 없었던 것이다.

"검은 벼락……."

크로칸 남작은 무릎을 꿇었다.

그가 유일하게 무릎을 꿇고 충성을 맹세했던 발루토, 그리고 이제는 그의 파괴의 권능을 이어받은 라트 앞에서 말이다. 그가 인간이든 아니든 그런 건 그에게 별로 중요하지 않았다.

조금 전까지 매섭게 공격해 오던 자가 돌연 무릎을 꿇고 고개를 숙이자 라트의 눈이 싸늘하게 번뜩였다.

"네놈은 마족……."

그것은 조금 전까지 주고받은 공격에서 충분히 알 수 있었다. 그들의 공격에는 하나같이 맹렬하게 이글거리는 검은빛이 일렁이고 있었던 것이다. 그것의 성질은 라트의 힘과 정확히 일치했다.

크로칸 남작이 무릎을 꿇자 디라엘도 무릎을 꿇었고 그의 뒤로 나열한 수십 명의 마족 역시 모두 무릎을 꿇었다.

그들의 그러한 행동을 라트는 이해할 수 없었다.

"무슨 꿍꿍이냐? 날 향해 덤벼들던 놈이 어째서 갑자기 이따위 짓을 하는 거지?"

"발루토 님의 흔적을 쫓아 이곳까지 오게 되었습니다. 위대한 파괴의 권능을 직접 눈으로 목격하였으니 무릎을 꿇는 것은 당연합니다."

크로칸 남작은 아직까지 흥분이 채 가라앉지 않은 목소리로 말했다. 조금 전의 싸움으로 그는 라트의 실력을 가늠해 볼 수 있었다.

그가 본 모습으로 돌아간다고 해도 좁힐 수 있는 힘의 차이가 아니었다. 그 검은 벼락만으로도 충분히 알 수 있었다.

애초에 크로칸 남작은 발루토의 힘을 취하려는 생각은 눈곱만치도 하지 않았다. 그저 발루토가 다시 이 세상에 재림하기만을 원했을 뿐.

"발루토 님의 검은 벼락을 이어받으신 당신의 이름은 무엇입니까?"

검은 벼락을 인간의 몸으로 받아들인 것은 크로칸 남작의 상식으로는 영원히 이해할 수 없을 문제다.

그러나 이미 그의 상식을 벗어난 일은 눈앞에서 일어났다. 받아들이든 받아들이지 않든 라트는 앞으로 그 파괴의 권능으로 세상에 혼돈을 가져올 것이다.

"나는 계약 따위는 하지 않는다."

"어찌 감히 검은 벼락의 주인과 계약을 할 수 있겠습니까? 저를 비롯한 이곳의 어느 마족도 그럴 힘은 없습니다."

크로칸 남작은 감히 계약이라는 말을 입에 담기도 송구스럽다는 듯 고개를 깊이 숙였다.

"그럼 왜 내 눈앞에 나타난 거지? 검은 벼락의 힘을 빼앗으러 왔나?"

그 순간 라트의 눈에서 다시금 적의가 일렁이며 아직까지 가시지 않은 증오의 불길이 다시금 활활 타올랐다.

"아닙니다, 제게는 검은 벼락을 다스릴 힘이 없습니다. 그 힘은 이제 온전히 당신의 것입니다."

검은 벼락은 이제 눈앞에 있는 인간의 손에 들어갔다. 그리고 그 인간은 이곳의 그 어떤 마족들도 감히 할 수 없는 일을 해내 보였다.

"그렇다면 내게 뭘 바라는 거냐?"

"당신을 따르고 싶습니다."

라트의 눈이 가늘게 변했다.

"검은 벼락이 불태울 것은 무엇입니까?"

크로칸 남작은 고개를 들어 라트의 얼굴을 보았다.

라트는 주위를 둘러보았다. 이제 이곳에는 그들을 빼곤 어느 누구도 살아남은 사람이 없다. 라트의 이글거리는 검은 분노가 그것을 용납하지 않았던 것이다. 그의 증오에 타오르던 눈이 차갑게 식어 갔다.

라트가 주체하지 못한 분노 때문에 죄 없는 마을 사람들이 죽임을 당했다. 아무리 제정신이 아니었다고 해도 그가 이 마을에 가져온 죄악은 그 어떤 말로도 용서받을 수 없다. 그로 인해서 이 평화로운 마을이 이렇게 되어 버렸으니 말이다.

지독한 죄악감과 동시에 밀려드는 자괴감.

"어째서, 어째서!"

『그건 네 잘못이 아니야. 그건 모두 우릴 이렇게 만든 자들의 잘못이야.』

라겔이 급히 말했다. 그러자 라트의 일그러졌던 눈동자 깊은 곳에서 불길이 치솟았다.

"그래, 이건 내 잘못이 아니야. 나를 이렇게 만든 모든 것, 나의 것을 앗아간 모든 것, 나의 소중한 사람들을 앗아간 모든 것! 모든 건 놈들의 죄악으로부터 시작된 것이다!"

처음에는 조용했던 그 목소리는 이내 조금씩 커졌고 종래에는 산을 쩌렁쩌렁 울리는 천둥과도 같은 소리가 되었다.

이글거리는 그의 감정에 따라 어둠의 마력이 일렁이면서 주위로 몰아쳤다.

그가 내뿜는 파괴적인 기운에 크로칸 남작은 밀려드는 흥분을 감출 수가 없었다. 오랜 시간을 기다려 왔다. 200년이 넘는 그 긴 시간 동안 오로지 이때만을 기다렸다고 해도 과언이 아니었다.

쿠구구구궁!

"프로트 교단, 그리고 신성제국. 모든 기틀을 무너뜨리고 위에서 군림하는 모든 자를 없애겠다."

입 밖으로 흘러나오는 감정은 이곳의 모든 마족을 압도했다.

라트의 속에서 휘몰아치는 강렬한 감정의 소용돌이는 그야말로 혼돈이었다. 그들은 그것을 피부로 느끼고 있었다.

"당신의 수족이 되어 따르겠습니다."

라트의 이글거리는 눈동자가 그에게 닿았다. 곧 그의 입가에 싸늘한 미소가 맺혔다.

"크큭, 좋다. 악마가 악마 위에 군림하는 것이다. 이상한 일은 아무것도 없다. 피로 점철된 길에 악마들이 걷는 것뿐이다. 그리고 그 피는 교단의 피가 될 것이다."

"로펜빌 크로칸, 당신을 따르겠습니다."

"디라엘 라트론, 크로칸 남작님을 따라 당신을 따르겠습니다."

그들을 시작으로 수십 명의 마족들이 앞다퉈 라트의 앞에 무릎 꿇기를 희망했다. 그들에게 있어 강자에게 무릎을 꿇는 일은 조금도 부끄러운 일이 아니다.

그들은 본능에 충실한 자들이다. 인간에게 무릎을 꿇는다는 것에 대한 자존심보다도 그가 내부에 품고 있는 혼돈에 더욱 매료되어 있었다.

라트는 검을 천천히 내려놓았다.

지독한 피로가 밀려들고 있었다. 조금 전에 펼친 검은 벼락은 처음에 펼쳤던 것에 비해서 훨씬 그 위력이 모자랐다.

당연히 그럴 수밖에 없었다. 그의 총체적인 마력이 지금 일으킬 수 있는 최대 파괴력의 검은 벼락 한 번을 발사할 수 있는 정도이다. 거기서 무리하게 남은 마력으로 검은 마력을 일으켰으니, 그 위력이 제대로 나오지 않는 것은 지극히 당연한 일이었다.

하지만 라트의 기세는 조금도 꺾이지 않았다. 그는 크로칸 남작을 위시한 수십 명의 마족들을 보면서 눈을 싸늘하게 빛냈다.

그가 후세에 어떻게 기록되는지는 조금도 관심 없었다. 그가 세간에 어떻게 불리든지 그런 것 역시 관심 없었다.

그저 모든 것을 무너뜨릴 뿐이다.

제7화
백검의 성기사

Holy War

카카카캉!

"크아아압!"

피로 얼룩진 전투 신관들이 신성력을 모조리 끌어올리며 분전했다.

빛을 내뿜는 검들이 사방에서 번쩍거리며 어둠을 꿰뚫는다. 그 사이로 비명이 울려 퍼지고 피가 튄다.

적이 죽었는지 아군이 죽었는지도 판단하기 힘든 전장.

그들은 그저 눈앞의 악마들을 향해 검을 휘두를 뿐이었다. 그것이 그들의 명예이며 그들만이 할 수 있는 일이었다.

카캉!

힘차게 휘두른 검이 막혔다.

지친 듯 숨을 길게 토해 내던 전투 신관의 얼굴이 그 순간 창백하게 변했다. 그러나 이미 상황을 돌이킬 수 없다.

검을 급하게 빼면서 가슴팍으로 들어오는 적의 공격을 방어하기 위해 아래로 검을 쳐내려는 순간이었다.

콰직!

"끄아아아악!"

왼손이 그대로 뜯겨나갔다.

자세가 무너지면서 피가 사방으로 비산하고 그 순간 적의 공격은 매섭게 빈틈을 노렸다.

푸확!

가슴을 뜯긴 전투 신관은 그대로 절명했다.

"크하핫! 하찮은 인간 따위가 마족을 상대할 수 있겠느냐!"

긴 싸움을 자신의 승리로 마무리 지었기에 마족은 웃음을 터뜨렸다. 하지만 바로 그 순간 맹렬하게 날아드는 빛줄기를 피하지 못한 마족은 그대로 배가 꿰뚫렸다.

퍼억!

"카악!"

숨을 거칠게 들이키는 소리와 함께 악마는 자신의 배가 뚫린 것에 믿을 수 없다는 표정을 지었다. 그러나 곧 치밀기 시작하는 무시무시한 고통에 얼굴을 일그러뜨리면서 괴성을 내질렀다.

그러나 그것은 길지 않았다.

또다시 날아든 빛줄기 하나가 마족의 머리를 그대로 날려버렸다.

쾅!

이 정도로 정교하고 위력적인 실력자는 신성군단 내에서도 그리 많지 않다.

어둠 사이로 옅은 금발을 휘날리면서 한 사내가 걸어 나왔다. 이미 망토는 넝마 조각처럼 해져 있었고 머리 역시 산발이었다. 그러나 그 머리칼 아래로 빛나는 푸른 눈동자는 지독하게도 싸늘했다.

그가 검을 뻗자 곧 그의 주위로 새하얗게 타오르는 검형들이 일제히 일렁이며 만들어졌다.

그것은 이내 수십 개로 쪼개졌다. 어둠을 비추는 수십 개의 검형이 나타난 것이다.

"백검의 성기사……."

멀리서도 알아볼 수 있을 만큼 찬찬한 위용을 뿌리는 그의 검들이 이내 그의 의지하에 맹렬하게 전장 곳곳으로 날아들었다.

콰콰콰콰쾅!

새하얀 검형들이 대지에 폭사하면서 연쇄적인 폭발이 일어났다. 흙먼지들이 사방으로 비산하고 그곳에서는 여지없이 거센 돌풍이 몰아쳤다.

"크학!"

검형이 작열한 곳에서 마족들의 비명이 터져 나왔다. 그가 흩뿌리는 공격은 모두 가공할 만한 위력을 가진 것이었다. 작위를 가지지 못한 마족들이 감히 맞설 만한 것이 아니었다.

그러나 적의 수는 끝이 없었다. 긴 싸움이 지속되는 동안 이미 인간을 초월했다고 전해지는 성기사들도 조금씩 지쳐가고 있었다.

다시금 기운을 뽑아내 검을 휘두른 순간이었다.

"파토르 경!"

우렁찬 외침에 백검의 성기사, 파토르가 눈을 번쩍 떴다.

바로 위에서 무시무시한 기운이 그의 머리를 부수기 위해 날아들고 있었다.

"흐아압!"

흐려지던 파토르의 눈동자에 빛이 번뜩였다.

그의 검이 어지럽게 흔들리며 곧 수십 개의 검형을 만들어 냈다.

스스스스!

"크읏! 빌어먹을!"

검형들이 일으키는 마력의 밀도가 범상치 않음을 느낀 마족이 그대로 기운을 쏘아 날리면서 뒤로 물러났다.

쿠콰쾅!

마력이 부딪치며 폭풍이 일어났다.

파토르는 그 틈을 이용해 거리를 벌리는 적을 놓치지 않았다. 몰아치는 열풍 사이로 그의 푸른 눈동자가 서늘하게 빛났다.

"흐아아압!"

거친 기합과 함께 그의 검이 새하얗게 타올랐다.

돌풍을 단번에 가른 파토르의 몸이 앞으로 쭉 날아올랐다.

허공에 떠오른 파토르의 모습이 발견되자 지상에서 싸우고 있던 마족들의 시선이 일제히 파토르에게 닿았다.

수개월 전부터 마족들 사이에서도 무시무시한 존재가 되어버린 자가 지금 무방비 상태로 허공에 있는 것이었다.

"크압!"

마족들이 일제히 어둠의 마력을 일으키며 기운을 쏘아 날리기 시작했다. 그것이 수십 개에 달하자 그것은 도저히 무시할 수 없는 공격이 되었다.

파토르도 그것을 깨달았음인가. 너무 적진의 한가운데에 들어왔음을 알 수 있었다.

조금 전 그를 공격했던 자는 적어도 남작 급 마족이 틀림없었다. 파토르가 보였던 잠깐의 틈을 그렇게 찔러 들어올 수 있는 실력을 지닌 마족은 그리 많지 않았다.

백열된 그의 검이 덜덜 떨렸다.

"합!"

파토르의 검이 한줄기의 강맹한 빛줄기를 쏘았다.

유형화된 마력이 단단히 집적된 공격이었다. 맹렬하게 날아간 공격은 마족들 사이로 모습을 감추기 직전, 파토르를 공격해 왔던 마족의 등에 적중했다.

콰쾅!

그 순간 파토르는 즉시 몸을 허공에서 튕겼다.

적의 죽음까지 확인할 시간은 없었다.

속도가 확 줄자 파토르의 몸이 지상으로 떨어지기 시작했고 바로 그 순간 공격이 날아들었다.

콰콰콰콰쾅!

"크으으윽!"

파토르의 입가에서 신음성이 흘러나왔다.

마력을 잔뜩 끌어올려 적들의 공격을 막아 내고 있었지만, 그 충격이 이만저만한 것이 아니었다. 이곳에 있는 마족 개개인의 실력은 비록 파토르 정도의 성기사와는 비교할 바가 아니나, 모두 전투 신관과 동급 혹은 그 이상의 전투력을 지니고 있었다.

그들이 쏘아 낸 수십 발의 공격은 제아무리 파토르라도 아무런 피해 없이 막아 내기란 불가능했다. 어둠의 마력이 사방으로 몰아치면서 파토르의 몸 안으로 침투하기 위해 안간힘을 썼다.

그러나 파토르는 이미 수개월을 전장에서 보낸 노련한 성기사다. 그는 신성력과 어둠의 마력이 서로 반발하는 힘을 이용했다. 그 과정이 결코 쉽지 않은지 이마에 핏줄이 툭툭 불거져 나왔다.

쩌엉!

거센 반발력과 함께 파토르의 몸이 튕겨 나갔다.

"아, 아니!"

"놈을 죽여라!"

설마 허공에서 저렇게 반대로 다시 튕겨 나갈 수 있을 것이라고는 생각지도 못한 듯 마족들이 눈을 부릅떴다.

"어딜!"

그들 사이로 전투 신관들과 기사들, 그리고 후방에 있던 병사들이 나서서 싸우기 시작했다.

그러나 곧 병사들이 가장 먼저 쓰러지기 시작했고 이윽고 기사들이 빠르게 무너졌다. 마족들이 지닌 전투력은 일개 병사나 기사들이 감당하기 어려운 것이었다.

병사들은 그저 시간 벌이에 불과했다. 그것은 마족들도, 성기사들도, 그리고 당사자인 병사들도 알고 있었다.

오로지 전투 신관 이상의 실력자들만이 악마를 감당할 수 있다는 것을 말이다. 그러니 더더욱 그들이 나서서 싸워야 했다.

성기사들의 수는 처음부터 그리 많지 않았고 그나마 마족들과 싸울 수 있는 전투 신관들도 시간이 계속 지나면서 그 수가 줄고 있었다.

앞서 나간 신성군단의 병력이 줄어들고 있는 와중에 뒤로 물러선 파토르의 얼굴에는 지친 기색이 역력했다. 수개월간의 싸움으로 그의 얼굴은 파르칼 령에 도착했을 때에 비해 많이 수척해진 모습이었다.

눈도 반쯤 패인 모습으로 이미 한계에 도달했음을 말하고 있었다. 그러나 파토르는 물러서지 않았다.

그가 베어 넘기는 악마의 수가 곧 그의 공로가 된다.

그것을 아는 이상 나태하게 상황을 볼 수는 없었던 것이다.

눈앞의 적을 베어 넘긴다. 그 일념이 그를 바로 서게 하였다.

그의 매끈했던 백색 검은 이제 적의 피로 시뻘겋게 물들어 있었다. 하지만 지금까지 그래 왔던 것처럼 다시금 파토르의 의지에 따라 새하얗게 타올랐다.

바로 그 무렵이었다.

세상을 뒤덮었던 어둠이 조금씩 물러갔다. 그러자 신성군단의 얼굴에 비로소 화색이 감돌기 시작했다. 이 지독한 싸움의 끝이 비로소 보이기 시작했던 것이다.

통이 트자 순식간에 하늘이 푸르게 변했다.

파토르가 다시 마족을 향해 달려들었다. 그의 백색검이 마족들을 유린하고 목숨을 앗아갔다. 이미 그의 검에 의해 수백의 마족들이 족히 쓰러졌을 것이다.

피가 낭자하고 옅은 금발에는 붉은색의 피가 엉겨 붙었다.

입에서는 단내가 나고 귀에는 거친 그의 호흡 소리만이 들렸다.

그야말로 무아의 상태.

오로지 적을 죽이기 위해서 검을 휘두르는 파토르는 날아드는 마족들의 날카로운 손톱과 일렁이는 어둠의 마력들 사이에서 살아 있음을 실감했다.

수십 번도 더 느껴왔던 생과 사의 경계.

그렇게 얼마나 베어 넘겼을까. 마족들이 서서히 물러나기 시작했다.

이윽고 동쪽에서 해가 완전히 떴다. 적과 아군의 시체들이 뒤엉켜 피가 범벅된 대지 위로 찬란한 아침 해가 그 모습을 드러낸 것이다.

푹!

파토르는 검을 천천히 땅에 꽂고 그 자리에 주저앉았다.

물러나는 마족들을 추격하라는 명령은 없었다. 그저 물러가는 마족들을 가만히 바라보고 있을 뿐이었다.

모두가 그 자리에 주저앉았다.

또 하루가 지났다.

봉인의 땅 북쪽지대.

아제릴의 봉인이 풀리고 그곳에 마족군단이 터를 잡은 이후 과거의 명성을 잃었다. 더럽혀진 성역, 악마들의 소굴이 되어 버린 것이다.

수개월 전, 헬파스텐 추기경으로부터 비롯된 토벌령을 시행하러 나섰던 파토르는 바로즈 관령의 은십자 기사단을 격퇴한 이후, 도착한 서신에 즉시 남쪽으로 향했다.

그즈음, 이미 아제릴의 성기사단은 어마어마한 타격을 입고 펠레우피를 중심으로 모습을 감춘 상태였다.

아제릴은 완전히 악마들에 의해 점거되었다.

이후, 토벌대를 이끄는 파토르가 북쪽에서부터 점차 세를 키워 가는 마족군단에 맞서 싸우기 시작하면서 그를 구심점으로 뿔뿔이 흩어졌던 성기사단이 모였다.

그러면서 당시의 정확한 상황이 비로소 교황청에 알려졌고 굴바엔 지방의 봉인이 깨졌다는 것 또한 알게 되었다.

이후, 헬파스텐 추기경의 빠른 대처로 봉인의 땅은 토벌 지역이 되었고 각지에서 병사들이 신성군단이라는 명목으로 계속해서 증원되었다.

봉인이 깨지고 1개월이 채 흐르기 전이었으니, 이쯤 신성군단의 위세가 가장 드높을 때였다.

기존의 토벌대에 비하면 거의 세 배, 네 배에 육박하는 거대한 전력이 모였을 때쯤, 파토르가 필두로 나서서 펠레우피와 살아남은 극소수의 성기사들을 이끌고 아제릴로 진격을 시도했다.

토벌대가 나타난 것에 위기감을 느끼고 세를 부풀리고 있던 마족군단은 밀려오는 강력한 신성군단을 상대로 연전연패를 거듭하게 되었다. 마족군단이 아제릴의 북쪽 성벽까지 밀린 것은 그리 오래 걸리지 않은 일이었다.

승리가 머지않았음을 모두가 실감할 때였다.

그때까지도 모습을 드러내지 않고 있던 남작 급 마족 여럿이 모습을 드러냈고 대대적인 공격을 시도하면서 상황은 크게 뒤바뀌었다.

전세가 한꺼번에 뒤집힌 것은 아니었다.

아주 천천히 가랑비에 옷이 젖듯 그렇게 신성군단은 서서히 뒤로 물러나기 시작했다.

남작 급 마족들의 전투력은 실로 어마어마한 것이었다. 성기사들과의 전면 충돌은 최대한 자제하면서, 그들의 약점을 여지없이 몰아치고 있었다. 그리고 시간이 흐르면 흐를수록 마족들의 전력은 계속해서 커졌다.

그 누구도 모르고 있었던 사실이었다.

발루토가 오랜 시간 잠들어 있던 곳에는 상당량의 짙은 어둠의 마력이 남아 있었다.

그것은 대지 깊숙한 곳에 뿌리 내리고 있는 것이었기에 좀처럼 사라지지 않았고, 마족들이 지금까지도 아제릴에 터를 두고 이렇듯 인간과 대대적인 싸움을 벌이고 있는 이유이기도 했다. 일반 마족들을 마계에서 불러오는 것은 대단히 쉬운 일이다. 그들의 얼마 되지 않는 힘은 경계를 뛰어넘는 데 큰 무리가 되지 않기 때문이었다.

결과적으로 발루토가 남긴 힘의 잔재에 끌린 마족들은 계속해서 증원되고 있었고 그 결과 시간이 지날수록 불리한 것은 신성군단일 수밖에 없었던 것이다.

전투는 계속해서 늘어지고 있었고 진퇴를 거듭하는 매일이 이어지고 있었다.

바로 오늘날 봉인의 땅 북쪽 지역에서 일어나고 있는 싸움이 바로 그것이었다. 계속된 싸움으로 나날이 병력의 손실이 커졌다.

"끝이 없군."

펠레우피가 나직하게 중얼거렸다.

아제릴에서 일어났던 그 참극에 대한 복수심으로 마족을 베어 오던 것도 이제는 서서히 지쳐갔다.

그것은 추후에 증원되었던 다른 성기사들과 전투 신관들 역시 마찬가지였다.

신성군단의 전력은 아직도 막대했다. 성기사는 이제 1개의 기사단으로 편제할 만큼 모였다. 교황청에서 일정 기간을 두고 조금씩 보낸 전력이었다.

여태의 싸움에서 성기사들의 피해는 거의 없다고 봐도 무방했다. 그들은 모두 하나같이 뛰어난 실력자들이었고 스스로 위험을 느끼면 알아서 물러나곤 했던 것이다.

그러나 전투 신관들의 실력은 마족들과 거의 비등했다. 그들 태반이 마족들을 상대하고 있었고 그들이 물러서면 전세가 기울게 되었다. 성기사들의 수가 터무니없이 부족하기에 그들이 아무리 분전해도 겨우 평수를 이루거나 잠깐이나마 약간 더 밀뿐이었다.

성격이 불같고 성기사의 명예를 목숨보다도 더 크게 생각하는 펠레우피마저도 거의 4개월이 넘는 시간의 싸움에 서서히 지쳐가고 있었다.

하지만 그 어느 누구도 앓는 소리는 하지 않았다. 한쪽 구석에서 눈에 띄게 수척해진 파토르가 결코 힘들다는 소리를 하지 않았기 때문이었다.

그는 지금 두 눈을 감고 나무에 기댄 채 휴식을 취하고 있었다.

그 누구보다도 선두에서 생사의 기로에서 싸우는 파토르 앞에서 어떻게 감히 그런 소리를 한단 말인가.

'대단한 인물이다.'

처음 그가 토벌대를 이끌고 신성군단의 지휘를 맡게 되었을 때 내심 그를 무시한 것이 사실이었다. 펠레우피의 나이가 파토르의 두 배에 이르며, 실력 역시 자신이 우위에 있다고 자신했기 때문이었다.

하지만 그러한 호승심은 점차 시간이 흐를수록 사라지게 되었다. 그와 전장을 누비다 보면 자연스럽게 알 만한 사실들이었다. 물론 그뿐만이 아니었다.

'실력이 나날이 진일보하고 있다.'

그의 검술은 대단히 독보적이었다. 펠레우피는 태어나서 단 한 번도 그런 희한한 검술을 본 적이 없었다. 세간과는 등을 지고 살아 온 인물이기에, 그것이 천검의 검술이라는 것을 알 리가 없었다.

중요한 것은 그의 실력은 생사의 기로에서 나날이 진보하고 있었고 처음에 그를 얕잡아 보았던 펠레우피는 이제 가슴 깊은 곳에서 그를 인정하고 따르고 있었다는 것이다.

펠레우피는 천천히 몸을 일으켰다. 극심한 피로 탓에 몸이 천근만근 무거웠지만 더는 미룰 수 없었다.

그는 성큼성큼 파토르에게 다가갔다. 그러자 조용히 눈을 감고 있던 파토르가 천천히 눈을 떴다.

"무슨 일이오?"

"할 말이 있어 찾아왔소."

본래 공식적인 실력의 차이, 그리고 경력의 차이로 봤을 때 파토르는 펠레우피에게 경어를 써야 했다. 결코 이렇게 평대를 해서는 안 됐다. 하지만 지금 파토르의 직책은 신성군단의 지휘관인 군단장이다.

단순히 그 차이를 제외하고서라도 펠레우피는 그의 평대가 기분 나쁘다고 여기지 않았다.

"무슨 할 말인지는 모르겠으나, 잠시 눈을 붙인 후에 회의 때 하는 게 어떻겠소?"

지친 기색이 역력한 태도로 그렇게 말하는 파토르의 모습에 펠레우피는 잠깐 고민하다가 고개를 끄덕였다. 공식적인 자리에서라면 자신의 발언이 더욱 잘 먹혀들 터였다.

약 네 시간가량이 흘러 해가 중천에 떴을 때, 신성군단은 전날 대지에 누운 동료들의 시체를 정리했다. 죽은 마족들을 불태우는 작업이 곳곳에서 행해졌고 타는 냄새가 여기저기에서 진동을 했다.

그 와중에 뒤편에 세워진 막사 안에는 신성군단의 중심 인물 몇 명이 모여 있었다.

간이 탁자의 상석에는 수척한 얼굴의 파토르가 있었다.

"전날의 피해는 어떻게 되는지 집계되었는가?"

"예, 전투 신관 중에서 약 이십여 명의 사상자가 생겼습니다."

전투 신관들을 통솔하는 신관장의 말에 파토르가 눈을 날카롭게 뜨고 그를 가만히 노려보았다.

"겨우 그 정도가 아닐 텐데, 사상자의 수를 조금도 축소하지 마라."

"……송구스럽습니다."

신관장은 좀처럼 말문을 열지 못했다. 그만큼 사상자의 수가 극심했다는 얘기일 터였다.

"오십 명을 훌쩍 넘겠지."

"예, 그렇습니다……. 전투 신관은 100여 명에 육박하는 수가 죽거나 중상을 입었고 병사들은 500여 명이 훨씬 넘는 수가 당했습니다."

좌중이 침음을 흘리며 눈을 지그시 감았다.

"움직일 수 있는 자들은 몇이나 되지?"

"대부분 중상입니다. 악마들의 힘이 몸속으로 깊이 침투해서 어떻게 할 도리가 없습니다."

파토르는 눈을 천천히 감았다.

지독한 소모전이 반복되고 있었다. 이런 싸움이 반복되면 불리해지는 건 바로 신성군단이었다. 어떻게든 결착을 짓지 않으면 안 되었다.

'하지만 여기서 단번에 결착을 짓기 위해서는 성기사들과 전투 신관들의 수가 더 많아야 한다. 굴바엔 지방을 비롯해서 교황청에서 적극적인 증원을 받아야 해.'

하지만 문제는 추기경들이 자신들의 패를 꺼낼 생각을 할 것인지가 문제였다. 교황청에서 이 일에 적극적으로 나서지 않으면 앞으로 피해는 더욱 커질 것이다.

아제릴의 성전이 큰 진척 없이 지지부진한 상황이라는 것을 헬파스텐 추기경이 교황청에 보고했을 리도 없었다. 그렇지 않아도 출혈이 심한 상황에서 그러한 보고는 스스로의 무능력함을 밝히는 일이나 다름없었다. 당연히 교황청의 지원이 없었으니 증원도 나날이 그 수가 적어지고 있었다.

극심한 피로, 좀처럼 풀리지 않는 전황.

파토르의 속내처럼 그의 입술도 바짝바짝 말라가고 있었다.

바로 그때였다.

"하나 건의할 것이 있소."

펠레우피가 말문을 열었다. 모두의 시선이 그에게 꽂혔다.

"모두 군단장의 몰골을 보시오."

펠레우피의 눈짓에 좌중의 시선이 파토르에게 닿았다. 그의 모습은 처참했다. 어찌나 수척해졌는지 피골이 상접했고 눈 밑 시꺼먼 그늘은 턱까지 내려앉아 있었다. 그가 쓰러지지 않는 것이 신기할 정도였다.

"눈빛만이 저렇게 번뜩이고 있소."

모두가 파토르가 이 지경이 되었는데도 위화감을 미처 못 느낀 이유는 바로 처음과 변함없이 서늘하게 번뜩이는 눈동자 때문이었다.

"흐음……."

펠레우피 덕분에 새삼 다시 파토르를 살피게 된 좌중의 입에서 신음이 흘러나왔다.

"군단장이 이대로 쓰러졌다가는 지휘 계통에 문제가 생길 것은 뻔한 일이오."

"으음……."

"군단장께서는 잠시 쉬는 게 어떻겠소?"

모두가 펠레우피의 뜻에 동감했다. 그러나 파토르의 표정은 완고했다.

“경의 호의는 고맙지만 그럴 필요는 없소.”

“호의 따위가 아니외다, 이건 군의 사기를 위한 것이오.”

펠레우피가 퉁명스럽게 대꾸했다.

“군단장이 전장에서 쓰러지기라도 한다면 신성군단의 사기가 어떻게 되겠소? 정상적인 절차도 받지 않고 백검이라는 성명으로 불리는 무적의 성기사가 말이오.”

정식적으로는 수련 성기사로 되어있는 그가 신성군단 내에서 성명 비슷한 별명이 생긴 것이다. 그것이 수개월의 싸움 속에서 완전히 정해져 버렸다.

그는 신성군단을 대표하는 사람이나 다름없었다.

“음…….”

파토르도 펠레우피의 말이 썩 일리 있다고 여겼는지 입을 다물었다. 실제로 그는 체력적으로 한계를 느끼고 있었다. 거듭된 싸움과 생사의 기로 속에서 그의 체력과 정신은 한계에 몰려 있었던 것이다.

그가 만약에 악마들에 의해 허무하게 쓰러진다면 신성군단의 사기는 나락으로 떨어지게 되리라.

“이참에 잠깐 휴식을 취할 겸 증원 요청을 부탁하는 것이 어떻겠소? 지금 상황을 보아하니 지휘관이 나서지 않고서는 증원이 제대로 될 것 같지 않은데…….”

“알겠소, 경들의 호의를 받아들이도록 하겠소.”

펠레우피의 말 속에 담긴 또 한 가지의 뜻을 알아챈 파토르는 더 이상 사양하지 않았다. 아직 확실한 승기는 잡지 못했지만 그의 공로는 더 이상 교황청에서도 무시할 만한 것이 아니었다. 그가 잠깐 전장의 뒤편에서 숨을 고른다고 해도 그의 명성에 흠이 생기지는 않으리라.

거기다가 펠레우피의 말대로 교황청의 전폭적인 증원이 없이 이 싸움이 승리로 귀결되는 것은 요원한 일이었다.

"증원에 대한 것은 확실히 말해 두겠소."

"부디 그래야 할 것이외다. 지금 전장의 상황은 본관보다 군단장께서 더 잘 알고 있을 테니 말이오."

그날, 밤이 찾아오기 전에 파토르는 막사를 떠나 갈락실로 향했다. 그곳에서 영주를 만난 파토르는 서슬 퍼런 기세로 후작을 압도하고 즉시 서신을 카자스 대교구로 보낼 것을 촉구했다. 그 명령을 내린 뒤, 파토르는 즉시 전장으로 돌아왔다.

"교황청에 증원을 요청했다. 더 버텨라, 증원군이 도착하는 그날이 바로 놈들의 최후가 될 것이다."

"교황청의 증원군이 도착할 것이다!"

파토르의 말과 함께 제른이 마력을 실어 외쳤다.

와아아아아아아!

교황청의 증원군이 도착할 것이라는 말에 병사들과 전투 신관들의 얼굴에 화색이 돌았다. 그것은 후방에서 보조를 하는 신관들 역시 마찬가지였다.

교황청의 증원군이라면 필시 아무리 못해도 전투 신관들이 올 것이고 어쩌면 성기사단이 도착할지도 모른다. 그렇게 되면 단숨에 전세는 역전될 것이다.

모두가 바로 눈앞에 승리가 있는 것처럼 칼을 휘두르는 동안, 파토르도 적을 향해 달려들었다.

"죽어라! 찬란한 빛 아래 모두 사라져라!"

파토르의 눈에 광기가 어렸다.

피가 비산하고 단말마가 고막을 때렸다. 적의 죽음은 그의 존재를 더욱 빛나게 만든다. 그가 성기사로서 자신의 존재를 증명할 수 있는 방법이었다.

"죽어라!"

푸화아악!

붉은 피가 파토르의 전신을 적셨다.

가슴속에서 일렁이는 커다란 야망이 서서히 충족되는 쾌감과 절대적인 악을 없애고 있다는 사실에서 오는 해방감이 그를 지배했다.

파토르의 신위는 빛났다. 그는 어둠 속을 가르는 한 줄기 빛 같은 존재였다.

펠레우피를 비롯한 성기사…… 아니, 신성군단과 마족군단을 가리지 않고 모두가 파토르가 내뿜는 새하얀 빛에 사로잡히고 있었다.

'파토르 베르즈이옵니다. 오랜 시간동안 존안을 뵙지 못하고 이렇듯 서신으로 연락을 드려 추기경님께 송구스러울 따름입니다. 이번 서신은 외람되게도 증원군 때문입니다…….'

이렇게 시작하는 서신을 받아든 헬파스텐 추기경의 얼굴은 서신의 내용이 아래로 내려갈수록 점차 일그러졌다.

그에게 도착한 파토르의 서신은 총 두 장으로 현재 신성군단의 구체적인 상황, 그리고 아제릴에서 밀려오는 악마군단의 전력에 대한 것들이 세세하게 쓰여 있었다.

'빌어먹을…….'

수개월 간의 싸움으로 이미 굴바엔 지방의 전력은 약화될 대로 약화되었다. 그 말이 뜻하는 바는 단순 명료한 것이었다.

'여기서 더 증원군을 내어 달란 말인가!'

헬파스텐 추기경은 진정하지 못하고 이를 뿌득뿌득 갈면서 방 안을 배회했다. 이미 다른 추기경들의 항의가 빗발치고 있었다.

'어째서 이렇듯 긴 시간 동안 이렇다 할 성과가 올라오지 않는 것이오?'

파르칼에 주둔하고 있는 신성군단은 잘 싸우고 있었다. 그것은 매일 같이 속속들이 올라오는 보고로 이미 알고 있었다.

파토르의 전공과 그의 명성이 날로 치솟고 있다는 것도 말이다. 하지만 헬파스텐 추기경이 원하는 것은 아제릴의 악마를 한 놈도 남김없이 싹 쓸어 버리는 승리이다.

상황은 이제 시간을 끌수록 헬파스텐 추기경에게는 불리한 방향으로 흐르고 있었던 것이다.

헬파스텐 추기경은 아무리 머리를 굴려도 별다른 답이 나오지 않는 것에 아랫입술을 물어뜯었다. 좋은 방향으로 나아갈 수 있는 탈출구가 보이지 않았다.

"별수 없게 되었군."

파토르의 증원 요청은 거절할 수 없었다.

그렇게 되면 신성군단의 피해는 계속해서 늘어날 것이고 그 말은 곧 헬파스텐 추기경의 약화를 뜻하는 것이었다.

그런 상황에서 그가 머뭇거리다가 패퇴라도 한다면…….

헬파스텐 추기경은 거기까지 생각이 미치자 그 자리에 우뚝 멈추었다.

"절대 그래서는 안 돼."

그것은 절대로 일어나서는 안 되는 일이다. 그는 급하게 자리에 앉아서 하얀 종이 위에 서신을 적기 시작했다. 그리고 약 두 시간이 흐르기도 전에 헬파스텐 추기경의 서신을 가진 전인이 성을 떠났다. 전인이 나아가는 방향은 동북쪽. 제국의 수도이자 교황청이 위치한 브라디로스였다.

그로부터 보름도 지나기 전, 교황청은 대대적인 증원군을 파견하기에 이르렀다.

중앙 제1성기사단, 통칭 백사자 기사단이라고 불리는 신성 제국 신성의 검, 그리고 아트라스 신성대가 대대적인 증원군이 되어서 빠르게 굴바엔 지방으로 나아가고 있었다.

중앙 제1성기사단인 백사자 기사단만 해도 그 전력이 상상을 초월하는 성기사단이건만, 거기다가 아트라스 신성대까지 증원한 것을 보면 교황청에서 이번 사안을 결코 가볍게 보고 있지 않다는 것을 의미했다.

교황청이 오랜 시간 감춰 두었던 전력이 비로소 세상 밖으로 나온 것이다.

300명에 이르는 증원군은 초원과 평지를 달려 나갔다.

준마들은 하나같이 거친 숨결을 내뱉었다.

* * *

증원군이 파르칼에 도착한 것은 파토르의 증원 요청이 있은 직후, 채 한 달이 지나기 전이었다. 교황청에서 이번 일에 빠른 결단을 내린 덕분이었다.

곧 증원군이 올 것이라는 이야기가 신성군단 내에 만연해 있었기 때문인가, 그렇지 않으면 파토르의 놀라운 신위 덕분인가, 근 한 달의 시간이 흐르는 와중에도 전황은 크게 나빠지지 않은 상태였다.

날마다 사상자가 발생하고 있었지만, 그것도 나날이 줄어들고 있었던 것이다.

물론 그것은 이제 일반 병사나 실력이 조금 처지는 전투 신관들이 이제 거의 남지 않았기 때문이기도 했다.

"이상하군."

증원군이 신성군단에 합류하기 사흘 전이었다.

매일 어둠이 밀려오는 시간이 되면 노도처럼 밀려오던 악마군단이 돌연 그 모습을 감춘 것이다.

파토르도 그 영문을 몰라 어리둥절한 표정을 지을 뿐이었다.

'어제의 싸움은 다른 여느 때처럼 치열했다. 결국 아침이 밝아오면서 양쪽 진이 뒤로 물러나면서 전투는 끝났지만, 그것이 우리의 승리라고는 하기 어렵다.'

파토르는 아제릴로 사라지는 악마군단의 수가 여전히 어마어마한 것을 두 눈으로 직접 목격했다. 그런데 갑자기 모습을 드러내지 않는다니.

'농성이라도 벌일 셈인가.'

지금의 신성군단은 악마군단의 수와는 결코 비교할 수 없다. 이미 일반 병사는 절반도 채 남지 않은 상황이고 전투 신관 역시 총인원의 절반에 달하는 사상자가 생긴 것이다.

지금의 전력으로는 아제릴의 두터운 성문을 무너뜨리기란

어려운 일이었다. 자칫했다가는 성기사들까지 잃을지도 모른다.

"어떻게 하시겠소?"

괄괄한 펠레우피가 파토르에게 다가와 물었다. 그간 정리를 하지 못해 거칠게 자란 수염과 눈 밑의 그늘이 그의 나이를 다섯 살가량은 더 많아 보이게 만들었다.

"머지않아 증원군이 도착할 것이오. 그들과 합류하는 것이 선결이니 진격은 하지 않겠소. 무엇보다 적의 동태가 지금까지와는 많이 다르니 섣불리 움직여서는 안 될 일이오."

파토르의 결단에 신성군단은 오랜만에 휴식을 취할 수 있었다.

"악마들이 바로 이 순간을 노리고 있을 가능성이 농후하다. 모두 그 자리를 지켜라."

"옛!"

파토르의 그러한 하명에도 신성군단의 사기는 떨어지지 않았다. 오히려 상승했다고 해야 옳을 것이다. 매일 같이 싸웠는데 뜻밖의 휴식을 얻게 된 것이다. 지쳐 쓰러질 때까지 검을 휘두르지 않는 것만 해도 어딘가. 하지만 그러한 이변은 그 다음 날에도 발생했다.

'기이하군.'

어둠이 드리웠음에도 적은 나타나지 않는다.

"드디어 악마들의 병력이 다 떨어진 게 아니겠소? 바로 지금 놈들을 섬멸할 절호의 시기가 아닌가 하는 생각이 들고 있소이다."

천막 안에서 펠레우피가 그렇게 언성을 높였다. 확실히 그의 발언에 고개를 끄덕이는 이들이 한둘이 아니었다. 하지만 파토르의 뜻은 확고했다.

"움직이지 않겠소, 놈들이 마지막으로 물러날 때를 모두 기억하시오? 놈들의 수는 여전히 많았소."

펠레우피는 신중한 태도를 고집하는 파토르에게 다소 실망한 표정을 지었지만, 그도 이 휴식이 그리 싫은 것은 아니었다. 그리고 파토르의 말마따나 그도 물러가는 악마군단이 여전히 건재했던 것을 보았던 것이다.

이틀, 그리고 사흘이 되었을 때도 악마군단의 공격은 없었다. 신성군단의 사기는 이제 하늘을 찌르고 있었다. 매일 같이 싸우다가 내리 사흘을 쉬었다. 그들의 눈에는 하나같이 악마들을 향한 적의로 번뜩거리고 있었다. 하지만 파토르는 아무 말도 하지 않았다.

전투 없이 사흘째 밤이 깊었을 때였다.

다그닥다그닥-

동쪽에서 달려오는 말이 하나 있었다.

"증원군이 도착했습니다!"

가만히 눈을 감고 있던 파토르의 눈이 번쩍 뜨였다.

"빨리 도착했군."

파토르의 입가에 서늘한 미소가 걸렸다.

사흘이나 되는 시간동안 그는 지친 몸을 가다듬고 힘을 비축하고 있었다. 악마들이 함정을 파고 기다리고 있는 것은 두려운 일이 아니었다. 그가 신중한 태도를 기하고 있던 것은 바로 증원군 때문이었다.

하늘이 그를 도왔다. 악마들이 계책을 벌이고 있는 것인지 아니면 정말로 전력이 약화되어 농성을 벌이고 있는 것인지는 알 길이 없었지만, 이로써 파토르는 교황청의 성기사들 앞에서 실력을 증명할 수 있게 된 것이다.

전체적으로 보면 300명 정도의 크지 않은 증원군.

모두 약간씩은 실망한 기색을 감추지 못했다. 반면 파토르는 두 눈을 크게 떴다.

'교황청에서 아무래도 이 일에 직접적으로 개입하려는 모양이군.'

파토르의 생각은 적중했다.

멀리 어둠을 헤치고 천천히 걸어 나오고 있는 이들이 높이 치켜들고 있는 기치가 무엇인지 단번에 알아본 것이다. 그 기치를 못 알아보는 이는 없으리라.

"어서 오시오."

그들을 맞이하는 파토르의 태도는 조금도 굽힘이 없었다. 그러자 증원군의 수장인 듯한 중년의 성기사의 얼굴이 날카롭게 변했다.

"말이 짧군."

"말을 길게 할 필요가 있겠소?"

그러자 돌연 성기사의 뒤쪽에 서 있던 성기사들이 일제히 두 눈에 살기를 띠며 검을 빼들었다.

당장이라도 파토르를 베어 버릴 기세였다. 그러나 그들은 나서지 못했다. 중년의 성기사가 그들을 제지한 것이다.

"경이 파토르 베르즈인가?"

"그렇소."

"신성군단을 맡고 있다지."

"중앙 제1기사단의 백사자의 왕이 바로 귀관이오?"

두 사람의 시선이 치열하게 얽히는 가운데, 이윽고 뒤편의 성기사 한 명이 얼굴을 시뻘겋게 물들이며 노성을 터뜨렸다.

"이 시건방진 놈이 감히 단장님께……!"

"그만."

파토르의 눈동자가 별안간 번뜩였다.

파토르보다 조금은 왜소한 듯한 체구, 오십 줄의 중년이라고 하기에는 백발이 조금 많고 팔뚝이나 다리 역시 얇았다. 전체적인 인상은 백사자의 기치를 내건 중앙 제1성기사단의 이름에는 다소 못 미치는 인물로 보였다.

바로 그 순간이었다.

파토르는 별안간 주위가 아득하게 멀어지는 기묘한 감각에 휩싸였다.

'이건?'

파토르는 즉시 정신을 보호하고 기감을 극대화시키며 마력을 끌어올렸다. 그의 체내에서 어마어마한 기운이 폭발적으로 솟구쳐 올랐다. 그러자 곧 일그러지던 주변 풍경이 비로소 원래 모습으로 돌아왔다.

"과연……."

파토르는 작은 탄성을 내뱉으며 여전히 말 위에서 그를 내려다보고 있는 중년의 성기사에게 천천히 고개를 숙여 였다.

"노도(怒濤)의 성기사를 직접 뵙게 되어 영광입니다."

"으음……."

노도의 성기사.

중앙 제1성기사단의 단장 돌프란 노리스가드의 성명이 지금 파토르의 입에서 튀어나온 것이다. 신성군단 중에서 과연 몇 명이나 노도의 성기사를 실물로 보았을까? 아마 십중팔구는 그의 명성은 들어 봤어도 직접 본 적은 없으리라.

모두가 놀라움을 감추지 못하는 가운데 돌프란은 그의 앞에 목을 살짝 숙인 젊은 성기사를 보면서 내심 놀라워하고 있었다.

'놀랍군, 내 압박에서 벗어날 줄이야…….'

돌프란은 지금껏 이십 대의 젊은 성기사가 자신의 압박에서 이렇듯 온전히 벗어 나는 것을 단 한 번도 보지 못했다.

'젊은 나이에 신성군단의 지휘관이 되었다기에 추기경의 꼭

두각시인 줄 알았는데…….’

파토르의 푸른 눈동자에서 느껴지는 강인함은 그야말로 전장 속에서만 단련되는 것이다. 돌프란은 교황청에서 출발할 때만 해도 신성군단의 무능한 지휘관을 끌어내리고 악마군단을 일거에 소탕할 작정이었다.

‘생각을 바꿔야겠군.’

파토르라는 인물에게 흥미가 생겼다.

“이렇듯 젊은 성기사가 지휘관일 거라고는 생각지 못했는데 말이야.”

그때 돌프란의 눈이 파토르의 곁에 서 있는 덩치 큰 성기사에게 향했다.

“펠레우피 경?”

잠자코 있던 펠레우피가 한 걸음 앞으로 나와 고개를 숙였다.

“오랜만에 뵙습니다.”

“으음, 경도 신성군단의 일원이었군.”

“예, 상황이 그렇게 되었습니다.”

펠레우피는 씁쓸한 얼굴로 대답했다.

돌프란의 얼굴에 다시금 기묘한 빛이 떠올랐다. 아제릴의 펠레우피는 그도 교황청에서 간간이 그 이름을 들을 만큼 그 명성이 자자했던 인물이 아닌가. 헌데 지금 그의 위치는 파토르의 아래다.

'도대체 그의 실력이 어느 정도이기에?'

돌프란의 의문은 300여 명의 정예 전력을 포함한 신성군단이 아제릴의 북성벽에서 일어난 전투와 함께 자연스럽게 풀리게 되었다.

쾅!

휘몰아치는 빛줄기가 성벽에 부딪히는 순간 거대한 폭음이 울렸다. 그러나 성벽에는 약간의 흠만 생겼을 뿐 좀처럼 무너질 기미가 보이지 않았다.

"어리석은 놈들!"

천둥처럼 울려 퍼지는 목소리와 함께 시커먼 기운이 날아들었다.

"피해라!"

외침과 함께 성기사들이 급하게 뒤로 빠졌다. 그러나 혼전의 상황이었기에 전투 신관들은 미처 기운을 감지하지 못했다.

콰쾅!

맹렬하게 날아든 기운은 그대로 한 명을 삼키고 폭발하며 주변의 다른 전투 신관의 목숨까지 앗아갔다.

"치익!"

조금 전까지 상대하던 다른 악마들과는 다른 강맹한 공격에 싸우고 있던 성기사들의 얼굴이 하얗게 질렸다. 분명히 남작 급 마족이 성벽 위에 있는 게 틀림없었다.

'잘못 움직였다가는 낭패를 면하기 어렵겠군.'

이미 성문은 무너졌다.

피해를 각오하고 들어가면 이 상황을 면할 수 있었다. 다만, 이것이 악마들의 간교한 책략이라면…….

그런 우려가 성기사들의 발목을 붙잡고 있었다. 그러는 사이 마족들은 계속해서 원거리에서 검은 기운을 쏘아 날리고 성문으로는 끝없이 몰려나오고 있었다.

성기사들은 마족들이 튀어나오는 족족 베어 댔다. 전투 신관들이라면 다소 힘들겠지만 성기사들에게 일반 마족들은 그리 위협적이지 않았다.

진격하지 못하고 서성이는 사이, 다시 성벽의 옆으로 빠져나와 측면에서 공격해 오는 마족들의 모습에 신성군단은 긴장하기 시작했다. 벌써 수차례 반복되어 왔기에 모두가 일사불란하게 움직이며 대응하고 있었다.

바로 그때였다. 후방에서 밀려오는 적을 상대하고 있던 파토르가 더 이상 참지 못하고 버럭 고함을 내지르며 앞으로 몸을 날렸다.

"모두 비켜라!"

새하얀 빛의 궤적을 남기며 단번에 북성문 앞까지 모습을 드러낸 파토르는 백열된 검을 사방으로 휘둘렀다. 수백의 검형이 사방으로 퍼져 나가면서 튀어나오는 마족들에게 쏟아졌다.

콰콰콰쾅!

파토르가 단번에 다리를 건너 성문 안쪽으로 들어가 버리자, 그것을 목격한 성기사들이 하얗게 질린 얼굴을 하고 있을 때였다.

펠레우피가 육중한 몸을 날리면서 고함을 질렀다.

"모두 들어가랏! 군단장을 지키란 말이다!"

그 순간 성기사들이 일제히 몸을 날렸다. 파토르는 지금 신성군단의 지휘관이다. 그가 지금 몸소 몸을 날렸는데 그들이 여기서 주춤거리고 있는 것은 말이 안 된다.

앞쪽의 병력이 안쪽으로 들어가면서 자연스럽게 중앙의 병력이 조금씩 줄어들기 시작했다. 마족들의 공격이 더욱 매섭게 쏟아지는 가운데 펠레우피는 쩌렁쩌렁한 고함을 내지르며 적진에 파고들었다.

"흐아아아압!"

펠레우피의 커다란 검이 공간을 제압하고 수많은 마족들의 몸을 단번에 베어 나갔다.

서서서걱!

"끄아악!"

"카아악!"

그러나 적진 한 가운데서 몰아치는 적의 공격을 완전히 방어할 수는 없는 법이다.

카캉!

철린의 성명을 가진 펠레우피답게 그들의 공격은 펠레우피의 몸에 상처조차 내지 못했지만 그도 결국은 인간이었다. 계속되는 악마들의 공격을 몸으로 막아 낼 수는 없었다. 그러나 그가 쓰러질 때는 수백, 수천의 마족들이 그의 곁에 나란히 누워있으리라.

"흐읍!"

짧은 기합이 울렸다.

펠레우피의 눈이 홱 돌아간 순간, 그의 주위로 해일과도 같은 빛의 파도가 몰아쳤다.

콰콰콰콰콰!

빛의 검기에 휘말린 마족들의 육신이 갈기갈기 찢어지면서 사방에 나뒹굴었다. 일격에 수십의 악마들이 죽임을 당했다.

펠레우피의 눈에 희끗한 백발을 휘날리며 검을 휘두르는 중년인의 모습이 들어왔다. 노도의 돌프란이 이곳에 남아 있었다.

"어째서 군단장을 따라 들어가지 않으신 겁니까!"

"다른 성기사들이 그를 따라 같이 들어가지 않았던가!"

돌프란이 유쾌하다는 듯 크게 말하며 다시 빛을 일으키기 시작했다. 펠레우피와는 확연한 차이를 보이는 검술이었으나 그 위력은 가공할 만했다.

두 명의 수호 성기사들이 마족들의 사이에서 날뛰기 시작하자, 측면의 한쪽 날개는 버티지 못하고 순식간에 무너지기 시작했다.

푸화아아악!

덤벼들던 마족들의 몸통을 그대로 양단하는 것으로 마무리 지은 펠레우피는 자신이 어느새 성벽 쪽에 너무 붙어 있었음을 알 수 있었다. 그러나 방어만큼은 아제릴 그 누구도 펠레우피를 따르지 못한다.

"흐아아압!"

기합이 울려 퍼지는 가운데 검은 기운이 그대로 펠레우피의 몸에 적중했다.

콰쾅!

검은 연기가 세차게 피어올랐다. 하지만 곧 그 안에서 모습을 드러낸 펠레우피는 상처 하나 없었다.

마족들이 경악하는 가운데 펠레우피는 눈을 부라리며 아직까지 처리하지 못한 악마들을 향해 몸을 날렸다.

이곳에 백사자 기사단이 있는데 그 어떤 악마들이 그들에게 패배를 안겨 줄 수 있단 말인가?

곳곳에서 빛이 일렁이고 악마들이 죽는소리가 울려 퍼지고 있었다.

한편, 가장 앞에서 튀어나간 파토르를 아무도 막지 못했다. 수도 없는 마족들이 그의 검 아래 싸늘한 시체가 되어 아제릴의 땅을 피로 물들였다.

파토르가 수백의 검형을 만들어 내 그것을 사방으로 휘둘렀다. 폭풍처럼 휘몰아치는 검형의 아래 일반 마족들은 버티는 것조차 어려웠다.

"흐아악!"

"끄아아아악!"

파토르는 더 이상 이 싸움을 길게 할 필요성을 느끼지 못했다. 백사자 기사단, 그리고 아트라스 신성대가 온 이상 그의 활약은 이후로 크게 빛을 보지 못할 것이다.

그가 세운 수많은 전공이 뒤늦게 도착한 교황청의 기사단에 가리지 않기 위해서는 이제 이 반년에 걸친 성전을 끝낼 때가 되었다.

"내 손으로 끝내주마!"

파토르의 푸른 눈동자가 매섭게 타올랐다.

수많은 마족을 베어 넘긴 그의 전신은 완전히 피칠갑이었다. 도대체 누가 악마인지 조차도 구분이 애매해지기 시작했을 때, 성기사들이 난입하면서 전황은 크게 기울어가기 시작했다.

그러나 그것도 잠시였다.

"이곳에 들어온 이상 살아서 나갈 생각은 하지 마라!"

쩌렁쩌렁 울리는 목소리와 함께 커다란 체구의 마족이 길게 뻗은 검은 뿔을 자랑하며 주먹을 휘둘렀다. 그러자 검은빛을 머금은 기운이 사방으로 폭사했다.

콰콰쾅!

땅이 푹푹 파이는 위력적인 공격에 적중된 성기사들은 검은 피를 토하며 그대로 나뒹굴었다.

여태껏 별다른 피해 없이 마족들을 베어 왔던 성기사들이 단번에 셋이나 바닥에 쓰러지다니, 적진 한복판에서 날뛰고 있던 파토르의 얼굴이 창백하게 변했다.

전투 신관도 아니고 성기사를 이렇듯 단번에 쓰러뜨릴 정도의 가공할 실력을 가진 악마가 있단 말인가.

푸른 눈동자가 매섭게 주위를 훑었다. 그때 그의 눈에 엄청난 속도로 움직이며 성기사들 사이에서 주먹을 휘두르고 있는 악마의 모습이 들어왔다.

'남작 급 마족인가!'

성기사 몇 명을 잃더라도 놈을 잡는 것이 이득이었다.

"하아압!"

파토르가 즉시 검형을 회수하며 몸을 날렸다. 그러자 마족의 눈이 흉흉하게 빛났다. 진작부터 목적은 파토르였다는 듯, 마족은 고함을 내질렀다.

"왔느냐!"

웬만한 성인 장정의 머리만한 주먹이 허공을 쳤다. 공기가 요동치면서 거센 돌풍이 일어났고 바로 검은 기운이 맹렬하게 쇄도했다.

성기사를 단번에 보낸 일격이었다. 그러나 파토르는 다른 성기사들과는 달랐다. 그의 실력은 과거와는 비할 데 없이 진일보했다. 냉정하게 검형 여러 개를 일으키며 날아드는 기운을 후려친 순간, 사방으로 열풍이 퍼져 나갔다.

화아악!

파토르의 눈이 가라앉았다.

'이 정도가 남작 급 마족이란 말인가?'

만약 다른 남작 급 마족들이 모두 이 정도의 실력을 가지고 있다면 결코 방심할 수가 없었다. 조금 전의 일격은 상쇄가 아니라 제압에 목적을 두고 있었기에 파토르는 마력을 전력으로 이끌어내기 시작했다.

수십 개의 검형이 쪼개지기 시작하면서 사방을 메우고 그것은 이내 맹렬하게 목표를 향해 날아들었다.

"하아압!"

쩡!

다시금 사방으로 검은 기운이 몰아치고 날아들던 검형이 일제히 무엇에 막힌 것처럼 부르르 떨었다.

"흐으으읍!"

카가가가가각!

수백 개의 검형이 그대로 튕겨져 나갔다.

파토르는 자신의 검이 적을 꿰뚫지 못했다는 사실에 놀라워하면서 그대로 달려들었다. 사방으로 튕겨져 나간 검이 다시 그의 의지에 따라 움직이면서 적을 향해 날아들었다.

카가가각!

쾅!

파토르의 공격은 매섭게 쏟아졌다. 하지만 파토르의 공세를 받아내는 마족은 일반 남작 급 마족이 아니었다.

렌타인 타루카.

아제릴의 남작 급 마족 중에서도 최강으로 여겨지는 마족이 바로 그였다. 육중한 몸에서 흘러나오는 어둠의 마력은 파토르의 기운과 부딪치면서 상쇄되었다.

이미 남작을 초월한 실력을 펼치는 렌타인은 적이 대단히 강하다는 사실이 만족스러운지 크게 웃었다.

"크하하하핫!"

"나를 우습게 여기는 것이냐!"

파토르가 얼굴을 싸늘하게 바꾸며 더욱 기세를 올렸다. 새하얗게 타오르는 빛이 더욱 이글거리며 렌타인을 삼키려고 들었다.

"인간 주제에 이만한 힘을 가지고 있다니!"

렌타인은 강한 것을 좋아하는 호탕한 마족이었다. 무엇이든 강한 것을 좋아하는 단순한 그답게 파토르의 강함이 그를 흥분하게 만들고 있었다. 그러나 접전이 더해갈수록 조금씩 승세가 기울기 시작했다.

"크압!"

주먹이 허공을 꿰뚫었다. 바로 그 순간 빈틈으로 검형이 몰아쳤다.

콰콰콰콰쾅!

연발적인 폭발과 함께 렌타인은 몸이 성벽으로 처박혔다. 그의 입에서 붉은 피가 흘러내렸다. 어둠의 마력이 전신을 보호하는 이상 쉽사리 양단되거나 꼬챙이가 되지는 않겠지만 마력이 뒤흔들리는 충격은 감수해야 했다.

'빌어먹을, 이 인간에게 죽을지도 모르겠구나.'

죽음이 바로 뒤에 있다는 생각이 그를 더욱 흥분하게 만들고 있었다. 눈앞의 적은 푸른 눈동자를 빛내면서 새하얀 검을 들고 거리를 좁히고 있다.

바로 그때, 렌타인이 무언가를 발견했다. 그의 미간이 순식간에 일그러졌다.

"방해하지 마라!"

렌타인과의 싸움에 심취해 있던 파토르는 바로 지척까지 다른 누군가가 접근해 오는 것을 미처 파악하지 못했다. 그의 오감이 다시 사방으로 열리는 그 순간이었다.

투콱!

"크으윽!"

파토르의 입가에서 신음이 흘러나왔다. 왼쪽 어깨를 꿰뚫고 나온 것은 시뻘건 화살이었다. 안쪽으로 파고드는 어둠의 마력이 일으키는 들끓는 충격에 파토르의 몸이 그 순간 무너졌다.

남작 급 마족이 다루는 어둠의 마력의 침투력은 상상을 초월하는 것이었다. 제아무리 파토르 정도의 성기사도 집중해서 밀어내지 않으면 힘들 정도로 말이다.

'빌어먹을, 이런 곳에서!'

파토르의 얼굴이 악귀처럼 일그러졌다. 뒤쪽에서 다시 맹렬하게 날아드는 기운을 느낀 그는 뚫린 어깨의 화살에서부터 침투하는 어둠의 마력을 막아 내던 마력을 돌렸다.

새하얀 빛이 호선을 그릴 찰나, 렌타인의 기운이 더 빨리 뻗어 나갔다.

콰앙!

바로 지척에서 일어난 폭발에 파토르가 바닥을 나뒹굴었다. 그러나 그 덕분에 조금 전의 공격에서 벗어날 수 있었다. 파토르가 이해하지 못하겠다는 얼굴을 하고 렌타인을 노려보았다.

렌타인은 아랑곳없이 저 멀리 어둠 너머에 있는 마족을 노려보고 있었다.

"감히 끼어들다니……."

"어리석은 마족 같으니!"

앙칼진 목소리가 울려 퍼졌다.

"이곳은 내 관할이다, 끼어들지 마라!"

"벌써 수많은 마족들이 저놈의 손에 죽었다. 이 기회에 놈을 죽여야 한단 말이다!"

어둠 저편에서 엄청난 속도로 거리를 좁히며 모습을 드러낸

이는 요사스러울 정도로 아름다운 외모의 여인이었다. 그러나 그 외모와는 어울리지 않는 표독스러운 표정 탓에 여인의 분위기는 잘 벼려진 날카로운 칼을 연상시켰다.

두 마족의 분위기가 험악하게 변해가는 사이 성기사들이 날렵하게 몸을 날렸다. 당장 파토르를 구해내야 했다. 다행히 조금 전의 폭발 덕분에 파토르의 몸이 성기사들과 조금 가까워졌다.

"어딜!"

뾰족한 고함과 함께 여인의 두 눈에 붉은빛이 어렸다. 오른손에 일어나는 붉은 기운은 이내 활의 형상이 되었다. 무형의 활시위에 맺히는 것은 파토르의 어깻죽지를 꿰뚫은 핏빛 화살이었다.

"놈은 나의 것이다!"

다시금 렌타인이 검은 기운을 일으키며 여인을 향해 기운을 날렸다.

"이 멍청한 놈!"

무지막지한 렌타인의 공격에 여인의 몸에서 막대한 어둠의 마력이 흘러나왔다. 곧 그녀의 귀 위로 뾰족한 검은 뿔이 모습을 드러냈다. 본신을 힘을 드러냄과 동시에 그녀의 몸은 붉은 궤적을 남기면서 빠르게 뒤로 물러났다. 그러는 사이 성기사들은 파토르를 부축하여 물러나는 중이었다.

파토르는 경멸해마지 않는 악마들의 동정을 받았다는 생각에 엄청난 치욕을 느끼고 있었다.

'크으윽! 악마들의 동정으로 살아남다니, 이런 치욕은 없다!'

스스로의 능력을 너무 과신했다. 어깻죽지에 박혀 있던 붉은 화살은 이제 거의 사라지고 없었다. 파토르의 신성력에 의해 자연으로 흩어지고 만 것이다. 다행히 당한 것은 왼쪽 어깨가 아닌가.

'아직 싸울 수 있다.'

파토르의 눈이 푸른 눈동자가 매섭게 변한 순간 그의 검에서 새하얀 빛이 이글거리며 타오르면서 여러 개의 검형을 일으켰다.

바로 그때였다.

"시벤토라 남작의 말이 옳아!"

파토르의 눈이 부릅떠졌다. 그의 의지를 따라 검형들이 일제히 뒤쪽을 향해 쏘아졌다. 그를 부축하던 성기사들의 검 역시 호쾌한 곡선을 그리며 파토르의 뒤쪽을 향해 날아들었다.

콰콰콰쾅!

성기사와 파토르의 맹렬한 공격에 엄청난 폭발과 함께 흙먼지가 자욱하게 피어올랐다.

파토르는 급하게 모든 감각을 곤두세웠다.

'이렇게 지척까지 다가올 동안 느끼지 못했다니.'

감각이 둔해진 것인가 아니면 놈의 잠행 능력이 이렇게나 뛰어난 것인가. 바로 그때, 파토르는 등에서 느껴지는 화끈한 통증에 미간을 찌푸렸다.

거의 반사적으로 몸을 틀기며 피했기에 망정이지 그렇지 않았다면 자칫 등가죽이 벗겨졌을지도 모를 일이었다.

"크윽!"

그의 감각을 속이고 이 정도로 움직일 수 있는 놈은 남작 급 마족밖에 없다.

"서둘러 물러난다!"

파토르는 이성적으로 판단했다.

"놔둘 줄 아느냐!"

어둠을 꿰뚫고 마족들이 엄청난 속도로 달려오는 것이 눈에 띄였다. 그리고 조금 전 파토르를 노렸던 마족의 모습도 흙먼지 사이에서 드러났다.

파토르의 입가에 싸늘한 미소가 맺혔다.

"나타났군."

여태껏 상대해 왔던 마족들과는 확연히 다른 모습이었다. 체구도 왜소할 뿐만 아니라 허리가 굽고 얄팍하게 생긴 모습이 흡사 쥐를 연상케 했다.

파토르의 검이 옆구리를 통해 뒤로 향했다.

"음!"

본능적인 위협을 느낀 마족이 급하게 몸을 날리려고 했다. 그러나 파토르의 모든 감각은 그를 잡고 놓지 않았다. 소나기처럼 검 끝에서 쏘아져 나간 검형을 피하기란 불가능한 일이었다.

"흐아아악!"

콰콰콰콰콰쾅!

오로지 적 한 명을 향해 날아드는 검기의 폭풍.

응축된 마력이 일으키는 어마어마한 돌풍에 휩쓸린 다른 마족들도 일제히 몸을 가누지 못했다. 하지만 파토르는 눈살을 찌푸렸다.

"목숨을 미처 거두지 못했군."

파토르는 씹어뱉듯 중얼거리고는 뒤로 빠르게 빠졌다. 몰려갔던 성기사들이 일제히 뒤로 물러나자, 그때까지 후방에서 마족들을 상대하던 나머지 신성군단도 천천히 진을 물리기 시작했다.

후방으로 빠르게 물러가는 파토르의 표정이 어두웠다.

"남작 급 마족들의 전투력이 생각 이상이군."

"상처는 괜찮소?"

펠레우피가 어깻죽지에서 흘러내리는 피를 보면서 걱정스러운 표정으로 말하자, 파토르는 아무렇지도 않다는 표정을 지었다.

"이까짓 상처는 조금도 문제가 되질 않소. 문제는 지금 여기서 물러났다는 사실이지."

무모하게 덤빈 것으로 상당한 피해를 보았지만, 한 가지 알아낸 것도 있었다. 남작 급 마족 셋의 힘이었다. 일반 마족들과는 궤를 달리하는 전투력을 가진 그들은 아무리 실력이 뛰어난 성기사라고 해도 결코 무시할 수 있는 수준이 아니었다.

'아제릴의 봉인석이 깨지던 날, 아제릴의 성기사단의 태반이 무너졌다는 말이 이제야 이해가 되는군. 악마의 힘이 생각 이상이다.'

하지만 이기지 못할 정도는 아니다. 이번에는 그가 호기를 부려 혼자 나섰기에 이런 화를 본 것이지 성기사들과 동시에 진격해 들어가면 놈들은 충분히 상대할 수 있다.

거기다가 펠레우피나 백사자 기사단의 돌프란과 휘하의 뛰어난 성기사들이 있지 않은가.

파토르는 마음을 다스렸다. 그러나 문제는 거기서 그치지 않았다. 악마의 손아귀에 등의 갑옷이 갈기갈기 뜯겨 나갔고 맨살이 밖으로 드러났다. 그의 등에 새겨진 낙인이 세상에 나타났다.

"백검의 성기사님이 낙인자란 말인가?"

"그게 사실인가? 어떻게 낙인자가 성기사가 되었지?"

"설마, 그럴 리가……."

신성제국의 신민이라면 낙인자의 위치가 얼마나 천한 것인지 다 알고 있다. 그런데 지금 존경해마지 않았던 군단장의 등에 성흔이 존재하는 것이다.

펠레우피도 이에 적잖이 당황했다.

'그가 설마 낙인자일 줄이야…….'

한편, 파토르 역시 예상치 못한 일이었기에 당황을 금치 못하고 있었다. 교황청에 성흔을 짊어진 성기사단이 있다고는 하나 그들은 전면에 나서는 이들이 아니다. 배후에서 움직이는 오로지 교황청의 명만을 따르는 직속 친위대적인 성격이 강한 것이다.

이러한 내부적인 소란은 끊이지 않고 꼬리를 물었고 이내 신성군단 전원에게 알려지게 되었다.

아제릴의 악마들을 궁지에 몰아놓고도 내부적인 사기와 지휘의 문제로 신성군단은 아제릴로 진격하지 못한 채 수일이 지났다.

그렇게 시간이 흐를수록 파토르도 낙심할 수밖에 없었다. 지금 이 순간 진격을 명해서 나아간다고 해도 군단이 한마음으로 악마를 처단하고자 하는 결의를 다지지 못한다면 피해는 막심할 터였다.

'생각지도 못한 일이었다.'

악마들에게 패퇴한 것보다 더욱 비참한 일이 아닐 수 없었다. 악마와 싸우는 데 있어 하나로 뭉쳐도 모자랄 판에 그의 등에 새겨진 성흔이 이런 분란을 조장하게 되다니.

그때, 파토르의 푸른 눈동자가 막사의 바깥으로 향했다. 인기척이 느껴졌던 것이다.

"좀 들어가도 되겠소?"

"들어오십시오."

근엄한 표정의 돌프란이 막사 안으로 들어왔다.

"군단장의 얼굴이 썩 좋아 보이지 않는구려."

"그 이유는 이미 돌프란 경도 알고 계실 것 아닙니까?"

파토르의 날이 선 대답에 돌프란은 표정 하나 바뀌지 않았다.

"그게 무슨 상관이란 말이오?"

오히려 표정이 바뀐 것은 파토르였다.

"설사 낙인자라고 하여도 달라지는 것은 없소. 경은 지금 신성군단을 이끌고 있는 군단장이오."

"……."

"경이 누구보다 앞에서 악마들을 베어 왔던 것은 이제 세상 모두가 아는 사실이요, 백사자 기사단이 증원군으로 도착했음에도 불구하고 지휘관은 바로 백검의 성기사라고 불리는 파토르 베르즈가 맡고 있었단 말이외다."

무거웠던 파토르의 얼굴이 천천히 펴졌다.

돌프란은 파토르를 인정했다. 그의 실력, 그의 기량, 그의 성품 등 모든 것을 말이다. 그는 신성군단의 수장으로서 싸우기에 부족함이 없었다.

파토르에게 펼쳐진 미래는 밝다. 파르칼에서 일어난 성전을 끝낸 자가 될 수도 있고 교황청의 기사단의 한 자리를 맡게 될지도 모른다.

그것은 아직 일어나지 않은 미래의 일, 지금 이 순간 분명한 것은 그가 무거운 중책을 지금껏 흔들림 없이 해내 왔다는 것이다.

파토르의 푸른 눈동자에 빛이 어리는 것을 본 돌프란은 미소를 지었다.

"돌프란 노리스가드는 그대를 인정했소. 지엄하신 광명께서 그대의 앞길을 비추고 있거늘 그 누가 그대를 멸시할 수가 있단 말이오."

"고마운 말씀입니다."

"내게 고마워 할 필요는 없소. 나는 그저 광명께서 비추시는 길을 따를 뿐이니……."

그 말을 끝으로 돌프란은 막사를 나섰다. 홀로 남은 파토르는 천천히 눈을 감았다. 조금 전까지 답답했던 가슴이 뻥 뚫린 것처럼 시원했다. 햇볕이 내리쬐는 것처럼 따사로운 기운이 그를 감싸 안고 있었다. 진정으로 광명이 자신을 보살피고 있는 것일지도 모른다.

파토르는 그렇게 생각했다. 그러나 돌프란의 말처럼 일은 썩 쉽지 않았다. 대장 급들부터 비롯해서 말단에 이르기까지 파토르가 낙인자라는 사실은 적잖은 충격이었던 것이다.

보이지 않는 반감이 그들 안에서 만연한 가운데 돌프란이 나서서 이를 단번에 해소시켰다.

"어리석은 소리!"

돌프란의 외침이 쩌렁쩌렁 울렸다.

"지금껏 누구보다 앞에 서서 싸웠던 이가 누구인가! 그대들을 통솔하여 수없이 많은 악마들을 베어 온 이가 도대체 누구란 말인가! 백검의 성기사 파토르 경이 아닌가!"

호된 질책에 모두가 고개를 깊이 숙였다. 돌프란의 말처럼 지금껏 그들과 싸워온 사람은 바로 파토르가 아니었던가. 그 누구보다 앞에 서서 새하얗게 타오르는 검으로 악마들을 유린한 그의 마음에는 신실한 믿음이 있었고 광명이 비추고 있었다. 그렇기 때문에 그들은 파토르를 믿고 따를 수 있었던 것이다.

파토르가 굳은 얼굴로 돌프란에게 고개를 살짝 숙였다.

"내가 낙인자라는 것이 신성군단의 신성한 뜻을 꺾는 일이라면 나는 즉시 이 자리에서 물러나도 좋소."

모두가 자신의 어리석음을 반성하고 있을 때, 나직한 파토르의 목소리는 그들의 눈에 씌워진 불신의 그림자를 지워 냈다.

〈다음 권에 계속〉

마인정전
김현영 신무협 장편소설
강호의 은원은 그 끝이 없는 법!
마인이라 명명될 능운백의 무림 원정이 펼쳐진다!
김현영 신무협 장편소설
『마인정전』
“사람은 소중한 것을 지키기 위해선 싸울 줄 알아야 한다.
네가 소중하다고 여기는 것이라면 뭘 어떻게 해서든
수단과 방법을 가리지 않고 맞서야 하는 거야.”
dream
books
드림북스

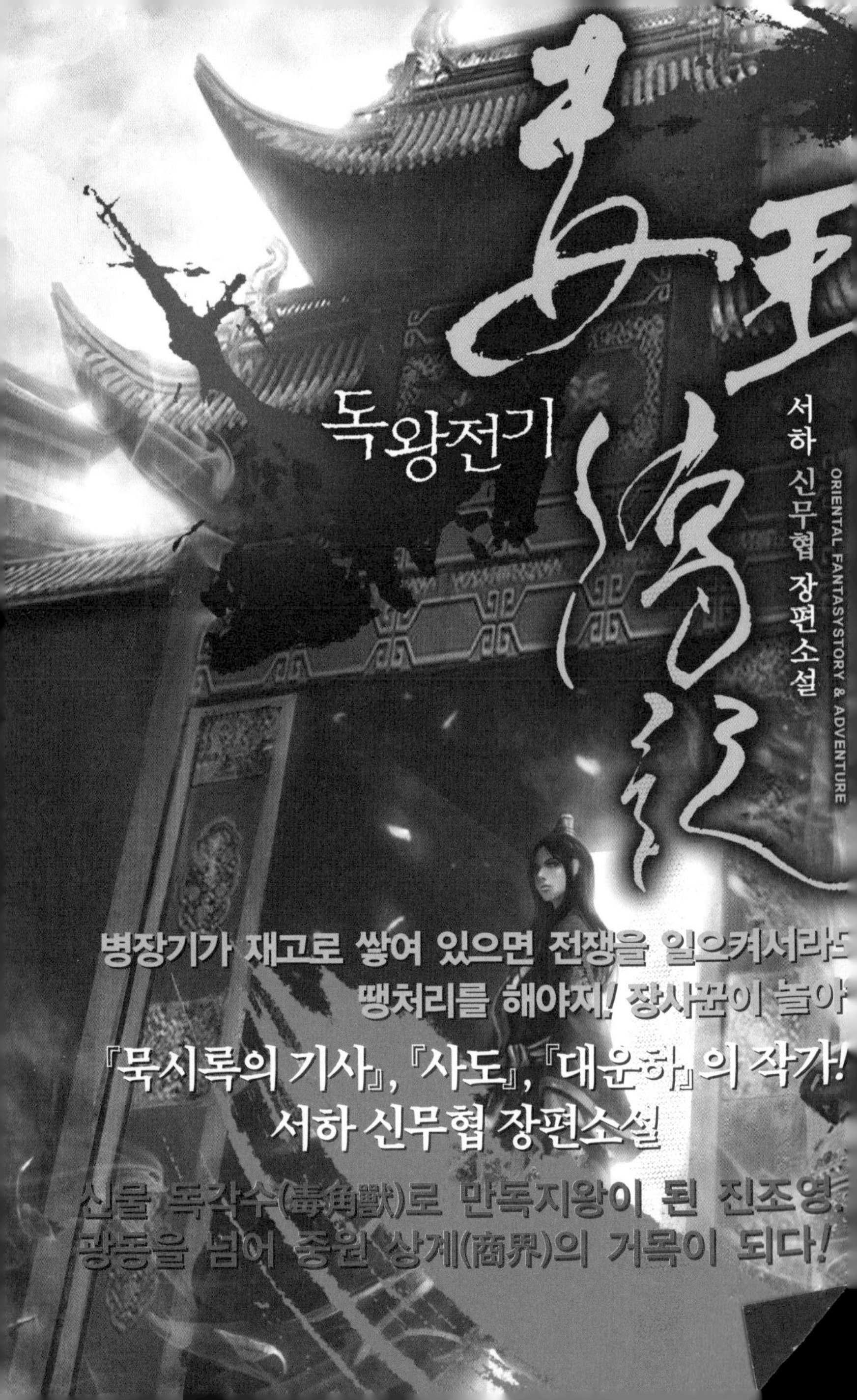
독왕전기
서하 신무협 장편소설
ORIENTAL FANTASYSTORY & ADVENTURE
병장기가 재고로 쌓여 있으면 전쟁을 일으켜서라
땡처리를 해야지! 장사꾼이 놀아
『묵시록의 기사』, 『사도』, 『대운하』의 작가!
서하 신무협 장편소설
신물 독각수(毒角獸)로 만독지왕이 된 진조영.
광동을 넘어 중원 상계(商界)의 거목이 되다!